W0348945

WIDMUNG

Dieses Buch widme ich meinen Eltern.
Endlich mal ein Buch, das euch so richtig gefallen hat.

Bedanken möchte ich mich auch bei einigen Menschen,
die dieses Buch begleitet und/oder möglich gemacht haben.
Zuerst einmal vielen Dank an meine Patreons,
die mich seit meiner Selbstständigkeit unterstützen.
Ihr motiviert mich und helft mir,
die Bücher schreiben zu können,
die mir auf der Seele brennen.

Weiters danken möchte ich meinen Testleser:innen
Uli, Michael und Julia.
Ich bin sicher, dass dieses Buch durch euch
noch einen großen Schritt besser geworden ist.

Zum Schluss danke ich dir,
weil du zu diesem Buch gegriffen hast –
und hoffe, dass es dich gut unterhalten wird.

Lesen ist Urlaub im Kopf!

TEIL 1: URLAUB

Urlaub ist alles, was wir wollen –
und dieses Hotel ist perfekt dafür.

Kapitel 1

Endlich Urlaub.

Mein Badeanzug lacht mir aus dem aufgeklappten Koffer entgegen. Eine Brise streicht durch das Fenster meines Hotelzimmers und bauscht die Vorhänge. Das Meeresblau lockt mich. Ich lehne mich gegen die Fensterbank und genieße den Anblick, der mein Herz erwärmt. Die Zimmerlage auf einer der oberen Etagen erlaubt mir einen Ausblick auf den Inselabschnitt.

Als heller Felsenstreifen zieht sich der Strand hinter wiegenden Palmen entlang. Wellen wippen daran auf und ab, doch sonst liegt er verwaist da. Das Leben tummelt sich unter mir, auf den für die Urlauber abgegrenzten Plätzen. Hellblau leuchten die akkurat geschnittenen Pools. Sonnenschirme bilden gelbe Kreise. Eisbuden, Rutschen, Hunderte Sonnenliegen, die sich aneinanderdrängen. Menschen, klein wie Ameisen. Stimmen werden an der Hotelmauer emporgetragen, zusammen mit der Meeresbrandung mischt sich alles zu einem radiohaften Rauschen.

Eigentlich ist all-inclusive doch sonst gar nicht mein Fall, schießt es mir durch den Kopf. Ich verdränge den Gedanken. Momentan bin ich einfach nur glücklich, jeglichen Stress hinter mir lassen zu können.

Ich bücke mich nach dem Badeanzug. Vom Kofferhenkel rollt ein zerknitterter Papierstreifen, auf dem mein Name vermerkt steht: *Alice Kern, Wien.*

Mit wenigen Schritten durchquere ich das Zimmer. Seine Ausstattung lässt sich am besten als *effizient* beschreiben. Eine Tür trennt den Raum von einer Badezimmernische ab. Rasch schlüpfe ich in meinen Badeanzug.

Ich freue mich über einen Bücherstapel auf dem Nachtkästchen. Zu lange bin ich nicht mehr zum Lesen gekommen. Mit den Fingerspitzen fahre ich über die Einbände – allesamt Liebesromane: Jane Austens *Stolz & Vorurteil*, *Sturmhöhe* von Emily Brontë, Goethes *Leiden des jungen Werther*, *Liebe in Zeiten der Cholera*. Romantische Literatur ist zwar nichts, was mich normalerweise sonderlich locken würde, aber wer stellt im Urlaub Ansprüche? Ein Taschenbuch gesellt sich zu meinem Handtuch in die Badetasche. Ich klemme sie mir unter die Achsel; Strand, ich komme!

Vor der Tür halte ich an. Kein Schlüsselloch, dafür eine Art Sensor neben der Türklinke. Was soll ich damit anfangen? Ich kneife die Lider zusammen und bücke mich danach.

Ein Klicken ertönt, ein scharfes Zischen folgt. Unvermittelt klappt die Tür vor mir auf.

Ein kühler Luftzug peitscht mir ins Gesicht. Ich würge einen Ausruf ab und weiche vor einer Gestalt zurück, die den Durchgang blockiert. Überrascht blinzle ich einer jungen Frau in dunkler Uniform entgegen, der Blusenkragen steif und spitz, als könnte man sich daran stechen.

Verwundert spitze ich die Lippen. »Wer sind Sie?«

Das Mädchen fährt sich über das streng gescheitelte, zum Knoten gefasste Haar. Mit der anderen Hand drückt sie sich eine Art Computer-Tablet gegen die Brust. »Bitte entschuldigen Sie, Frau Kern. Ich bin von der Rezeption. Wir haben bereits auf Sie gewartet.«

Ich schiele zur Türklinke. »Ich bin soeben erst angekommen und habe noch ein wenig die Aussicht genossen …« Was sage ich denn da, ich muss mich doch nicht rechtfertigen? »Sie können einfach so in mein Zimmer?«, füge ich schärfer an.

Ertappt schiebt die junge Frau die Unterlippe vor, blinzelt aus dunklen Augen. »Ich … wir haben uns nur Sorgen gemacht. Das Hotelpersonal hat Zugang zu den Zimmern, selbstverständlich nur für den Notfall …« Sie zuckt mit den Achseln. »Zur Reinigung oder falls jemand krank wird.«

Erneut bücke ich mich. Die Badetasche raschelt unter meinem Arm. »Wie schließe ich die Tür überhaupt ab?«

Das Mädchen – es befindet sich am Scheideweg vom Mädchen zur Frau, irgendwo zwischen achtzehn und zwanzig Jahren – zieht die Tür ein Stückchen weiter auf. Ich merke, dass sie zittert. Ist das ihr erster Tag? Genau wie es mein erster Tag ist?

»Der Zugang ist auf Ihren Fingerabdruck geprägt. Sehen Sie?« Sie presst den Daumen gegen den Sensor. Ein Klicken ertönt, ich sehe, wie der Bolzen im Schloss ausfährt. Ein rotes Licht leuchtet auf. Sie steht nun ganz nah, und ich kann die Härchen auf ihrer goldenen Haut sehen. Sie ist ein südeuropäischer Typ – dunkle Haare, dunkle Augen, vielleicht Französin oder Spanierin. Nervös leckt sie sich über die Lippen.

»Entschuldigen Sie«, sage ich versöhnlicher. »Ich habe mich nur erschrocken.«

Zögerlich hebt sie den Blick. Definitiv ihr erster Tag. Sie sieht mich an, als wäre ich besonders wichtig. Langjährige Mitarbeiter im Kundendienst verlieren diese Demut.

Ich suche nach einem Namensschild. »Wie heißen Sie?«, frage ich.

Irritiert blinzelt sie. »M-Madeleine«, erwidert sie.

»Madeleine – ich nehme an, ich muss noch einchecken?«

Sie schüttelt den Kopf, dann nickt sie hastig. Umklammert das Tablet, als ginge es um ihr Leben. Wenn man seinen ersten Job antritt, überwältigt einen dieses Gefühl gelegentlich. »Ich soll Ihnen alles zeigen«, sagt sie und dreht sich um, weist auf das Ende des Korridors. »Sind Sie so weit?«

Ich nehme den Sonnenhut vom Haken, bette ihn auf mein Haar und trete auf den Gang hinaus. Als ich die Tür hinter mir zuziehe, platzt eine vollbepackte Familie aus dem gegenüberliegenden Zimmer. »Morgen!«, röhrt der Vater, vollgepackt mit Aufblastier, Schwimmnudeln und Schwimmflügel.

»Guten Morgen«, grüßt Madeleine zurück. »Vergessen Sie nicht, Ihre Menükarte beim Schalter abzugeben.«

Der Vater lacht und kämpft sich die Hand frei, um sich demonstrativ über den Wanst zu streichen. »Würde ich nie vergessen!«

Ein Junge im Grundschulalter tastet geistesabwesend nach der Hand der Mutter. Zwischen ihnen hindurch hirscht ein Mädchen, ich schätze es auf dreizehn oder vierzehn Jahre, ein Reh mit gertenschlanken Beinen und schnittlauchgeradem Haar. Es hält auf den Fahrstuhl am Korridorende zu, eine Jugendliche auf der Flucht vor der eigenen Familie.

»Warte auf uns!«, ruft die Mutter und gerät mit ihrer Traglast ins Schwanken. Das Mädchen rotiert herum, zieht dabei eine Schnute und verschränkt die spargeldünnen Arme vor der Brust, stellt jedoch folgsam den Fuß auf die Türschwelle, als sich die Aufzugstür schließen möchte.

Wenig später drängen wir uns gemeinsam in der Fahrkabine, ich blicke direkt in die starren Augen der Aufblasschildkröte. Die Zeit verstreicht mit den Stockwerken, die wir hinabfahren. Als sich die Türen mit einem *Pling!* öffnen, platzt die Familie raus wie Popcorn. Ich will ihnen folgen, doch Madeleine hält mich mit einem »Frau Kern!« zurück.

Ich gucke auf eine Leiste mit Knöpfen, die die verschiedenen Stockwerke markieren. »Im Prinzip brauchen Sie die nicht. Der Aufzug ist durch Ihren Fingerabdruck auf die Ebene geprägt, auf der Sie nächtigen. Drücken Sie einfach den Daumen gegen das Panel. Befinden Sie sich auf Ihrer Etage, fährt Sie der Aufzug automatisch in diesen Teil des Erdgeschosses. Hier finden Sie nicht nur den Zugang zu den Speiseräumen«, sie tritt über die Schwelle und weist zu ihrer Rechten, wo sich hinter einer spiegelnden Halle Glastüren erstrecken, »genau wie zu den Sport-, Kreativ- und Erlebnisräumen.« Sie weist auf einen angrenzenden Gang. Ich glaube, mich an Sportplätze zu erinnern, als ich aus dem Fenster geguckt habe. »Und zu den Badegelegenheiten.«

Das Reh stakst soeben mit zehn Meter Abstand vor ihren Eltern durch das Haupttor. Dahinter strahlt der Grund weiß und der Himmel blau.

Madeleine winkt mich hinter sich her, auf eine ringförmig angelegte Rezeption zu, die sich im Zentrum der Halle wie eine Goldschlange selbst in den Schwanz beißt. Sie klappt ein Thekenstück auf und schiebt sich dahinter. »Jeden Morgen bieten wir verschiedene Menüs fürs Abendessen an. Bitte holen Sie sich dazu einfach die Karte ab und kreuzen die entsprechenden Wünsche an. Geben Sie diese bitte vor dem Nachtmahl ab, alles wird frisch für Sie in der Küche zubereitet. Untertags können Sie sich jederzeit an unseren zahlreichen Snackbars bedienen, der Speisesaal hat ebenfalls als Café geöffnet.«

Ich überfliege das Angebot und stecke die Menükarte in die Tasche. »Von wann bis wann gibt es Frühstück?«

Madeleine verzieht die Lippen zu dem *Oh*, das bereits zu ihr gehört wie der leicht verzweifelte Zug ihrer Brauen. Als wäre ich die erste Person, die eine solche Frage stellt. Vielleicht bin ich das auch. *Erster Tag. Meiner und ihrer.*

»Wir glauben hier nicht an Uhren«, sagt sie zu meiner Überraschung. Ihr Blick fliegt zu dem Tablet, das sie vor sich auf die Theke gelegt hat. »Machen Sie sich keine Sorgen deswegen. Kommen Sie einfach runter, wenn Sie morgens fertig sind. Das Abendessen wird über Lautsprecher auf den Badeplätzen verkündet.«

Ich runzle die Stirn und möchte etwas anfügen – habe ich hier einen Esoterik-Club erwischt, nachdem doch All-inclusive-Urlaube doch schon so gar nicht mein Ding sind?

Sie schiebt mir das Tablet zu. Eine Art Animationsprogramm entblättert sich vor meinen Augen. »Wir bieten täglich zahlreiche Freizeitaktivitäten an. Ob für Familien oder Einzelpersonen, jeder wird hier fündig. Wir bieten nicht nur Sportkurse an, sondern auch Kreativwerkstätten, Meditationseinheiten und interessante Fortbildungen.«

Die Vorstellung, zu den enthusiastischen Rufen eines Animateurs im Kreis zu hüpfen, entlockt mir ein gequältes Lächeln. Yoga-Einheiten mit einer Esoterik-Tante, die Uhren abgeschworen hat? Nein danke. Und Fortbildung, nachdem ich endlich meine stressige Arbeit hinter mir lassen kann? Mir entringt sich ein laubtrockenes Lachen.

Madeleines Blick zuckt irritiert. »Sie können einfach kurz vorher vorbeischauen, um sich anzumelden. Warten Sie …« Sie bückt sich hinter der Theke und schiebt mir einen weiteren Zettel zu, auf den sie das heutige Programm ausgedruckt hat. »Nehmen Sie den einfach mit.«

»Vielen Dank«, sage ich, »aber nein.« Ich schiebe das Papier zurück. Es fühlt sich eigenartig fest an, nahezu wie Kunststoff.

Ihr betretener Blick verrät mir, dass ich ihren sorgsam zurechtgelegten Plan durcheinanderbringe. »Danke«, füge ich mild an. »Ich werde heute einfach mal schwimmen gehen und ein Buch lesen.« Ich wende mich ab, doch Madeleine rattert weiter ihr Programm herunter.

»Es gibt mehrere Poolanlagen, eine für Familien, eine für Alleinstehende ...« Sie bricht ab, als sie meinen Blick bemerkt. »I-ich meine ja nur, falls Sie Ihre Ruhe haben möchten.«

Ich werde meine Ruhe haben, aber dazu muss ich erst mal von dieser Rezeption fortkommen. »Ich werde lieber an den Strand gehen«, erkläre ich und schiebe den Fuß vor, um mich aus der Unterhaltung zu schleichen.

»W-wie?«

»Zum Strand. Ich mag Chlorwasser nicht.«

»Aber das geht nicht!«, ruft sie aus. Ihre Stimme quiekt.

Irritiert blinzelnd drehe ich mich um. »Wie bitte?«

Sie saugt die Wangen ein, die Sehnen an ihrem Hals arbeiten, als sie nervös hin und her zappelt.

»Die Strömung ist zu gefährlich«, unterbricht eine ältere Frauenstimme unsere Unterhaltung. Suchend wende ich mich um. Eine Mitarbeiterin nähert sich auf harten Absätzen. Sie befindet sich in ihren Vierzigern und trägt die identische Uniform wie die Rezeptionistin, Stiftrock und Weste, der Kragen ihrer gestärkten Bluse hebt sich als Zacken vor dem Schwarz ab.

Forsch öffnet sie eine Klappe im Rezeptionstresen, schiebt sich dahinter und markiert ihren Posten mit einem Stapel Unterlagen, den sie auf die Theke knallt. »Die gelbe Fahne ist gehisst.«

Ich hebe die Augenbraue. »Die gelbe Fahne?«

Die Rezeptionistin nickt zum Eingang. Tatsächlich, es ist mir zuvor nicht aufgefallen: Eine flatternde Flagge sticht deutlich vor dem krassblauen Himmel hervor.

»Wird die gelbe Fahne gehisst, zieht einen die Strömung ins Meer hinaus. Abgesehen davon gibt es dort hinten ohnehin nur scharfkantige Felsen, an denen man sich die Füße aufschneidet. Versuchen Sie den Salzwasserpool, der wird Ihnen gefallen. Erlebnis wie das Meer, bloß ohne die grässlichen Seeigel, ohne schlabberigen Seetang und all das Zeug …« Sie packt den Stapel Unterlagen, knallt ihn hochkant wiederholt auf die Theke, um die Blätter in die gleiche Form zu bringen – *tack-tack-tack.* Wie ein Richterurteil.

Enttäuscht schürze ich die Lippen.

»Vielleicht morgen?«, piepst Madeleine, was der Älteren einen strengen Blick entlockt.

»Vielleicht morgen«, murmle ich und fliehe endlich zum Ausgang wie das Mädchen zuvor – dabei habe ich doch gar keine Familie, die mir peinlich sein kann. Der Gedanke verursacht ein merkwürdiges Stechen in meinem Herzen. Doch als ich ins Freie trete und mir die Sonne ums Gesicht schmeichelt, sind alle schlechten Gefühle wie weggeblasen.

Vor mir erstrecken sich Ebenen aus Sandstein wie niedrige Dünen. Dazwischen lagern die Pools als türkisfarbene Pfützen. Ein Schilderwald zeigt die Zugehörigkeiten der Urlaubsgäste an – *Familien, Kinder, Singles, Paare.* Ich halte wenig von vorgegebener Separierung. *Eigentlich hat Madeleine recht,* geht mir durch den Kopf. *Ich bin hier, um meine Ruhe zu haben.*

Doch etwas zieht mich in Richtung Familienareal, und meinen eigenen Versprechungen zum Trotz biege ich dem entsprechenden Pfeil folgend ab.

Mein Weg führt mich fort vom Hotel, der Gigant in meinem Rücken. Die Fensterfront reflektiert den Himmel, an dem Möwen ausschweifende Kreise ziehen. Die Sonne steht im Zenit, doch sie beißt nicht. Normalerweise spüre ich förmlich, wie sich mir bei Sonnenkontakt die Haut von der Nase schält, das ewige Schicksal von Rothaarigen. Ich schiebe den Sonnenhut zurecht.

Dem Geräusch planschender Kinder folge ich den Stufen hinab. Hinter einem Streifen saftiger, künstlich angelegter Wiese wiegen sich die Palmen im Wind. Dazwischen blitzt das Meeresblau auf, doch der Fahnenmast reckt ungebeugt die gelbe Flagge in die Luft, als wolle er mich verspotten.

Grellbunt rückt das Familienareal in mein Sichtfeld – Rutschen drehen Spiralen in die Becken, Kinder kreiseln durch einen Wasserstrudel, Teenager schlecken künstlich gefärbtes Eis vor einer Bude und strecken sich die farbigen Zungen entgegen. Die Kinder ziehen meine Blicke an, das Gegenteil von Ruhe und Zurückgezogenheit. Vor allem die Kleinen, die in gerüschten Badehosen pummelig durch die Gegend tapsen. Suchend grapschen sie nach den Fingern ihrer Eltern, ohne danach blicken zu müssen. Sie vertrauen einfach darauf, dass sie da sind.

Der Gedanke entlockt mir ein Lächeln, doch es tut mir nach einigen Schritten auf den Wangen weh. Ich reibe mir über die Brust, wo mein Herz sich zusammenzieht. Vielleicht nur Sodbrennen, vom Stress. Deswegen bin ich ja hier – um mich zu erholen.

In einem Randbecken spielt ein Animateur Wasserball mit den Kids, Mädchen hängen sich an seine muskulösen Arme, kreischen und lachen. Die Eltern freuen sich über die Fremdbeschäftigung ihrer Sprösslinge, entspannen unter den Sonnensegeln oder genießen an der Bar Kaffee und Drinks.

Ich spanne mir einen Sonnenschirm über eine Liege in der letzten Reihe auf. Gründlich creme ich mich ein und breite das Handtuch über meine Füße, die aus dem Schatten des Sonnenschirms ragen. Der Chlorgeruch und die Geräuschkulisse erinnern mich an Ferien meiner Kindheit. Bilder blitzen auf, als ich ebenso vertrauensvoll nach den Händen meiner Eltern fasste. Die Sonne strahlte, das Meer rauschte – nichts mussten wir in dieser Zeit, alles konnten wir. Das ist Urlaub.

Ich blättere durch die Buchseiten, doch die Handlung vermag mich kaum zu fesseln. Das Hin und Her der turtelnden Figuren frustriert mich. Ich lege den Roman auf meinem Bauch ab und beobachte stattdessen meine Umgebung.

Einige Liegen vor mir hat sich die vierköpfige Familie eingerichtet, die ich bereits auf meiner Etage getroffen habe. Der Sohn leckt an einem Eis am Stiel, grellorangefarbene Schwimmhilfen stehen von seinen Ärmchen ab wie Flügel. Der feiste Vater brät in der Sonne, die Mutter blättert in einem Taschenbuch. Prüfend gleitet mein Blick zu dem Einband hinab, der auf meinem Bauch ruht. *Sturmhöhe*. Was für ein Zufall! Die Mutter und ich, wir beide lesen dasselbe Buch.

Die Tochter schlendert abseits am Pool entlang. Das Haar zu einem Pferdeschwanz gebunden, baumelt es vor ihrem Rückgrat hin und her. Die Schulterblätter piksen aus der Haut. Sie strahlt Langeweile aus, mit der sie nicht nur einen Sicherheitsabstand zu ihrer Familie hält, sondern auch zu den anderen Kindern und Jugendlichen, die sich hier tummeln.

Irgendwie kann ich sie verstehen. Normalerweise sähe ich mich eher in einer einsamen Lagune der Costa Smeralda oder in einem Strandcafé an der Adria, wo ich an einem Cappuccino nippe … aber jetzt bin ich nun mal hier. Ich habe mir diesen Urlaub ausgesucht – Kluburlaub auf einer tropischen Insel, umgeben von nichts als Himmel und Wasser, die nahtlos ineinander übergehen. Einzig die Schatten entfernter Inseln kriechen den Horizont entlang wie Schildkröten.

Immer wieder gleitet mein Blick zum sachten Becken, in dem die Kleinsten spielen. Die dicken Michelin-Ärmchen, die Hütchen, die wie Gänseblümchen verkehrt auf ihren Köpfchen sitzen. Wie sie mit Schaufeln ins Wasser schlagen und begeistert krähen, wenn es aufspritzt. Jeder Augenblick ein noch nie dagewesenes Erlebnis. Der Aufschrei und die eifrig gereckten Arme nach Mutter oder Vater, wenn es ins Auge geht.

Etwas tropft auf meine Brust. Mich wird doch nicht ein Vogel angekackt haben? Ich hebe den Blick – doch über mir flattert nur der Sonnenschirm. Ich schiebe die Sonnenbrille auf die Nasenspitze und runzle die Stirn. Reibe über das Oberteil, wie peinlich, direkt bei der Brustwarze. Der Stoff ist feucht und warm, doch Vogelexkrement ist es nicht. Möglicherweise war der Sonnenschirm nass? Oder ein Kind hat bis in die hinteren Reihen gespritzt? Ich schnuppere an den Fingern. Kein Chlorgeruch. Es riecht eigenartig süß. Wie …

… *Muttermilch*.

Erschüttert gucke ich auf meine Hand. *So ein Unsinn! Du weißt doch nicht mal, wie Muttermilch riecht.*

Mein Blick fliegt peinlich berührt umher. Vielleicht ist ein Kind mit einem Milcheis vorbeigelaufen, und ich habe es nicht bemerkt.

Ich schäle mich aus dem Kleid, die Hand vor dem Fleck am Bikini schleiche ich zum Beckenrand und gleite die Stufen hinab. Eine Gruppe Kinder läuft an mir vorbei und beschießt sich mit Wasserpistolen – das muss es gewesen sein! Ich schwimme ein paar Runden, fühle mich zwischen all den Kindern, den Wasserbällen und Schwimmreifen wie in einem Bällebad in einer Kinderbetreuungsanlage – doch es stört mich nicht. Auf dem Rücken treibend lausche ich dem heiteren Gesang.

Der Nachmittag entschwindet mit ein paar gelesenen Buchseiten. Der Himmel verfärbt sich violett, als über einen Lautsprecher mitgeteilt wird, dass in einer Stunde das Abendessen stattfindet und um entsprechende Kleidungswahl im Restaurantareal gebeten werde. Ich bleibe noch einige Minuten, bis ich der langsam abwandernden Masse folge, die sich die Stufen zum Hoteleingang emporschiebt.

Ein Pärchen hält in gegenseitiger Umarmung neben dem Fahnenmast an und beobachtet das prächtige Farbenspiel des Himmels. »Das haben wir uns doch bereits seit so langer Zeit gewünscht«, seufzt die junge Frau.

Er küsst sie auf die Schläfe. »Endlich können wir uns erholen. Das haben wir uns verdient.«

Ich lächle. Dieser Urlaub ist alles, was wir wollten – und dieses Hotel scheint perfekt dafür.

Ich gebe meine Menükarte bei einem Kellner ab, der sich mit Kollegen darin abwechselt, die Gäste an ihre Tische zu führen. Er ist gut gekleidet wie alle Angestellten, trägt ein gebügeltes Hemd und schwarze Hosen mit Bundfalten. Sein Gesicht gefällt mir. Als er meine Menükarte fixiert, bildet sich eine Falte auf seiner Stirn.

»Sie haben kein Menü ausgewählt«, stellt er fest und sieht auf. Seine Augen sind schön und dunkel, passend zu seinem kräftigen dunklen Haar und der von Natur aus gebräunten Haut. Ich nehme an, dass er ein wenig jünger ist als ich selbst, was mir prinzipiell nichts ausmachen würde. Er wirkt allerdings genervt. Bin ich hier nicht Gast und König?

»Kann ich Ihnen nicht einfach sagen, was ich essen möchte?«

»Sie müssen es ankreuzen«, wiederholt er langsam, als wäre ich schwer von Begriff.

Ich blinzle. »Dann übernehmen Sie das doch bitte«, erwidere ich. »Salat, Fisch, Mousse.«

Der Mitarbeiter stiert mich an, als wäre ich die erste Person in diesem verdammten Klub, die mit einer nicht angekreuzten Menükarte erscheint. Ich verschränke die Arme und warte. Geduld ist meine Tugend. Wir starren. Die Stille spielt für mich.

Mit einem Schnauben gibt er nach. Entnervt tastet er nach seiner Hemdtasche, zieht einen Kugelschreiber hervor und drückt die Mine heraus. Die Anwendung des Schreibgeräts scheint ihm seinen gesamten Stolz zu kosten. Da hätte er sich einen anderen Job suchen sollen als einen im Dienstleistungssektor.

Überrascht bemerke ich, dass er die Menükarte in einen Schlitz an seinem Empfangstresen einführt. Vermutlich wird die Auswahl direkt an die Küche gesendet. Er tippt auf einem Touchscreen umher, der in der Tischfläche eingelassen ist. »Sie sind allein hier?«, hakt er nach.

Ich nicke und wundere mich, dass mir die Tatsache unangenehm ist.

Er weist mich an, ihm zu folgen. Hintereinander spazieren wir durch den Restaurantbereich. Die Gäste unterhalten sich an adrett hergerichteten Tischen, die bis unter das Segeldach der Terrasse reichen. Das Ambiente ist hell und edel, das Licht gedämpft, die Gespräche verkommen zu einem Raunen … ganz anders als der kreischend laute und bunte Nachmittag am Pool. Da fällt mir auf, was hier fehlt. »Wo sind die Kinder?«

Der Kellner wirft mir einen Blick über die Schulter zu. »Im Familienbereich.«

»Im Familienbereich?«

»Es gibt verschiedene Restaurants, um den Bedürfnissen der Gäste entgegenzukommen und jedem das perfekte Urlaubserlebnis zu bieten.« Die Worte verlassen wie auswendig gelernt seinen Mund. Er erinnert mich an Madeleine, nur dass er so lange im Job ist, dass er sich nicht länger Mühe gibt.

Ich schürze die Lippen. »Und in welchem Bereich befinde ich mich?«

Erneut sieht er über die Schulter. Eine Falte zieht sich über seine Stirn. »In dem für Singles und Paare zwischen dreißig und fünfzig Jahren.«

Er führt mich zu einem Tisch, dessen Kanten bereits von drei Damen besetzt sind. Eine Seite ist für mich frei geblieben, ein Weinglas steht verlockend neben dem Gedeck, mit den anderen stoßen die drei Grazien bereits lachend an. Ich soll wohl eine von ihnen werden.

Ich packe den Kellner am Ärmel. »Ich möchte allein sitzen«, dränge ich.

»Wie bitte?«

»Ich möchte meine Ruhe haben. Gibt es einen Einzeltisch?«

Er wirkt äußerst verdutzt. »Wird Ihnen da nicht langweilig?«

»Ich wäre ein herrlich reizloser Mensch, würde mir in meiner eigenen Gesellschaft so rasch langweilig.«

Unzufrieden sieht er mich an, holt tief Luft und stößt diese lautstark aus.

»Ist das ein Problem?«, frage ich scharf. *Kunde, König.* Der hat das Konzept wohl verlernt.

»In unserem Hotel gibt es keine Probleme«, erwidert er ruppig. Er führt mich zu einem Tisch am Rand der Terrasse. Von hier aus kann ich das Meer sehen, genieße den Anblick der Wellen, die schwarzblau gegen die Insel schlagen. »Wünschen Sie etwas zu trinken?«, fragt mich mein Kellner und zückt ein Tablet.

»Ein Glas Rotwein bitte.«

»Saint Laurent, Cabernet Sauvignon?« Er vermerkt meinen Wunsch und lässt mich zurück.

Ich genieße die Abgeschiedenheit. Die Pärchen suchen nach den Fingern ihrer Partner, umschmeichelt von flackerndem Kerzenschein. Der Drei-Grazien-Tisch ruft fleißig um alkoholischen Nachschub und feiert sich in heiterer Ausgelassenheit. Ich lausche in die Nacht nach den Familien, mit denen ich meinen Nachmittag verbracht habe, doch es ist, als wären sie gar nicht da. *Wie in Quarantäne gesteckt,* geht es mir durch den Kopf.

Mein Tischkellner bringt mir den verlangten Wein und meine Vorspeise. Während ich mit der Gabel darin herumstochere, bemerke ich, dass ich die einzige Person bin, die allein sitzt. Einen Augenblick lang fühle ich mich wie eine Außerirdische. Dann beschließe ich, mein Urlaubserlebnis nicht weiter mit schlechten Gedanken zu trüben, und genieße den ausgezeichnet marinierten Salat.

Mit dem Glas Cabernet legt sich eine angenehme Schwere auf meine Sinne. Ich schwenke das Gefäß, beobachte, wie der Wein in Schlieren daran hinabrinnt. Nebenher lausche ich den Stimmen meiner Sitznachbarn. Immer wieder schnappe ich Worte ohne Zusammenhang auf, eines haben sie aber gemein: Sie sind deutsch. Es muss sich um eines dieser Hotels handeln, die für Deutsche, Österreicher und Schweizer konzipiert sind. Selbst das Personal spricht akzentfrei. Was ist mit Einheimischen? Oder dient diese Insel rein als Urlaubsinsel, und selbst die Mitarbeiter werden hierhergebracht?

Das Essen verbringe ich in Schweigen, das durch meine Bedienung gefördert wird, die sich nicht weiter nach meinen Wünschen erkundigt. Als ich den Speisesaal verlasse, bedient mein Kellner den Weibertisch. Die Damen sind beschwipst und lassen ihm schmeichelnde Worte, übertriebene Augenaufschläge und flüchtige Berührungen zuteilwerden.

Obwohl es nicht spät sein kann, fühle ich mich ebenfalls beduselt, weswegen ich beschließe, mich ins Zimmer zurückzuziehen. Ich fahre mit dem Aufzug hoch, spaziere den Gang entlang, mein Blick gleitet über die uniformen Türen. Ich frage mich, ob alle Zimmer dahinter exakt gleich aussehen.

Als ich die Hälfte des Weges zurückgelegt habe, faucht hinter mir die Aufzugstür ein weiteres Mal. Ich drehe mich um und entdeckte meine Familie. *Meine.* Wie lustig, wie schnell man in neuer Umgebung Dinge zu den seinen werden lässt. Meine Familie. Mein Tisch. Mein Platz. Mein Kellner. Wie bei einer echten Familie muss man nicht alle davon mögen.

Ich frage mich, woher sie kommen – wie ihr Speisesaal aussieht. Hat ihr Fingerabdruck sie dorthin katapultiert, wohin sie gehören? Wollten sie das überhaupt?

Doch sie wirken allesamt entspannt. Der Vater trägt den schlafenden Sohn, dessen Wange an seiner Schulter ruht, der Mund zur Schnute geöffnet. Sogar das Mädchen dackelt an der Seite der Mutter einher, ihr Handrücken streift öfter den der Mama, bis sie sich bei ihr unterhakt.

Vor meiner Tür brauche ich länger, um den Daumen richtig auf dem Panel zu platzieren. Vater und Mutter wünschen mir eine gute

Nacht, da klicken unsere Türen zeitgleich auf und wir ziehen uns wie Füchse in unsere Baue zurück.

Die Müdigkeit überwältigt mich ganz unvermittelt, als ich die Schuhe von meinen Füßen streife. Ich wanke ins Badezimmer, in dem das Licht kalt aufflackert. Meine Brust tut weh. Die linke. Die, die nach Muttermilch geduftet hat.

Eis, verbessere ich mich. Es war nur Milcheis.

Ich reibe mir über die angespannte Brust, starre gedankenverloren in den Spiegel, mein Blick verschwimmt vor Müdigkeit. Ich grapsche nach der Zahnbürste, mein Arm schwankt, als wäre ich betrunken. Meine Hand zittert, als ich Zahnpaste auf die Borsten drücke. Der Zahnbürstenkopf klappert gegen meine Zähne. Einige ungeschickte Striche, dann gebe ich auf.

Mit letzter Kraft schleppe ich mich zum Bett. Ich zwänge mich zwischen die steifen Laken. Das Schlafbedürfnis überwältigt mich, als würde man mir einen Sack über den Kopf stülpen. Was ist nur los mit mir? Vertrage ich keinen Alkohol mehr?

Meine Wimpern flattern, einen Augenblick lang lausche ich dem Rauschen des Meeres und meines Atems, die in einen gemeinsamen Rhythmus fallen. Eine letzte Frage leuchtet wie ein neuer Stern am Firmament auf: Wo bin ich hier eigentlich? Er verglüht und hinterlässt mich in Schwärze.

Kapitel 2

… endlich Urlaub. Der Satz begleitet mein Erwachen wie ein Echo, das durch meinen wie leer gefegten Schädel hallt. Ich denke nicht, wälze mich nur in den Laken herum, starre zum Fenster hinaus, wo sich die Sonne in den Fensterabschnitt schiebt. Benommen beobachte ich sie bei ihrer Wanderung.

Erst nach und nach klettern Erinnerungen zurück. An den gestrigen Tag, den Geschmack des Salats, den Duft von Milcheis, das Lachen von Kindern. Angenehme Erinnerungen, irgendwie, und irgendwie auch nicht. Den sauren Gesichtsausdruck des Kellners schiebe ich fort – ich möchte mich mit nichts Negativem in meinem Urlaub belasten und den heutigen Tag ausschließlich mit schönen Momenten füllen. Wie ein Glas mit getrockneten Blüten, das jedes Mal, wenn man es öffnet und den Duft einsaugt, das herrliche Gefühl des Sommers zurückbringt.

Ich kämpfe mich aus den Laken und bemerke, dass ich noch immer die Kleidung von gestern trage. Wie peinlich! Habe ich gestern zu tief ins Glas geguckt? Oder die Sonne nicht vertragen?

In frische Kleidung geschlüpft, die Zähne geputzt und das Gesicht gewaschen, fühle ich mich gleich besser. Auf dem Weg zum Aufzug, die Badetasche bereits unter den Arm geklemmt, flechte ich mir das Haar zu einem kupferfarbenen Zopf. Ich mag das Gefühl des Flechtwerks zwischen meinen Fingern. Es erinnert mich an etwas. An einen anderen Urlaub, dessen Bilder wie in einer alten Fotografie verblassen.

Der Aufzug senkt sich, die Türen öffnen sich mit einem lauten *Pling!* Dort, die junge Frau hinter der Rezeption winkt mir lächelnd zu. Ich kenne sie. Ihr Name fällt mir einfach nicht ein! Fast ist mir, als hätte sie ihren Goldtresen seit gestern nicht verlassen.

Ich entringe meinem Gedächtnis ihren Namen nur mühselig. »Madeleine, richtig?«, frage ich, als sie mir die Menükarte reicht.

Sie blinzelt überrascht. »Ganz richtig, Frau Kern. Aber Sie müssen sich meinen Namen nicht merken. Belasten Sie sich nicht damit.«

Was für eine eigenartige Aussage, finde ich. *Blütenblätter,* erinnere ich mich. *Fülle dein Erinnerungsglas ausschließlich mit schönen Momenten. Eigenartiges hat keinen Platz darin. Die guten ins Töpfchen, die schlechten ins Kröpfchen.*

Ich nickte zur großen Fronttür. »Wie sieht es heute aus?«, frage ich. »Hat sich der Wellengang verbessert?«

Madeleine fährt sich mit dem Finger an die Schläfe, dreht einige Babyhärchen darum, die sich aus der sonst so akkuraten Frisur gelöst haben. »Nein, Frau Kern«, sagt sie leise. »Es tut mir sehr leid. Die Flagge hängt nach wie vor.« Sie ist so jung, wie ein Vögelchen wirkt sie auf mich; ein Nestling mit hohlen Knochen, der nicht fliegen kann. »Aber der Salzwasserpool«, fügt sie an und strahlt plötzlich, »der steht dem Meer wirklich in nichts nach.«

Ich entringe mir ein mildes Lächeln und folge ihrem Verweis zum Speisesaal. Als ich mich einige Schritte entfernt habe, drehe ich mich noch mal um.

»Madeleine?«, rufe ich zurück.

Sie blickt von ihrem Tablet auf.

»Wie kommt es, dass hier alle so ausgezeichnet Deutsch sprechen?«

Sie blinzelt. »Standardvoraussetzung für die Einstellung«, sagt sie. Ich kenne sie nicht lange, doch ich glaube bereits zu erkennen, welches Lächeln von ihr echt und welches künstlich ist. Dieses hier besteht aus Einwegkunststoff.

Ich nicke erneut und betrete durch die geöffneten Türen den Speisesaal. Diesmal empfängt mich kein Kellner. Zwischen den besetzten Tischen schlendere ich am gigantischen Frühstücksbuffet vorbei. Der Anblick des continental breakfast erschlägt mich fast. Türme an Obst, Platten voller Aufschnitt, Frühstücksflocken in einem um sich selbst rotierenden Ständer. Tröge voller Marmelade, Schokocreme und Erdnussbutter. Eier in jeglichen Variationen, der deftige Duft von Baked Beans, Würstchen und Speck sowie gebratenen Tomaten. Letzteres kenne ich eigentlich nur von englischen und amerikanischen Touristen.

Überfordert greife ich mir ein Croissant und bestelle einen Kaffee. Automatisch laufe ich zu meinem gestrigen Tisch nahe dem Balkon zurück und merke, dass der Großteil der restlichen Urlauber automatisch zu seinen gestrigen Tischen zurückgekehrt ist – als wären sie nun mit diesen verheiratet. Der Mensch ist ein Gewohnheitstier. Möglicherweise habe ich meine Chance verspielt, mir eine Clique zu suchen wie Schulkinder am ersten Tag.

Das Meer lockt meinen Blick an, während ich vom Croissant abbeiße und gedankenverloren kaue. Der Gedanke, meine Füße auch heute nicht in dunkelblaues Nass stecken zu können, stimmt mich melancholisch.

Sommerblüten. Erinnerungsgefäß. Nur die Guten ins Töpfchen.

Vielleicht vermag ich mir am Pool ja zumindest einzubilden, dass ich stattdessen am Felsenstrand sitze.

Draußen wieder der Schilderbaum. Singles, Paare, Salzwasserpool. Das Kinderlachen zieht mich an. Inmitten des Lärms habe ich zumindest das Gefühl, nicht allein zu sein. Dabei habe ich mich nicht mal richtig entschieden, ob ich Gesellschaft der Einsamkeit vorziehe.

In George Orwells *1984* versunken, bemerke ich viel zu spät, dass meine Beine ungeschützt in die gleißenden Sonnenstrahlen ragen – und ziehe sie erschrocken unter den Sonnenschirm zurück. Ich wackle mit den Zehen, auf denen kaffeebraune Sommersprossen sitzen, und erwarte, das Spannen und Beißen eines mörderischen Sonnenbrands zu spüren, doch das Gefühl bleibt aus.

Eine ganze Weile lang betrachte ich die unversehrte Haut. Als rothaariges Kind wächst man mit Sonnenbränden, Sonnenhut und dickflüssiger Sonnencreme auf wie andere mit Frühstücksflocken und Gutenachtgeschichten. Jede Unachtsamkeit wird mit schlaflosen Nächten, Brandbläschen und Joghurtwickel bestraft. Heute hat mich die Sonne verschont – und das ausgerechnet auf einer tropischen Insel.

Zögerlich schiebe ich die Brille von der Nase und spähe unter dem gelben Schirmrad in den Himmel empor. Die getönten Gläser überziehen meine Umgebung mit einem bräunlichen Schleier. *Hm.* Es ist warm, aber nicht zu warm. Eigentlich ist es perfekt, wenn man es genau bedenkt – perfekt wie alles hier.

Gedankenverloren knete ich meinen Zopf wie ein geflochtenes Tau, das mir auf hoher See Sicherheit vermittelt. Probehalber rutsche ich ein Stück vor und strecke die Füße zurück in den Sonnenschein. Umspielt von den Familiengeräuschen sitze ich und lasse die Zeit verstreichen, höre Kinder ins Becken springen, ihre lang gezogenen Schreie brechen ab, wenn sie von der spiralförmigen Rutsche in den Pool schlittern. Die Sonnenstrahlen berühren meine Füße, meine Knie, meine Schenkel. Ich werde ganz sicher dafür büßen. Die Sonne starrt steif vom Himmel. Kein einziges Schäfchen gleitet vor ihr Gesicht.

Etwas später ziehe ich meine Beine in den Schatten zurück und meine Sonnenbrille von der Nase. Ich drücke mit dem Daumen auf mein Bein, erwarte einen weißen Abdruck auf leuchtendem Rot zu sehen – doch selbst als ich die Sonnenbrille ins Haar geschoben und die Augen gerieben habe, *nichts*.

Verstört sehe ich mich um. Die Sonne lässt niemals Gnade walten. Ob nun auf der Skipiste, im regnerischen London oder in den unendlichen Weiten Skandinaviens – ich würde es überall schaffen, mir einen Sonnenbrand zu holen. *Warst du dort schon mal?*, drängt sich mir ein Gedanke auf. *Oder hast du nur ein Bild davon, wie es sich dort anfühlen muss?*

Ich spüre die Falten über meiner Nasenwurzel, während ich verwirrt den Blick schweifen lasse – die planschenden Kinder, ihre Eltern, die auf den Sonnenliegen dösen. Ein Gedanke versucht sich vom Rest zu lösen. Ein unstimmiges Detail eines All-inclusive-Urlaubs. Alle glänzen vor Sonnencreme. Doch niemand – kein einziger von ihnen – besitzt die krebsrote Färbung, die sich der durchschnittliche deutsch-österreichische Tourist von hier nach Hause mitnehmen möchte. Urlaub ist ein Statussymbol, und damit ist es auch der gemeine Sonnenbrand. Verdammt seien diejenigen, die daheim nicht damit protzen können.

Selbst der dicke Vater aus meiner Etage, der auf dem Bauch liegt und schnarcht – eine Position, die er selten verlässt –, weist nicht die geringste Rötung auf.

Ein Atemzug dehnt meine Brust. Gleichzeitig säuselt eine Stimme in meinem Kopf, ob ich mich wirklich an so etwas Unsinnigem stören möchte – ausgerechnet an diesem Urlaubstag, den ich mir so sehr verdient habe. Kann ich nicht einfach glücklich sein? Ist es nicht ein Segen, ohne Angst vor einem Sonnenbrand hier sitzen zu dürfen? Wer weiß schon, wie es hier mit dem Ozon steht, mit dem Stand der Sonne. Möglicherweise ist hier alles anders. *Perfekt* eben. Ratlos fahre ich mir mit der Zungenspitze über die Unterlippe.

Ich beschließe, die bohrenden Gedanken mit einem Spaziergang zu vertreiben. Immer muss ich mir selbst den Tag verderben, mein Erinnerungsglas mit alten Mottenkugeln füllen statt Rosenblättern. *Dumme, dumme Alice. Dein erster Urlaub seit so langer Zeit, und du ruinierst dir alles.*

Das erste Mal in meiner Erinnerung flaniere ich ausschließlich im Badeanzug durch die Sonnenstrahlen, versuche den Moment zu genießen. Ich durchquere den Restaurantbereich, wo ein gelockter Kellner mir ein Getränk anbietet, das ich lächelnd ablehne. Stattdessen sehe ich mir den Animationsbereich an, versuche die seltsamen Gedanken zu vertreiben, die sich mir aufdrängen.

Typisch Alice. Du Spielverderberin. Wieso kannst du nicht einfach auf die Regeln pfeifen wie alle anderen?

Ich hänge mich an das Netz zu den Ballsportarten, beobachte das Spiel der Touristen. Tennis, Federball und Squash werden hier angeboten. Eine Tanzgruppe trotzt hüpfend der Sonne, angeführt von einer Aerobic-Trainerin mit Zahnpastalächeln. Yoga, Pilates, Spinning, Zirkeltraining und viele andere sportliche Aktivitäten finden im Laufe des Tages statt. Jedem das Seine. Manche wollen im Urlaub schön und fit bleiben.

Ich gelange zu einem Korridor und fühle mich augenblicklich wohler – denn auch im musischen Bereich werden Kurse angeboten. Mit den Fingern fahre ich die gläsernen Wände entlang. Gäste lassen Borstenpinsel über Leinwände tanzen, andere versenken ihre Hände lustvoll in glitschigem Ton oder wiegen sich im Trommelkreis im

Takt. Zwar kitzelt es mein Interesse, doch etwas hält mich davon ab, den Fuß durch die Tür zu setzen. Hinter der transparenten Wand bleibe ich stehen, streiche mir über die Oberarme, als würde es mich frösteln. Im Abstand laufe ich weiter, bis der Gang endet. Eine Feuersicherheitstür führt hier nach draußen. Zögerlich lege ich meine Hand an den Öffnungsmechanismus und probiere, ob er sich drücken lässt.

Die Tür schwingt auf.

Das Hotel steht hier an felsigen Klippen, gegen die das Wasser peitscht, der Wind röhrt und bläst mir ins Gesicht. Ich trage keine Schuhe und erinnere mich an die Warnung der strengen Rezeptionistin bezüglich der scharfkantigen Felsen. Zögerlich trete ich die Stufe hinab. Die Arme um mich selbst geschlungen blicke ich mich um. Eine seltsame Stimmung hält mich gefangen. Hinter meinen Schläfen pocht es.

Ich ducke mich im Schatten eines Fassadenvorsprungs, da bemerke ich eine Gruppe von Menschen, die sich weiter hinten neben dem Gebäude tummeln. Sie tragen das typische Schwarz-Weiß der Mitarbeiter und rauchen, ihr Plaudern tönt nur als Singsang zu mir. Lautstark schlagen die Wellen gegen die Felsen.

Zwei von ihnen erkenne ich. Es sind Kellner von gestern Abend. Einer war mein Tischkellner. Sein Blick gleitet zur Seite, er entdeckt mich. Aus der Entfernung merke ich, wie sich seine Brauen verknoten.

Er hebt das Kinn, stößt den Zigarettenrauch aus, schnippt die Zigarette in einen dafür vorgesehenen Aschenbecher und nickt den anderen zu. Sie werden auf mich aufmerksam. Durch einen Hintereingang ziehen sie sich zurück.

Ihr Verhalten kränkt mich, auch wenn ich es nicht erklären kann.

Zögerlich strecke ich meinen Fuß aus und steige auf die Felsen hinab. Die sind hell und grobporig. Weiter hinten haben die Gezeiten kleine Becken hineingeschabt.

Es erscheint mir eine halsbrecherische Aktion, ohne Schuhe durch die unwegsame Landschaft zu staksen, doch das Meer zieht mich an. Ich will es sehen, will es spüren – das Wasser an meiner Haut, schaukelnde Seesterne, schwankende Algen, schimmernde Muschelschalen.

Je weiter ich mich der Küste nähere, desto mehr Wasser füllt die porösen Löcher. Pfützen bilden Minibiotope, in denen ich angeschwemmten Seetang, Schneckenhäuser und ein paar stachelbewehrte Seeigel finde. Die letzten Meter zu überwinden bringt mich ins Schwitzen. Ich habe das Gefühl, mir bei jedem nächsten Schritt den Fuß zu brechen – falls ich in die Fluten stürze, ist hier draußen niemand, der mich so schnell finden wird; ich kann nur auf die Rückkehr der Mitarbeiter hoffen. Die Wellen sind kraftvoll und dunkel, ich bezweifle, dass ich ihnen entkommen kann, wenn sie mich erst in die Tiefe ziehen.

Der letzte Abschnitt erweist sich als unüberwindbar – zwischen den Löchern und aufragenden Felszacken finde ich keinen Weg hindurch. Enttäuscht bleibe ich stehen und lasse mich vom Wind umbrausen.

Als ich mich umdrehe, bemerke ich in einiger Entfernung das Mädchen aus meiner Etage. Es sitzt auf einem Felsen und starrt auf das Meer hinaus. Einen Moment lang fühle ich mich der Jugendlichen verbundener als jedem anderen Gast hier.

Schwermut drückt meine Laune, als mir ein abrupter Gedanke einschießt. Warum blase ich hier Trübsal? Ich habe so selten frei! Und dann riskiere ich hier meinen Hals und klettere waghalsig herum. Will ich meinen restlichen Urlaub mit Gipsfuß am Pool verbringen?

Da ich der natürlichen Form der ausgewaschenen Felsen gefolgt bin, befinde ich mich mittlerweile näher an der Hintertür als jener, aus der ich gekommen bin. Über die Klippen klettere ich an sie heran. Ein Aschenbecher markiert den Zugang, ein Surren raunt. Ich sehe mich um, kann dessen Ursprung jedoch nicht entdecken, vermute jedoch eine Art Lüftung.

Ich fasse die Klinke, die so breit ist wie die Tür selbst, und drücke sie nieder. Die Tür öffnet sich kein Stück weit. Das Personal muss sie hinter sich verschlossen haben.

Ich beiße mir in die Unterlippe, sehe nach links und rechts. Anstatt zum Vorderteil zurückzukehren, überbrücke ich das letzte Stück zur Rückwand. Meine Füße brennen und tun weh. Knapp vor der Ecke erwischt mich ein heftiger Luftzug und drückt mich gegen die Mauer. Daran gepresst, schiebe ich mich ein Stück weiter, um den hinteren Teil der Insel zu sehen.

Steil fallen Felsen ins Meer hinab. Die Rückwand schießt fenster- und makellos in die Höhe. Möwen ziehen über das Dach herum.

Die Insel ist für ihre Verhältnisse winzig. Einzig das Hotel steht darauf, die flachen Treppen mit den Pools. Das ganze Areal dürfte kaum mehr als ein, zwei Quadratkilometer messen. Wie bin ich draufgekommen, ausgerechnet hier meinen Urlaub zu verbringen? So … eingesperrt?

»He!« Ich fahre herum. Gelöste Strähnen toben im Wind. Auf den Felsen, dicht am Meeresrand, drückt sich das Mädchen vom Zimmer gegenüber in die Höhe. Sie ist es jedoch nicht, die gerufen hat.

Von der Seitentür winkt uns eine Mitarbeiterin zu. Madeleine. »Das Betreten dieses Areals ist verboten!« Der Wind verschluckt beinahe ihre Stimme. »Kommen Sie zurück! Bitte!«

Kapitel 3

Das Windesheulen erstickt, als die schwere Tür hinter dem Mädchen und mir zufällt. Madeleine lehnt sich mit dem Rücken dagegen. Hastig hält sie den Daumen gegen ein Panel, das kurze Zeit später rot aufleuchtet. »Entschuldigen Sie«, sagt sie fahrig. »Hier sollte abgeschlossen sein.« Sie rüttelt probehalber noch mal an dem breiten Türgriff. Diese rührt sich nicht länger. »Die Mitarbeiter vom Frontdesk nutzen sie öfter zum Rauchen«, erklärt sie. »Die vergessen schon mal abzusperren.«

Vor allem, wenn sie dann hinten reingehen.

Das Mädchen von nebenan guckt zu Boden, das Haar hängt ihm ins Gesicht. Ich fühle mich genauso schuldig, dabei bin ich doch erwachsen. Als wären wir beide ausgebüxt, fünfzehn und dreißig.

Madeleine bückt sich nach ihr und stützt die Arme auf den Beinen ab. »Alles in Ordnung, Jackie?«

Jackie. Vielleicht kurz für Jacqueline. Jackie passt besser. »Möchtest du dir das Unterhaltungsprogramm ansehen? Es gibt heute nach dem Abendessen eine Kinonacht für Teenager. Würde dir das nicht gefallen?«

Jackie schüttelt nur den Kopf, ihre Haare fliegen. Sie verschränkt ihre Arme, steckt die Hände unter die Achseln, als befände sie sich in der Arktis und nicht im Sommerurlaub, und zieht ihrer Wege. Madeleine seufzt und richtet sich wieder auf. Ihr Blick sucht nach mir. »Und Sie, Frau Kern? Haben Sie etwas gesucht? Kann ich Ihnen irgendwie helfen?«

Mit einem Lachen winke ich ab. »Ich wollte mir wirklich nur alles ansehen.«

Madeleine hebt die Schultern an. »Ich fürchte, dort hinten gibt es nicht viel, außer scharfkantige Felsen und …«

»… ein paar Zigarettenstummel.« Ich kneife die Lider zusammen. Ist doch eigenartig, wie oft sie wiederholen, dass die Felsen scharfkantig sind. Andererseits gucke ich auf meine Zehen hinab – und sehe, dass die feine Haut daran zerschunden ist.

Bevor es peinlicher wird, erlöst mich eine Lautsprecherstimme. Sie ruft zum Abendessen. »Oh«, stoße ich aus. »Ich muss noch meine Sachen vom Pool holen!«

»Das erledigen wir schon«, unterbricht mich Madeleine. »Holen Sie sich einfach von meiner Chefin am Rezeptionstresen eine neue Menükarte, ich lasse Ihnen Ihre Sachen aufs Zimmer bringen.«

Während ich in der Schlange aus Paaren und sich unterhaltender Einzelpersonen anstehe, schiebe ich den Träger meines Kleides hin und her. Kein Sonnenbrand, stelle ich fest. Nicht einmal ein Abdruck.

Am Empfangstisch erwartet mich ein blond gelockter Tischkellner. Ich erwidere sein freundliches Lächeln wie ein Spiegel. Als ich an seinen Tisch herantrete, wird ein Name gerufen und er reißt suchend den Kopf herum. Eine Kellnerin winkt ihn zu sich an die Bar. Er entschuldigt sich bei mir, läuft davon – und an seiner statt tritt mein persönlicher Stimmungskiller auf.

Unser beider Gesichter frieren ein. Sauertöpfisch besieht er mich wie ein Richter, der für Strafzettel zuständig ist und seit fünf Jahren nichts anderes macht, als sich Ausreden anzuhören, warum jemand zu schnell fahren oder auf dem Behindertenparkplatz parken musste. Als ich nichts sage, beginnt er die mühevolle Unterhaltung. »Ihre Menükarte bitte.«

Ich spitze die Lippen. »Ich habe sie vergessen.« Nicht wahr, nur war gerade niemand an der Rezeption. Aber ich will mich nicht bei ihm entschuldigen müssen. Sein saurer Blick hinterm Hotel, als hätte ich ihm die Nachmittagspause versaut, hat sich in mein Erinnerungsglas geschlichen – und dafür möchte ich ihn nun bestrafen.

Er blinzelt. »Wie bitte?«

»Ich habe sie vergessen«, wiederhole ich. »Oder verloren. Ich finde sie jedenfalls nicht mehr.«

Eine Weile sieht er mich ungläubig an. Dann winkt er eine Kollegin herbei. »Die Dame hat ihre Menükarte vergessen«, zischt er. Das Mädchen in der weißen Bluse versteift überrascht. »Ist das denn möglich?«

Unwillig nickt er.

»Lächeln!«, sagt sie, ein Tablett mit Getränken auf dem Arm. »Ich hole eine neue Karte.«

Während ich warte, kommen andere Gäste und mein Lieblingsgarçon führt sie davon. Was für eine Erleichterung, diese Gäste haben ihre Menükarte akkurat ausgefüllt! Er wechselt sich mit dem lockigen Kollegen und einer weiteren Kollegin ab, bis das Mädchen zurückkehrt und mir eine neue Karte entgegenstreckt. »Aron!«, ruft sie. Von der Terrasse aus blickt der Angestellte herüber. Die Kellnerin winkt ihm zu und er kehrt zurück. Diesmal zückt er automatisch den Kugelschreiber. »Was möchten Sie?«

»Was empfehlen Sie?«

Er holt tief Luft. »Woher soll ich wissen, was Ihnen schmeckt?«

»Gibt es nichts, was Sie selbst bevorzugen?«

Seine Augenbraue hebt sich. Ich weiß, ich bin ein Biest, aber er hat es wirklich nicht anders verdient.

Die Kellnerin von vorhin rauscht vorbei. »Lächeln!«, zischt sie ihm zu.

Er zwingt sich dazu. Ich frage mich, wie es wohl aussähe, wenn er wirklich lächelt. »Ich bin Vegetarier«, sagt er, »da ist die Auswahl begrenzt.«

»Dann nehme ich die vegetarische Hauptspeise.«

Er bemüßigt sich, Entsprechendes anzukreuzen. »Beef Tartar oder Mozzarella-Platte als Entrée?«

»Beef Tartar.«

»Kirschkuchen oder ...«

»Ich möchte keine Nachspeise, vielen Dank.«

Erneut dieser ungläubige Blick. Mir ist klar, dass ich nicht die typische All-inclusive-Urlauberin bin, aber verhalte ich mich hier wirklich so abwegig? Ein Blick zu den zahlreichen Tischen verrät mir ein klares *Ja*.

Nachdem Aron, der Kellner, die Menükarte in den Schlitz seines Tisches geführt hat, bringt er mich zum selben Tisch wie gestern. Ich bestelle Chardonnay, und bevor ich das Beef Tartar fertig gegessen habe, fühle ich mich zufrieden betrunken und kann mir nicht erklären, warum ich mich heute jemals ärgern musste; noch dazu über solche Banalitäten.

Zum Hauptgericht – Gnocchi mit hausgemachtem Bärlauch-Pesto – bitte ich um ein Achtel Riesling. Der Geschmack erinnert mich an zu Hause. Ich schwenke das Glas. »Woher stammt dieser Wein?«, frage ich meinen Tischkellner.

Er zuckt mit den Schultern. »Ich kann nachfragen«, bietet er mir an.

An anderen Tagen hätte ich ihn geschickt, nur um ihn zu ärgern, doch die Trunkenheit macht mich zu einem sanften Lämmchen. »Schon gut«, sage ich. »Der Duft … er erinnert mich an die Gegend, in der ich aufgewachsen bin.« Meine Gedanken schweben wie Nebel über die Hügel meiner Kindheit und verfangen sich in den Weinreben, die sie als hellgrüne Streifen überziehen.

Aron der Kellner sieht überrascht aus. Kurz imitiert er das Lächeln. Ich spüre, wie ein warmes Gefühl meine untere Bauchgegend erfüllt. *Nicht doch!*, schimpfe ich mich selbst. *Nicht wie in diesem Buch … was war das gleich? Nein, in dem Roman, den ich gerade lese, ist nichts dergleichen passiert …* Der Gedanke nagt verzweifelt an meiner Hirnrinde, findet keine Unebenheit, an der er sich festhaken kann. Der Wein verstärkt das Gefühl. Warum sollte ich mich damit beschäftigen, an diesem lauen, tropischen Sommerabend?

Der Kellner sieht mich fragend an. »Brauchen Sie noch etwas?«

Ich schüttle den Kopf. »Nichts, wobei Sie mir helfen können«, erwidere ich. *Ich bin nur ein wenig einsam.*

Habe ich das jetzt laut gesagt? Doch Aron dreht sich um und geht zu einem anderen Tisch. Es sind die drei Grazien, die mit jedem Glas vergnügter werden. Um das Gefühl von Verlassenheit zu verdrängen, widme ich mich den Gnocchi. Nachdem ich das Glas geleert habe, beeile ich mich, um zu meinem Zimmer zu gehen. Alle anderen sitzen bei ihrer Nachspeise, nur ich … ich fliehe vor etwas, was ich nicht zu begreifen vermag.

Jemand verabschiedet sich von mir. Als ich mich im Gehen umblicke, erkenne ich meinen Kellner. Mein retournierter Gruß klingt traurig. Ich verfluche mich dafür, dass ich diesen wunderbaren Urlaub nicht wie alle anderen genießen kann. Dass sich mein Erinnerungsglas mit Melancholie füllt, Tropfen für Tropfen. Im Bett hält mich die Stimmung umfangen, umarmt mich wie das Bettlaken, in das ich mich fest wickle wie ein Baby. Ich lasse mich vom Schlaf einhüllen wie in einen Seidenkokon.

Morgen – morgen ist ein neuer Tag.

Morgen ist endlich …

… endlich Urlaub.

Was für ein wunderbarer Tag.

Ich stemme mich aus den Laken, die unter meiner Bewegung knistern. Diesmal habe ich es in meinen Pyjama geschafft. Rasch putze ich mir die Zähne und brause mich ab, creme mich mit Sonnenmilch ein und flechte mir auf dem Weg ins Erdgeschoss einen Zopf. Mit schwungvollen Schritten hole ich mir Kaffee und Croissant und setze mich auf die Terrasse. Als ich einen Schluck nehme, legt sich ein grauenhafter Geschmack auf meine Zunge.

Ich huste, spucke das Getränk auf die Stoffserviette.

Eine Angestellte eilt herbei. »Ist alles in Ordnung?«, fragt sie besorgt.

»Das kann unmöglich Kaffee sein!«, sage ich, hüstle und schiele in die Tasse, doch der Kaffee hat eine angenehme hellbraune Farbe, genau wie ich Milchkaffee gern mag.

»Natürlich!«, beteuert das Mädchen. »Wir verwenden ausschließlich frischeste Zutaten!«

Vorsichtig rühre ich mit dem Löffel im bräunlichen Spiegel, doch wäre die Milch schlecht, hätten sich Flocken abgesetzt. Ich hebe die Tasse an die Nase und schnuppere – es riecht wie gewohnt. Ich setze die Tasse zögerlich an meine Lippen, nippe und erwarte denselben verdorbenen Geschmack zu schmecken, der mich dazu gebracht hat, das Getränk auszuspucken. Stattdessen strömt warmer Milchkaffee über meine Zunge, nicht zu heiß und nicht zu kalt – genau richtig.

Verdattert setze ich die Tasse ab. »Seltsam …«, murmle ich. Mein Blick trifft den des Mädchens, das mich erwartungsvoll ansieht. »Entschuldigen Sie. Ich … ich muss mich geirrt haben«, sage ich ratlos. »Ich weiß nicht …«

Ein erleichtertes Lächeln tritt auf das Gesicht der Bedienung. »Finden Sie alles zu Ihrer Zufriedenheit?«, fragt sie.

Lahm nicke ich. »Es tut mir leid. Ich weiß nicht, was mit mir los ist.«

Sie lächelt nur affektiert. »Schon gut, Frau Kern«, sagt sie und überrascht mich damit, dass sie meinen Namen weiß.

Der Appetit ist mir vergangen. Ich lasse den Kaffee stehen, das Croissant bleibt angebissen liegen. Die Schläfen reibend verlasse ich den Speisesaal.

Eine Tür in der Vorhalle klappt auf, die Art Türen wie in einem Westernfilm, die auf und zu schlagen und Einblicke wie in einer Reihe Fotografien erlauben. Dahinter erscheint die strahlend weiße Küche, in der es zischt, brodelt und klappert. Arbeitskräfte mit Kopfbedeckungen tauchen in meinem Blickfeld auf und verschwinden erneut hinter der Schwingtür. Als ich einen abschließenden Blick zurück in den Speisesaal werfe, merke ich, wie das Servicemädchen mit einer Kollegin tuschelt, die Eier aufschichtet.

Unangenehm berührt wende ich den Kopf ab. Sprechen sie über mich? Beschweren sie sich, weil ich es verdammt noch mal nicht lassen kann, mich nicht wie die anderen hier artig zu benehmen?

Es ist doch mein Urlaub! Draußen herrscht herrliches Wetter. Ich sollte mir nicht mit meinen eigenen Spinnereien den Tag verderben.

Im Zimmer packe ich mir meine Bücher – meinen dicken Musil-Band und eine liebevoll gestaltete Version von Thomas Manns *Der Tod von Venedig*. Ich blättere durch die Seiten und frage mich, wo ich gestern stehen geblieben bin. Verdammt, mein Gedächtnis lässt nach. Möglicherweise muss ich neu anfangen. Aber wann komme ich schon sonst zum Lesen?

Dazu ist Urlaub doch da – um dem Arbeitsalltag zu entfliehen und sich dem zuzuneigen, das sonst keinen Platz im Wochentag findet. Allein der Gedanke an durch Pappwände gegliederte Büroräume, schrillende Telefone und leuchtende Computerbildschirme lässt mir einen Schauer über die Arme laufen. Ich verdränge den Gedanken.

Hier hat er nichts verloren – nicht in diesem Hotel, das sich so perfekt meinen Ansprüchen anpasst.

Ich sollte ein Gedankenglas anlegen, beschließe ich. Eines, das ich nur mit schönen Gedanken fülle. Wie mit Schmetterlingen, an denen ich mich den ganzen Tag über erfreuen kann.

Ich kehre zum Aufzug zurück. Die ganzen namenlosen Knöpfe glänzen. Ich frage mich, wohin sie mich bringen würden, wenn ich draufdrücke. Kaum gedacht, schon getan.

Stoisch bleibt die Kabine stehen.

Ich drücke öfter, stärker – fahre mit der Handfläche die Leiste auf und ab. Nichts passiert.

Zögerlich lege ich den Daumen an das Panel. Grün leuchtet es auf, ein Klingeln folgt. Mit einem Ruck setzt sich die Aufzugskabine in Bewegung.

Sie bringt mich nur dorthin, wo ich hinsoll. Rauf zu meinem Stockwerk und anschließend wieder retour zur Rezeption, von der aus mir ein bekanntes Gesicht zuwinkt. M-Margarete. Nein. Etwas Französisches. Marguerite? Nein.

»Madeleine«, stoße ich mit einem Seufzen aus, als ich herantrete.

»Das Meer?«, frage ich.

Sie lächelt mild, als sie den Kopf schüttelt. Unser kleines Ritual. In mein Gedankenglas setzt sich eine Motte, dick und pelzig und schwarz, mit braungrauen Flügeln. Kein Meer für dich, Alice.

»Aber der Salzwasserpool …«

»Danke, Madeleine«, sage ich. »Heute werde ich ihn wirklich mal ausprobieren.«

Kapitel 4

Auf dem Weg die Ebenen hinab begegne ich der Teenagerin, der rastlosen Wanderin. Ihre Mimik ist weicher als zuvor. Möglicherweise liegt es an ihrer Begleitung. Der Junge befindet sich in ihrem Alter. Seine Körperstatur lässt annehmen, dass er Sport macht, für sein Alter ist er passabel anzusehen. Er trägt eine modische knielange Badehose und vergräbt die Hände lässig in deren Taschen. Sie wechseln nur wenige Worte, bevorzugen die stumme Gegenwart des anderen – Teenager halt. Was bedarf es einer Sommerliebelei mehr? Obwohl ich das Mädchen kaum kenne, lebe ich ein wenig mit ihm mit, freue mich mit ihr über ihr kleines amouröses Abenteuer.

Ich spaziere zum Salzwasserpool, an dem hauptsächlich Pärchen und Singles zu finden sind. Auch meine drei Hennen vom Dinner sitzen nebeneinander aufgereiht und scheinen sich köstlich zu amüsieren. Sie werfen gierige Blicke Richtung Bademeister, der auf einem erhöhten Sessel thront und dabei muskulöse Waden vorführt. Die drei Grazien präsentieren eifrig ihre Vorzüge, drapieren Tücher adrett um ihre Problemzonen und winken gelegentlich dem Retter in Not.

Ich schäle mich aus meiner Tunika, setze mich an den Poolrand und strecke die Beine ins Wasser. Irgendwann gleite ich ganz ins kühle Nass. Hier ist es sehr ruhig, viel ruhiger als im Familienareal. Weniger bunt. Weniger jung. Ich vermisse etwas.

Nach einigen Bahnen bleibe ich am Beckenrand stehen. Geistesabwesend reibe ich mir übers Herz, als könne es die Beklemmung lösen. Ich sollte mich nach dem Urlaub mal vom Arzt durchchecken lassen. Nur zur Sicherheit.

Meine Lippen schmecken vom Wasser salzig. Ich lege mein Kinn auf die Arme ab. Der Sandstein ist schön warm. Gedankenversunken blicke ich hinüber zum Felsenstrand, der Geschmack von Salz auf der Zunge, die Brise im Gesicht. Fast ist es so, als würde ich mich tatsächlich von seinen wilden Fluten mitreißen lassen. Das dunkle Blau lockt mich, die wiegenden Wellen. Ich stelle mir vor, wie sie hochpeitschen und mich verschlucken – und mit mir jegliche Geräusche. Ich, allein in der Unendlichkeit.

Einsamkeit findet man auch zwischen den Urlaubenden, aber kein Alleinsein, wird mir plötzlich bewusst.

Hinter mir ertönt ein Plätschern. Ich nehme peripher wahr, wie sich etwas entfernt und erneut nähert, ein anderer Schwimmer, der später an meine Seite gelangt. Er ist älter als ich, doch zweifelsohne attraktiv, mit grau meliertem Haar, einem scharfen Profil und einem selbstsicheren Lächeln, das Männer sich erst im zweiten Trimester ihres Lebens aneignen. Er macht Sport, verrät sein Körperbau, seine Haut ist braun gebrannt. Ein italienischer Typ, finde ich.

»Nach was oder wem halten Sie Ausschau?«, fragt er mich und legt das Kinn auf seinen Unterarmen ab, in deren Härchen Tropfen glitzern. Er könnte Werbung für eine Männerpflegemarke machen.

»Ich liebe das Meer«, erwidere ich wahrheitsgemäß. »Ich wünschte, die gelbe Flagge würde abgenommen werden und man könnte schwimmen gehen.«

Er betrachtet mich von der Seite. Wassertropfen glitzern in seinen geschwungenen Wimpern. »Ich habe Sie im Restaurant gesehen«, bemerkt er. »Sie sind mir aufgefallen.«

Ich lasse mich darauf ein. »Weil ich allein sitze?«

»Weil schöne Frauen wie Sie niemals allein sitzen sollten.«

Mh. Ich hasse es, von Männern, die ich nicht kenne, mein Aussehen komplimentiert zu bekommen. Selbstverständlich ist es das Erste, was einem am anderen auffällt – aber es zeigt auch, dass man sich keine Mühe gemacht hat, etwas anderes an ihm zu finden. Komplimente über Schönheit sind so … austauschbar. »Und wenn die schönen Frauen allein sein *wollen?*«

Seine Augenbrauen sind dunkel und dicht, bloß einzelne Härchen glitzern im Sonnenlicht. Er verzieht sie verwundert. »Wollen Sie denn allein sein? Ein Wort, und ich gebe Ihnen den Raum, den Sie sich wünschen.« Er streckt sich davon, hält sich mit den Händen am Beckenrand fest.

Ehrlich denke ich darüber nach. Ich will nicht einsam sein. Aber die Tatsache, dass ich allein in den Urlaub fahre, macht mich nicht automatisch zu willigem Freiwild für jeden Mittvierziger, der hierherkommt, um die zweite Lebenshälfte mit neuen Frauenbekanntschaften zu beginnen. Also teste ich ihn.

Ich lehne mich mit dem Rücken gegen die Beckenwand. »Was machen Sie beruflich?«

»Ich bin Lehrer.«

Er fragt mich nicht danach, was ich mache, doch ich fühle mich bemüßigt, es zu erwähnen. »Ich bin … ich arbeite … ich arbeite in einem Büro«, sage ich und bin ein wenig verwirrt. Unangenehme Bilder des Büroalltags blitzen in meinem Kopf auf. Wenn in meinem heutigen Erinnerungsglas eine dicke, hässliche Motte sitzt, dann ist das Erinnerungsglas an meinen Beruf ein speckiges Marmeladenglas voller Fliegen.

Ich versuche mich dennoch hindurchzuwühlen, um etwas erzählen zu können, doch der Fremde lächelt bloß vertraulich. »Lassen Sie uns nicht über die Arbeit sprechen«, sagt er. »Wir sind doch im Urlaub!« Er lacht, sein trainierter Brustkorb hebt sich, er hat eine tiefe, angenehme Stimme.

Lehrer also. Obwohl er wie ein Männer-Model aussieht, hat er möglicherweise eine soziale Ader. Ich gebe zu, dass mir das gefällt; gleichzeitig stört es mich, dass mich dieser Fremde so leicht um den Finger wickelt. Ich bin hier, um mich zu erholen, und nicht, um mir von attraktiven Männern den Kopf verdrehen zu lassen.

»Entschuldigen Sie mich?«, frage ich und stemme mich rückwärtig am Poolrand in die Höhe, bis ich aufsitzen kann. »Ich werde mich ein wenig nach drinnen verziehen – die Sonne«, füge ich an und stehe auf.

Der Mann sieht zu mir empor. Sein Haar sitzt akkurat, an den Schläfen kürzer, oben mit Gel zur Seite gelegt. Ich frage mich, wie er die Frisur während des Schwimmens so perfekt beibehalten hat. »Darf ich Sie begleiten?«, fragt er und blinzelt in die Sonne.

Ich verlagere mein Gewicht von einem Bein aufs andere. »Ein anderes Mal vielleicht«, erwidere ich.

Ich fühle mich wie ein Teenager, als ich fortgehe. Ich spüre seinen Blick nicht, doch als ich meine Badetasche packe und mich umdrehe, bemerke ich, dass er mich nach wie vor beobachtet. Ich kenne nicht einmal seinen Namen – und frage mich, warum er mir die Abende zuvor nie aufgefallen ist.

Eigenartig beschwingt gelange ich auf der Terrasse an. Vielleicht lasse ich mich doch noch auf einen Sommerflirt ein; genau wie das Mädchen. Mein Herz flattert ein bisschen – diesmal definitiv ein Schmetterling! Ein wunderschön goldener Kaisermantel oder ein rotblaues Pfauenauge. Manchmal ist es ganz schön, sich wieder wie ein Teenager zu fühlen.

Gäste sitzen verstreut im Schatten, nippen an Kaffeetassen, lesen oder unterhalten sich. Nach einer Weile kommt ein Kellner, um meine Bestellung aufzunehmen. Während ich Kaffee schlürfe, der gar köstlich schmeckt, und im Thomas-Mann-Band blättere, fällt mir mein Mädchen auf, das sich zur Terrasse heraufbewegt. Der hübsche Junge folgt ihr wie ein Hund. Sie wirkt unzufrieden, ja, nahezu zornig.

»Lass mich in Ruhe!«, faucht sie, als sie zwischen den Tischen hindurchstolziert. »Hör auf, mir ständig nachzugehen!« Sie verschwindet im Hotelinneren.

Der Junge blickt ihr wehmütig hinterher, dreht sich jedoch irgendwann um und geht denselben Weg wieder zurück. Sieht so aus, als hätte ihre Sommerromanze ein jähes Ende gefunden … was nicht für meine Romanze gelten muss.

Meine Gedanken hängen eine Weile bei dem attraktiven Lehrer, als ich ein weiteres Mal von den bedruckten Seiten aufblicke und nach dem armen Jungen Ausschau halte. Er ist überraschend schnell verschwunden. Obwohl sich die Sandsteinebenen licht und offen vor mir ausbreiten, kann ich ihn nirgends entdecken.

Die Lautsprecher verkünden das Abendessen, für das ich mich auf meinem Zimmer sorgfältig zurechtmache. Make-up habe ich zwar keines mitgenommen, doch ich bürste mir ausgiebig die Haare, bis sie wie Seide glänzen, und ziehe mir ein Kleid an, das meine Vorzüge besonders hervorstreicht.

Lächelnd fahre ich in die Lobby hinab und stolziere Richtung Essbereich. Statt meines bisherigen Tischkellners empfängt mich die Kellnerin. Anstatt mich nach der Menükarte zu fragen, zückt sie gleich den Stift und notiert sich meine Wünsche. Es ist mir unangenehm. Ich wollte doch gar nicht diese Art Gast sein, dessen Name jeder Mitarbeiter kennt und vor dessen Anblick man Reißaus nimmt. Klaglos führt sie mich zu meinem Tisch.

Ich halte nach dem Lehrer Ausschau. Zufälligerweise entdecke ich ihn ganz in der Nähe, am Terrassenrand. Er sieht in meine Richtung, lächelt mir zu, er trägt ein gut sitzendes Hemd mit aufgekrempelten Ärmeln, streckt die Hand aus und winkt mir zu. »Macht es Ihnen etwas aus, wenn ich mich zu dem Herrn setze?«, frage ich die Bedienung.

»Aber nicht doch«, sagt die junge Frau. Mit einem eigenartig zufriedenen Ausdruck streicht sie sich über die geflochtenen Zöpfe, die eng an ihrem Kopf anliegen und hinten zu einem Dutt geschlungen sind, und führt mich auf die Terrasse.

Der Lehrer – mein Lehrer, so schnell ist es gegangen – steht extra auf, um mich zu begrüßen. Ich nestle an meinem offenen Haar, trete von einem Bein aufs andere, meine Sandalen quietschen verschämt. »Ich habe gehofft, Sie hier wiederzusehen«, teilt er mir mit und streckt mir die Hand zum Gruß entgegen. »Ich heiße Erich. Bitte, setzen Sie sich doch.« Als ich den Stuhl zurückziehe, um mich niederzulassen, kehrt die Kellnerin mit zwei Sektflöten zurück. Ein Kerzenlicht erleuchtet ihr dunkles Gesicht und das breite Lächeln. »Ein Gruß des Hauses«, teilt sie uns mit.

Wir stoßen an. Das Aufeinandertreffen der Gläser ein helles *Pling!*, das in den Sonnenuntergang davongleitet. Sein Haar glänzt im rötlichen Licht, das die Wolken wie Zuckerwatte leuchten lässt.

»Auch wenn ich möglicherweise erneut in ein Fettnäpfchen trete – ich speise heute mit der schönsten Frau in diesem Raum.«

Er übertreibt. Trotzdem macht das Kompliment etwas mit mir. Ich blinzle in mein Sektglas, nehme einen Schluck, der Schaumwein prickelt auf meiner Zunge. Mir gefallen seine Arme und Hände – kräftig und braun gebrannt wie die meines Kellners, der heute nicht zu arbeiten scheint.

In der Intimität unseres Tisches rücke ich heran und spiele mit dem Ärmel meines Kleides. Wir stoßen an, der Sekt prickelt auf meiner Zunge und löst sie. Ich erzähle ihm, wie sehr ich mich nach diesem Urlaub gesehnt habe. Ich erzähle ihm von meinem Erinnerungsglas, in das ich nur die schönsten Schmetterlinge setzen möchte. Die dicke, fette schwarze Motte verschweige ich ihm. Darüber zu reden würde sie nur multiplizieren, bis von den schaukelnden Schmetterlingen nicht länger etwas zu sehen ist.

Lächelnd hört Erich mir zu, antwortet gelegentlich mit seiner tiefen Stimme. Sie löst ein Prickeln in meinem Nacken aus, das den Rücken hinabwandert. Als wäre dieser Mann mit seiner Stimme wie geschaffen für mich.

Nicht länger setzt er auf offensive Komplimente, stattdessen erzählt er von seinem Job. Er hat so viele Geschichten zu erzählen, über seine Schüler, deren Streiche, Probleme und Ziele. Ich würde ihm gern von meiner Arbeit erzählen, doch jedes Mal, wenn ich es versuche, beginnt mein Kopf zu dröhnen und die Motte raschelt ungeduldig mit den Flügeln. Also nehme ich mich lieber seinem Leben an, seinen Geschichten. Sie sind ohnehin viel unterhaltsamer als die meinigen.

Wir unterhalten uns im Plauderton. Die Zeit verfliegt wie im Nu. Berührungen teilen wir keine. Er scheint zu merken, dass das zu diesem Zeitpunkt verfrüht wäre. Ich genieße die Tatsache, dass er sich Zeit für mich nimmt; nicht unter Druck, heute einen Erfolg zu landen und morgen zum nächsten Frauengewinn weiterzuschwimmen, als wäre es ein Wettsport.

Wir verabschieden uns im Lift. Er hält einige Stockwerke unter meiner Etage. Den Augenblick, der für einen Kuss gekommen wäre, lässt er verstreifen, nimmt stattdessen meine Hand und drückt sie länger als zur Begrüßung. Sein Lächeln nimmt mich ein.

Die goldglänzenden Aufzugstüren schlittern auseinander und entlassen ihn in sein Stockwerk. Mit einem sicheren Lächeln spaziert er gemächlich den Korridor entlang, der meinem aufs Haar gleicht. Die Türflügel schließen sich langsam.

Unsicher berühre ich meine Unterlippe. Hätte ich spontan sein sollen? Meine übliche Vorsicht über Bord werfen – über die Klippen ins Meer springen sollen? Hätte ich ihm einen Kuss geben sollen, damit er nicht das Interesse an mir verliert?

Impulsiv strecke ich die Hand vor. Wie ein Maul klappen die goldenen Ränder auf meinen Fingern zu. Heißer Schmerz schießt durch meine Hand. Ich fluche, doch die Türen gleiten erneut auf.

Ungeduldig trete ich über die Schwelle, um Erich zu folgen, doch halte im Schritt inne. Der Korridor ist leer.

Erich ist fort.

Kapitel 5

Ich runzle die Stirn. In der Nähe befinden sich die ersten Zimmertüren. Möglicherweise ist mein Lehrer rasch darin verschwunden. *Soll ich an die erste Tür klopfen?,* frage ich mich und schüttle automatisch den Kopf. Wie peinlich, wenn ein anderer Gast öffnet! Vielleicht soll es so sein.

Ich ziehe den Fuß zurück, die Türen gleiten zu, und mit einem Ruck hebt sich der Aufzug an und trägt mich zu meinem Stockwerk empor. Als ich ankomme, sehe ich, wie die Familie von gegenüber ihre Zimmertür aufsperrt. »Reiß dich zusammen, Jackie!«, ruft die Mutter, ihre Stimme zittert wie eine zum Zerreißen angespannte Violinensaite. »Wir haben hier so einen schönen Urlaub, und du verdirbst uns alles mit deiner miesen Laune!«

»Hier stimmt etwas nicht!«, schreit die Teenager-Tochter, ihre Stimme ein Sägenkreischen. »Alles ist heiter Sonnenschein, merkt ihr das nicht?«

»Mir ist schon klar, dass das nicht zu den tristen Launen eines Teenagers passt«, erwidert die Mutter gereizt und reißt die Tür auf. »Wo ist dieser Junge hin, mit dem du heute spazieren warst? Der war doch ganz nett!«

»Das ist doch alles fake!«, faucht das Mädchen und stürmt in das Zimmer. »Ihr seid alle fake!«

Die Mutter bemerkt mein Näherkommen und wirft mir einen entschuldigenden Blick zu. Ich winke ab.

»Teenager«, murmelt sie und zuckt mit den runden Schultern. Sie schließt die Tür hinter sich, die Stimmen dämpfen ab.

Das Frühstück lasse ich aus – in der Hoffnung, beim Salzwasserpool meinen Lehrer wiederzutreffen. Als ich zum Zimmer zurückeile, um mich zurechtzumachen, begegnet mir meine Familie. Vor mir steigen sie in den Aufzug. Diesmal trägt der Vater einen aufblasbaren Orka bei sich. Das Mädchen – Jackie – fehlt. Vermutlich schmollt sie im Zimmer.

Wir grüßen einander wie Vertraute, obwohl wir nie mehr als ein paar Worte gewechselt haben. Ich bin mir ziemlich sicher – nicht nur sie sind meine Familie, auch ich gehöre schon irgendwie zu ihnen.

Ich betrete mein Zimmer, packe eilig meine Badesachen und Antoine de Saint-Exupérys *Der kleine Prinz* zusammen. Als ich kurz darauf die Lobby durchquere, versucht Madeleine nicht mal mehr, mir ein Animationsprogramm aufzuschwatzen. Stattdessen grinst sie verschmitzt. »Sie strahlen heute richtig!«, behauptet sie und blinzelt mir zu. Unangenehm berührt meide ich ihren Blick. Wissen dann hier bereits alle Bescheid? Es war doch nur ein Abendessen!

Auf der Türschwelle läuft jemand mit dem Arm voller Auflagen für die Strandliegen in mich hinein. An dem hervorgepressten »Verzeihung!« erkenne ich meinen Stammkellner.

»Man hat Sie gestern beim Abendessen vermisst!«, rufe ich ihm hinterher.

Er bleibt stehen, guckt an den Kissen vorbei und wirkt einigermaßen erstaunt. Ein trockenes Lachen entringt sich seiner Kehle. »Tatsächlich?«

Ich zucke mit den Schultern. Wenn mich hier schon alle beobachten wie in einer Großfamilie, dann sollte ich dem grantigen Cousin ein Friedensangebot unterbreiten. »Vielleicht war es auch nur ich, wer weiß.«

Er wirkt verblüfft. Ein kleines Lächeln kämpft sich auf meine Lippen, als ich zu ihm aufhole. »Aron, richtig? Sie haben sich doch nicht wegen dreisten Gästen wie mir versetzen lassen?«

»Ich hatte gestern Abend frei.«

»Ach ja?« Wir gehen weiter. »Und was macht man so auf dieser winzigen Insel, wenn man frei hat? Sie dürfte ja kaum größer sein als ein, zwei Kilometer.«

Seine Augenbrauen rühren sich. Langsamen Schrittes spazieren wir Seite an Seite weiter, hin zum Schilderbaum auf einer der unteren Ebenen. »Das ist Ihnen aufgefallen?«

»Hm?«

»Dass die Insel so klein ist, meine ich.«

Ich zwinkere verwirrt. »Ich habe mich umgesehen.«

Schweigend nickt er.

»Also, was treibt man hier so als Angestellter nach Feierabend?«

»Nicht viel, zugegeben«, weicht er aus. »Manchmal treffen wir uns auf ein Gläschen und eine Zigarette. Aber sonst ist es recht ruhig hier.«

Mein Blick gleitet über die Ebenen hinweg. Die gelbe Flagge flattert. »Der Ort scheint ja einzig dafür geschaffen, sich zu erholen.«

Er wirft mir einen kurzen Blick zu, der anerkennend auf mich wirkt. Er ist die Art genervter Cousin, den man immer irgendwie attraktiv findet. Seine Augen sind dunkler als die Erichs.

»Sicher langweilig, wenn man eine ganze Saison hier verbringen muss«, stelle ich fest.

Er verdreht die Augen. »Sie haben ja keine Ahnung.«

Wir gelangen beim Schilderbaum an. »Ich muss zum Rentner-Pool runter. Ich wurde heute als Cabana boy eingesetzt.«

»Eine Strafe?«

Lautlos lacht er. Herausfordernd sieht er mich an. Sein Blick hat sich verändert. Friedensangebot angenommen. »Strafe wofür?«

»Hm. Weil Sie beim Abendessen immer so düster schauen?«

Er legt den Kopf schief. Sein Mundwinkel zuckt. »Meine Talente sind vielfältig und werden an diversen Orten und Stellen verlangt.« Er mustert mich. »Sie scheinen heute ja guter Laune zu sein.«

Ich packe die Badetasche fester. »Ich muss die letzten Tage ja einen fürchterlichen Eindruck gemacht haben. Was Sie eventuell für schlechte Laune gehalten haben, ist mein Gesicht im Ruhemodus. Aber ich gebe zu, ich habe Sie ein wenig gepiesackt. Ich bin Ihnen wohl im falschen Moment begegnet.«

Er lächelt, diesmal ehrlich. Im Gegensatz zu der Rezeptionistin oder den Animateuren am Pool, die es als Teil ihrer Uniform tragen, schenkt er es mir. Es kommt und geht mit der Geschwindigkeit eines Flügelschlags. Mein Herz flattert, dabei verbindet mich nichts mit diesem Mann. Dort unten bei den Pools wartet jemand Besseres auf mich. Jemand Attraktiveres. Jemand, der als Lehrer meine sozialen Vorstellungen teilen muss, meinen Literaturgeschmack, genau wie meine Idee von einem perfekten Urlaub.

»Ich wünsche Ihnen einen angenehmen Tag«, verabschiedet mich Aron und wendet sich zum Gehen.

»Wohnen Sie ebenfalls hier?«, rufe ich ihm hinterher.

Erneut dreht sich um. »Wie meinen Sie?«

»Hier auf der Insel, meine ich. Die Angestellten müssen doch irgendwo schlafen?«

Er öffnet den Mund, wirkt dabei unschlüssig. Gehe ich zu weit? Glaubt er, ich baggere ihn hier an? Tue ich das denn?

Ich spüre, wie mir die Hitze in die Wangen kriecht. Jetzt werde ich rot, ganz ohne Sonne.

»Natürlich«, erwidert er.

»Oh«, entkommt mir. Und da mir nichts einfällt, womit ich ihn weiter belangen könnte, winke ich peinlich berührt. »Dann wünsche ich Ihnen einen schönen Tag und gutes Trinkgeld.«

Nachdenklich mache ich mich auf den Weg zu den Salzwasserpools. Meine gelbe Flagge flattert im Wind.

Jetzt, wo ich darüber nachgrüble, habe ich die Angestellten tatsächlich nie bei ihrer Freizeitbeschäftigung gesehen, ausgenommen von der Rauchpause an der Hotelseite. Sie können doch unmöglich vierundzwanzig Stunden am Tag im Einsatz sein. Gibt es gesonderte Räumlichkeiten, in denen sich das Personal unter sich auf einen abendlichen Drink trifft?

Mein Lehrer wartet bereits am Salzwasserbecken auf mich. Er trägt eine enge blaue Badehose, und ich erkenne mit Missfallen, dass er in Michel Houellebecqs Unterwerfung liest. Ich lasse mich auf der benachbarten Liege nieder. »Ein Houellebecq-Fan also?«

Er blättert um. »Ich kenne gern meinen Feind«, lächelt er.

Seine Antwort erfüllt mich insgeheim mit Freude.

Er schiebt sich die Sonnenbrille in die Stirn. »Ich habe Sie bereits vermisst.«

»Das war ein schöner Abend gestern«, sage ich.

»Das finde ich auch.«

Mein Blick gleitet hinauf zum Hotel, in dessen Fenstern sich der Himmel, die Wolken und das Sonnenrund spiegeln. »Die Angestellten wohnen ebenfalls hier, wussten Sie das?«

»Ach?«, erwidert er, doch ich merke, dass sein Interesse verhalten ist. Um ihm zu gefallen, würge ich das Thema ab und kehre zu der Leichtigkeit unserer gestrigen Abendunterhaltung zurück. Ich wollte nie eine Frau sein, die ihr eigenes Interesse für die Zuneigung eines Mannes zurücksteckt, daher zwinge ich mich trotz des gekränkten Gefühls dazu, weiterzusprechen: »Wie die Angestellten wohl Ihre Freizeit verbringen?«

»Sie stellen sich wunderliche Fragen«, erwidert mein Lehrer. Seine Worte machen, dass ich mich klein fühle. Lehrer belehren – beides gehört wohl zusammen.

In einiger Stille lesen wir in unseren Büchern, beide von Franzosen geschrieben und könnten doch unterschiedlicher nicht sein. Während meine Gedanken mit dem kleinen Prinzen auf Reisen gehen, komme ich nicht umhin, mich genauso einsam zu fühlen wie er.

Hör auf, *schelte ich mich selbst.* Immer diese negativen Gedanken! Die haben im Urlaub nichts verloren. Am besten, du fertigst dir ein Gedankenglas an. Eines, in dem du nur die köstlichsten Pralinen sammelst. Alles Verdorbene lässt du draußen.

Ich lege das Buch auf meiner Brust ab und beobachte die Menschen. Ein Kind hat sich in den Singlebereich verirrt. Singlebereich, jetzt fange ich auch schon damit an. Außerdem – kann man mich überhaupt noch als Single zählen? Bin ich nicht bereits zu zweit hier?

Das Mädchen trägt einen orange-pinken Badeanzug und leckt an einem Eis, das unter ihrer roten Zunge dahinschmilzt. Es füllt sein Gedankenglas sicher nur mit schönen Erinnerungen. So wie jene Bilder meiner Kindheit, als ich Hand in Hand mit meinen Eltern durch den Sonnenschein spazierte.

»Sieh dir das an, Alice.« Jemand schiebt mit weichen, warmen Händen ein Gefäß über die Tischfläche, die ich gerade mal so überblicken kann. »Das wird unser Gedankenglas. Jeden Tag schreiben wir unsere Erinnerungen auf. Aber nur die schönsten. Die schlechten lassen wir weg. Und dann, wenn wir uns nicht mehr erinnern … nehmen wir einen Zettel hervor und lesen es nach. Dann freuen wir uns darüber, was wir alle gemeinsam erlebt haben; du, Papa und ich.«

Irritiert schüttle ich den Kopf. Keine Ahnung, wo diese Erinnerung hergekommen ist, aus einer düsteren, spinnwebenverhangenen Ecke meines Gedächtnisses. Obwohl ich einen Augenblick lang kindliche Tränen auf meinen Wangen gespürt habe, erfüllt sie mich mit einer inneren Wärme. Wie eine mit Blattgold überzogene, unendlich wertvolle Praline bette ich sie in mein geistiges Erinnerungsglas.

Mit einem Scheppern landet der Eisstiel des Mädchens in einem Mülleimer.

Müll. Darüber habe ich mir noch keine Gedanken gemacht. Die Freizeit der Mitarbeiter, Müllentsorgung … Handtücher. Wo werden die Handtücher gewaschen? So viele Handtücher … jeden Abend liegt ungefragt ein frischer Stapel in meinem Badezimmer. Welch eine Wasserverschwendung, wenn man es genau nimmt.

Woher das Süßwasser wohl stammt?

Schimmelige Rosinen prasseln auf die köstliche Blattgoldpraline ein. Was ist nur los mit mir? Warum stelle ich mir diese dummen Fragen?

Mein Blick gleitet hinüber zu Erich, der soeben umblättert. Ich strecke meine Hand aus, berühre vorsichtig seinen Arm. Er blickt auf. »Ich gehe mir ein wenig die Beine vertreten«, sage ich.

»Soll ich dich begleiten?«

»Nicht notwendig.« Ich ziehe die Schultern an. Die Sonne scheint, und ich habe seit Tagen keinen Sonnenbrand – herrlich. »Soll ich dir ein Eis mitbringen?«

»Gern.« Er widmet sich wieder seinem Buch, stellt mir keine Fragen, wohin ich gehe oder was ich mache. Ein perfekter Mann, der meine Unabhängigkeit akzeptiert.

Meine Füße tragen mich von einem Areal zum nächsten. Sich kringelnde Wasserrutschen, Aschram-Yoga, Senioren-Wassergymnastik. Federball – ich winke Madeleine zu, die dem Kurs überraschenderweise beiwohnt –, Meditation, Gartenkurs.

Innerhalb von zwanzig Minuten bin ich das Areal abgegangen. Kopfschmerzen melden sich hinter meinen Schläfen. Obwohl das Freizeitangebot für ein Urlaubsresort wirklich groß ist, fühlt sich plötzlich alles ganz klein an. Klein und beengt. Eingegrenzt von Klippen und der daran tosenden Gischt. Ich fühle mich in einen Agatha-Christie-Krimi versetzt. Ihre Geschichten spielen sich stets in eng begrenzten Räumen ab. In einer Villa auf einer Landzunge, die nur über eine Brücke erreichbar ist. In einem Zug in Bewegung. Oder eben in einem Hotel auf einer winzigen Insel.

Niemand kann rein, niemand kann raus.

Ich lecke mir über die Lippen. Die Wände reflektieren das Sonnenlicht. Mir ist warm, doch nicht heiß. Ich reibe mir die Stirn. Warum überwältigt mich das Gefühl, dass etwas nicht stimmt?

Erneut prasseln schimmelige Rosinen in mein Gedankenglas.

Ich starre in den Himmel. Er hat sich seit meiner Ankunft kaum verändert. Selbst das Geräusch der Möwen folgt einem eigenwilligen Takt.

Ich atme tief ein und aus. Mir ist schwindelig, wahrscheinlich sollte ich etwas essen, möglicherweise macht mich der Hunger verrückt.

Abrupt verdränge ich die Fragen, die sich im Laufe des Tages in mir angesammelt haben, picke die verdorbenen Weintrauben aus meinem Pralinenglas. Diese seltsamen, dummen Fragen.

Ich streiche mir über das Gesicht, laufe die Wiese hinab zur ersten geschliffenen Ebene, wo sich ein Kleinkinderbecken befindet, in dem Mütter mit ihren Sprösslingen an der Hand durch das knöcheltiefe Wasser waten. Daneben gehe ich in die Hocke und schaue ihnen zu, hoffe, dass mich der Anblick beruhigt. Doch stattdessen fröstelt es mich nur – in der Nacht höre ich nie Kinder schreien, nie Babys weinen. Genau genommen höre ich gar nichts, sobald ich mich in meinem Zimmer aufhalte. Mit der Hand fahre ich mir über meinen Mund, während ich Mütter und Väter mit ihren Kleinsten beobachte. Sie hier, ich an meinem Single-Salzwasserpool – als würden wir zwei getrennte Urlaubsleben führen.

Eine Frau ist hochschwanger und streicht sich über den prallen Bauch. Was sie wohl dazu gebracht hat, so kurz vor der Entbindung hierherzufahren?

Ich stakse weiter, überwinde die Familien-Ebenen und kehre zur Haupttreppe zurück. Der Kopfschmerz nimmt zu. Ich kann das Pochen meines Herzens spüren.

Als ich die Wasserrutschenlandschaft passiere, entdecke ich die Familie aus meiner Etage. Die Mutter winkt mir zu, ich winke zurück und beschließe, sie persönlich zu begrüßen. Die Eltern flankieren ihren Sprössling, er hat die Nase in ein Comicheft gesteckt.

»Wie geht es Ihnen?«, frage ich die Mutter.

Sie lächelt, die Wangen rot. »Ist es nicht fantastisch hier? Wie könnten wir uns hier nicht prächtig amüsieren?«

Ihr Mann liegt auf dem Bauch und schnarcht lautstark, sein Arm baumelt von der Liege, er trägt einen goldenen Ehering, der einst für einen schmaleren Finger angepasst wurde. »Andrew genießt den Urlaub auf seine Art und Weise«, erklärt mir die Mutter schmunzelnd. »Er hat immer so schrecklich viel im Büro zu tun; er hat sich diesen Urlaub wirklich verdient.«

»Das kenne ich. Ich arbeite ebenfalls in einem Büro.« Ich nicke zu dem Jungen, der sein Mickey-Mouse-Comic bis unter die Brauen hochhebt und uns ignoriert. »Ihr Mädchen ist wieder unterwegs?«

Die Frau sieht mich fragend an. »Unser Mädchen?«

»Jackie, wenn ich mich recht erinnere. Ich sehe sie immer über das Gelände spazieren.« Ich überlege, den Jungen zu erwähnen, doch lasse es. »Heute habe ich sie noch nicht gesehen.«

Mein Gegenüber kräuselt verwundert die Lippen. »Unsere Tochter ist nicht mit uns im Urlaub. Hat Timmy Ihnen von ihr erzählt?«

Verständnislos sehe ich die Mutter an. »Ich meine das Mädchen, das mit Ihnen im Zimmer wohnt.«

Zögerlich schüttelt die Mutter den Kopf. »Wir sind nur zu dritt hier. Vielleicht haben Sie Timmy mit einem Kind der anderen Gäste spielen sehen?« Sie tätschelt ihren Sohn, sein Schopf verschwindet tiefer hinter den Seiten.

»Aber …«, beginne ich, doch schlucke den Widerstand. »Ihre Tochter ist nicht mit Ihnen in den Urlaub gefahren?«

Die Mutter lacht. »Sie ist fünfzehn Jahre alt – Sie kennen doch Mädchen in dem Alter. Da macht es beim besten Willen keinen Spaß mehr, die Familie ins Resort zu begleiten. Sie verbringt die Zeit bei meiner Schwester.«

Ich weiß nicht, was ich sagen soll. Ich habe dieses Mädchen gesehen, mehr als einmal – und gehört, wie es mit ihrer Mutter gesprochen hat! Erst gestern Abend, auf dem Flur, als sie meinte … Schwerfällig gräbt sich die Erinnerung hervor. Hier ist alles fake.

Ich streiche mir irritiert über die Augen, schlucke erneut. Ein bitterer Geschmack bleibt zurück.

»Alles in Ordnung mit Ihnen?«, fragt die Mutter und zieht sich die Sonnenbrille ein Stück über die Nase, um mich über den Brillenrand hinweg anzusehen. »Sonnenstich?«

»Vermutlich haben Sie recht – ich war ohne Kopfschutz spazieren. Ich werde mich ein wenig hinlegen.«

Die Mutter nickt mir mütterlich zu. »Falls Sie ein Schmerzmittel brauchen, klopfen Sie bei uns. Der Hotelarzt hat mir eins gebracht.«

»Ich danke Ihnen.«

Schleppend ziehe ich mich zurück. Ich hole nicht einmal mehr meine Sachen vom Salzwasserpool, kehre nur ins Gebäude zurück und gehe zum Aufzug.

»Alles in Ordnung, Frau Kern?«, ruft Madeleine herüber. Im Federball-Outfit steht sie neben ihrer älteren Kollegin, das Haar zu einem Pferdeschwanz gebunden.

»Ich habe wohl einen Sonnenstich«, bemerke ich schwach. »Ich lege mich ein bisschen hin.«

»Soll ich den Arzt informieren?«, ruft sie mir hinterher, da steige ich bereits in die Aufzugskabine und fahre in mein Stockwerk, entriegele die Zimmertür mit meinem Daumen, verkrieche mich ins Bett und schließe die Augen. Der Kopfschmerz pulsiert. Erst als ich im Bad vom Wasserhahn einen Schluck getrunken habe, wird es besser. Das Leitungswasser schmeckt nach Chlor. Ich ziehe die Bettdecke über meinen Kopf und hülle mich in Schatten.

Ich werde verrückt.

Muss ich Medikamente nehmen? Werde ich depressiv? Falle ich in ein schwarzes Loch?

Wie war das? Ich erinnere mich an das emotionale Dunkel, doch es wirkt diffus. Kommen jetzt Halluzinationen hinzu? Ich muss meine Mutter fragen, ob derlei Störungen in unserer Familie bekannt sind. Meine Mutter … wie erreiche ich meine Mutter? Ich erinnere mich nicht mehr an ihre Telefonnummer. Hier ist kein Telefon.

Ich muss sie anrufen, ich muss sie fragen, ich muss …

Kapitel 6

Als ich erwache, sehe ich das Gesicht des Mädchens deutlich vor mir. Leicht desinteressiert, gebräunt, die Mundwinkel von unsichtbaren Gewichten beschwert. *Ihr seid doch alle fake.*

Ich wälze mich herum. Es ist dunkel, mein Haar ein schwarzer Vorhang, der mir zusätzlich die Sicht verdeckt. Als es an meiner Tür klopft, bemerke ich, dass mich das Geräusch geweckt haben muss. Schlaftrunken streiche ich mir das Haar nach hinten. *Tock, tock, tock,* hämmert es gegen meine Tür. »Hallo?«, rufe ich.

»Doktor Magyar hier, der Hotelarzt! Man hat mir gesagt, dass es Ihnen nicht gut geht. Ich wollte nach Ihnen sehen.«

Ich werfe einen prüfenden Blick zum Fenster. Der Sternenhimmel ist klar, der Mond blüht weißgolden über dem Horizont und schickt einen Streifen Licht übers Wasser. Der Anblick sollte Freude in mir wecken, doch es wummert in meinem Schädel. Es ist wie das Hämmern an einer Tür. Immer wieder sehe ich das Gesicht des Mädchens vor mir … wie hieß es noch einmal? Habe ich ihren Namen vergessen? Oder entspringt ihre Rehgestalt bloß meiner Einbildung?

Ich fädle die Beine über den Bettrand und taumle zur Tür. Als ich sie öffne, erscheint im künstlichen Licht des Korridors ein älterer Herr mit Schnauzbart und Jackett. Bei sich trägt er einen speckigen Lederkoffer. Er ist ein wenig kleiner als ich, sein runder Bauch späht zwischen der geöffneten Knopfleiste hervor. Ein freundliches Lächeln bläst seine Wangen auf.

»Frau Kern? Verzeihen Sie die späte Störung. Ich war mit einem anderen Patienten beschäftigt und wollte nur sichergehen, dass es Ihnen gut geht, da Sie ohne Begleitung hier sind.«
Allein, allein, allein … einsam. Wissen denn alle hier, dass ich keinen Partner habe? Am liebsten würde ich diesem Arzt von Erich erzählen, einfach nur, damit er weiß, dass ich kein hoffnungsloser Fall bin.
»I-ich weiß es nicht«, sage ich und merke, dass ich schlottere. »Ich fühle mich …« Ja, wie fühle ich mich? Verwirrt? Ängstlich? Verrückt? »… nicht gut.« Abwehrend verschränke ich die Arme.
Doktor Magyar hebt seine Hand. Sie ist klein, aber kräftig. »Kommen Sie, Frau Kern. Sie zittern am ganzen Leib. Ich werde Sie kurz untersuchen und dann sehen wir, was Ihnen fehlt.« Er legt seine Hand auf meine Schulter, berührt meine bloße Haut, warm und sicher. So geleitet er mich zurück ins Zimmer.
Normalerweise mag ich es nicht, von Fremden angefasst zu werden, doch von diesem Mann geht keine Bedrohung aus. Er schaltet das Deckenlicht an und fordert mich auf, mich auf den Bettrand zu setzen. Für sich selbst zieht er einen Stuhl herbei, stellt seinen Koffer darauf ab und holt ein Stethoskop sowie ein Fieberthermometer heraus. Während ich mir das Gerät unter die Achsel klemme, hört er Brust und Rücken ab, fordert mich auf, tief einzuatmen. Als das Thermometer ein piepsendes Geräusch von sich gibt, ziehe ich es hervor, Doktor Magyar wirft einen Blick darauf und nickt.
»Sie haben fast 102° Fieber«, stellt er fest.
»Was?«, frage ich verwirrt.
Der Arzt blinzelt. »Fahrenheit, Verzeihung. In Celsius müssten das …«, seine Lider flattern, seine Lippen regen sich undeutlich, als er nachrechnet, »… fast 39 Grad sein.«
Ich fasse mir an die Stirn. So heiß fühlt sie sich gar nicht an.
Magyar zieht einen Zungenspatel hervor und bittet mich, den Mund zu öffnen. »Sowohl Herz als auch Hals sind in Ordnung. Sie waren viel in der Sonne, nehme ich an?«
Ich nicke.
»Wahrscheinlich haben Sie einen Sonnenstich.«

Ich greife mir an die Schläfen. Fieber, Kopfschmerzen … ist die Antwort so simpel? »Ich habe … ich habe diese …« Ich breche ab.

»Ja? Sprechen Sie weiter.«

»Ich bin mir unsicher, ob ich mir etwas eingebildet habe.«

»Was meinen Sie genau?«

»Dass ich etwas gesehen habe, meine ich. Etwas, das nicht da ist.« Oder etwas, das erst da war, und jetzt fort zu sein scheint.

»Das ist bei einem Sonnenstich ganz natürlich«, sagt er. »Ich werde Ihnen ein Mittel geben, das das Fieber senkt und Albträume unterdrückt. Schlafen Sie sich aus. In der Früh nehmen Sie noch eine Tablette.« Er holt ein Medikamentendöschen aus seinem Koffer und geht ins Badezimmer, um ein Wasserglas zu befüllen. »Morgens und abends, solange Sie sich unwohl fühlen.«

Mit geweiteten Augen blicke ich zu ihm auf. Er streckt mir das Glas und die Tablette entgegen. »Damit wird es Ihnen bald besser gehen«, versichert er mir.

Ich nehme beides an, stecke die geschmacklose Pille in meinen Mund und spüle sie mit Wasser hinunter. Schwer liegt sie in meinem Magen, obwohl sie doch so klein ist.

»Sie wirken nach wie vor beunruhigt«, bemerkt Doktor Magyar. »Gibt es noch etwas, was Sie mir sagen möchten?«

»Ich habe nur Angst«, erwidere ich leise.

Er geht neben mir in die Knie, tätschelt meine Hand. »Angst? Hier, auf dieser wunderbaren Insel? Warum das denn?«

Meine Zunge fühlt sich belegt an. »Ich weiß nicht. Ich sollte mich über all das hier freuen, aber dann … dann klettern immer diese eigenartigen Schatten in mein Erinnerungsglas.«

Doktor Magyar hebt die kräftigen Augenbrauen. Wortlos fährt er mit seinem Daumen über meine Hand. »In Ihr Erinnerungsglas?«

Ich lecke mir über die Lippen. »Etwas, das meine Mutter erfunden hat. Jeden Tag haben wir die schönsten Augenblicke aufgeschrieben, um uns später daran zu erfreuen.«

Im Zwiespalt aus Licht und Schatten wirkt das runde Gesicht des Doktors ernsthaft verblüfft. »An was Sie sich erinnern können …« Unsicher lacht er auf. »Ich erinnere mich an kaum etwas aus meiner Kindheit.«

Ich schweige. Was soll ich auch dazu sagen?

»Sie sagen ...«, er rückt sich am Bettrand etwas zurecht, »... dass Schatten in Ihr Erinnerungsglas klettern. Was meinen Sie damit?«

Ich schlucke. »Ich stelle mir diese seltsamen Fragen, Herr Doktor.«

»Und zwar?«

»Wo kommt das Trinkwasser her? Was macht man auf dieser Insel mit Müll? Wie verbringen die Mitarbeiter ihre Freizeit? Solche Dinge eben. Dinge, die mich nichts angehen. Dinge, auf die ich keine Antwort weiß.«

»Es ist nur allzu natürlich, dass wir unsere Umgebung infrage stellen«, sagt er. »Und ich bin mir sicher, für jede der Fragen gibt es eine vernünftige Antwort. Frau Kern, Sie sind hier, um sich zu erholen. Um sich einmal nicht den Kopf zu zerbrechen, sondern einfach nur schöne Gedanken zuzulassen.«

Träge nicke ich. »Ich versuche es ja. Aber ... wo ist das Mädchen hin?«

»Welches Mädchen?«

»Das Mädchen, das nie existiert hat ...«, flüstere ich.

Verständnislos sieht er mich an. Dann tut er das, was praktische Ärzte nun mal so tun, wenn sie sich nicht zu helfen wissen – er schüttelt sich eine weitere Tablette in die Hand. »Nehmen Sie noch eine.« Auffordernd hält er sie mir hin. »Nur zur Sicherheit.«

Lahm lege ich sie mir auf die Zunge, er hilft mir, einen Schluck zu trinken. Seine Hand kommt auf meiner Schulter zu ruhen. »Es wird Ihnen besser gehen, sobald das Fieber sinkt«, versichert er mir. »Und dann können Sie sich so richtig erholen.« Er verabschiedet sich, packt seinen Arztkoffer und verlässt das Zimmer.

Die Medikamente beginnen zu wirken, ich fühle mich schwummrig, fast ein bisschen betrunken. Das muss das Fieber sein.

Eine angenehme Schwere nimmt von meinem Körper wie auch Geist Besitz und drückt auf meine Glieder, sodass ich das Gefühl habe, ein Stück tiefer in die Matratze zu sinken. Mein tosender Gedankenstrudel beruhigt sich. Nur mein Bauch tut weh, ich höre ihn gluckern und arbeiten. Dann schwillt Übelkeit in mir an. Die Magenschmerzen verschlimmern sich, absurd gepaart mit dem Gefühl innerer Entspannung.

Ein seltsamer Gedanke kriecht durch meinen Kopf. *Wenn ich schon krank bin, dann doch lieber hier, auf dieser Insel, wo man sich so gut um mich kümmert.*

Der Gedanke gliedert sich automatisch zwischen die anderen, passt sich perfekt an, wie eine Form in einem Tetris-Spiel. Mein Intellekt ringt mit den seltsamen Gefühlen, die mich wie warme Wolken ausfüllen. Sollte ich nicht lieber heimwollen? Zu meinen Eltern?

Wo ist daheim?

Wo leben meine Eltern?

Stell dir doch nicht so unsinnige Fragen, wispert eine Stimme in mir. *Du hast dich so lange auf diesen Urlaub gefreut! Du hast ihn dir so sehr verdient!*

Die Wolken füllen immer mehr meinen Kopf, drücken gegen meine Augen. Nur in meinem Magen bleiben das Jucken und die Übelkeit.

Ich stehe auf, gehe ins Badezimmer, knie mich vor die Toilette und stecke mir den Finger in den Hals. Es schüttelt mich, Tränen kämpfen sich über meine Wangen, getrieben von der physischen Anstrengung des Erbrechens.

Ich muss froh sein, dass ich hier auf dieser Insel kotzen darf.

Ich sehe Jackies melancholische Miene vor mir. Das Mädchen von nebenan. Das Mädchen, das zuerst da war und jetzt verschwunden ist. Die Haare im Gesicht, als wir hinter dem Hotel erwischt wurden. Möglicherweise ist es der Sonnenstich, der sie in meine Erinnerungen schiebt. Oder spinne ich?

Wie schön, dass ich hier spinnen darf.

Ich übergebe mich.

Vor Erschöpfung schlafe ich auf der Badematte ein und erwache erst, als der Morgen anbricht. Mit einem Ruck schraube ich das Erinnerungsglas auf. Ekelhafter Gestank von Verdorbenem schlägt mir entgegen. Die Erinnerungen des Vortags kleben an mir fest wie Kletten.

Ich fühle mich benommen, doch ein Gedanke lässt sich nicht verdrängen. Der Gedanke wird zu einer derartigen Notwendigkeit, dass ich mir nur den kalten Schweiß vom Gesicht wasche und dann auf wackeligen Beinen zum Aufzug renne, um zur Rezeption zu fahren.

Ich muss hier weg.

Kapitel 7

Madeleine blickt vom Tablet auf, als sie mich mit schweren Schritten herannahen hört. »Frau Kern«, ruft sie aus. »Fühlen Sie sich heute Morgen besser?«

Mit der Hand klatsche ich auf den Thekenrand. »Ich möchte meinen Urlaub abbrechen«, keuche ich und versuche den Anflug von Panik in meiner Stimme zu unterdrücken.

Madeleine reißt die Augen auf. Sie öffnet den Mund, ein Stottern entringt sich hier. »S-sie wollen den Urlaub abbrechen? Warum denn das?«

»Madeleine«, sage ich ruppig, »ich muss mich nicht vor Ihnen rechtfertigen. Ich will nach Hause. Jetzt.« Schmerzen pochen im Takt meines Herzens hinter meinen Schläfen. Ich reibe den Knochen so fest, dass es wehtut; doch dieser Schmerz ist besser als der andere. Madeleine blinzelt mich überfordert an. »Bitte«, hänge ich schleppend an.

Sie schluckt. Ihr Blick flattert zum Tablet, auf dem sie unsicher herumtatscht. »Ich muss … ich weiß nicht …«

Ich höre ihr gar nicht länger zu. Der Gedanke, hier wegzumüssen, hat mich vollkommen vereinnahmt. Ich muss hier weg. So schnell wie möglich. Egal wie.

… wie. *Wie?* Wie bin ich hierhergekommen?

Wenn ich an die Anreise denke, blitzen vor meinem inneren Auge Bilder eines Flugzeugs auf. Enger Fußraum, eine dröhnende Klimaanlage, Pappbecher mit billigem Orangensaft kommen mir in den Sinn. Doch ich habe die Insel umrundet. Kein Flugzeug kann hier landen. Wie bin ich hierhergelangt?

»Wollen Sie nicht erst einmal frühstücken, bevor Sie eine übereilte Entscheidung treffen?«

Entschieden schüttle ich den Kopf. »Ich will nach Hause. Besorgen Sie mir ein Boot, ein Flugzeug … irgendetwas!«

Die junge Frau ist eindeutig überfordert. Sie streicht sich über den Mund, sieht sich Hilfe suchend um. Eine andere Mitarbeiterin eilt herbei. Am strengen Schritt erkenne ich Madeleines Vorgesetzte. Ich merke, dass einige Gäste stehen bleiben und mich verwundert beäugen. Eine Frau schüttelt missbilligend den Kopf. Verschämt wende ich den Blick ab.

»Gibt es ein Problem?«, fragt die Vorgesetzte streng.

»Die Dame möchte Ihren Urlaub abbrechen«, verkündet Madeleine kleinlaut.

Die Vorgesetzte hebt die feinen Augenbrauen, bringt ihre Mimik jedoch rasch unter Kontrolle. Sie ist nicht dick, aber breit, und ihre Arme stehen ein wenig ab wie bei einem Ringer. Mit ihrem roten Gesicht fällt mir augenblicklich ein Name für Sie ein – Mrs Crab.

»Bitte warten Sie einen Augenblick, für Stornierungen brauchen wir unseren höheren Vorgesetzten.« Sie greift nach einem Telefonhörer, hackt auf die Tastatur ein und wartet. »Mr Carter? Verzeihen Sie die Störung. Hier ist eine Dame, die Ihren Urlaub abbrechen möchte. Können Sie kommen? Bezüglich des Stornocodes.« Sie lauscht in den Hörer.

Ich höre, wie jemand am anderen Ende der Leitung antwortet. Mrs Crab nickt abgehackt. Ihr scharfer Blick zuckt zu mir. »Ja, es handelt sich um Frau Kern. Sehr wohl. Sie ist krank.«

Jeder weiß hier über dich Bescheid. Wen du triffst, wenn du krank bist. Nervös nestle ich an meinen Fingern.

»Danke. Ich werde es ihr ausrichten.« Sie legt auf. »Mr Carter ist gerade in einer Personalbesprechung. Er wird so rasch wie möglich zur Rezeption kommen. Wollen Sie währenddessen frühstücken?«

Ich schüttle den Kopf. »Nein. Ich möchte einfach nur abreisen.«

»Wie Sie wünschen. Es wird vermutlich fünfzehn Minuten dauern. Sie können sich gern solange ins Restaurant setzen, Sie sehen blass aus. Ich hole Sie dann.«

Nur widerstrebend lasse ich mich abschieben. Im Restaurantbereich begegnen mir belustigte bis unsichere Blicke. Sie verstehen meine Panik nicht, meine ungehobelte Art. Die Röte kriecht mir ins Gesicht. Ich würde die peinliche Berührtheit gern abstreifen, an mir abprallen lassen wie an einem Regencape, doch ich schaffe es nicht. Ich spüre die fremden Blicke wie Berührungen auf meiner Haut.

Die drei Grazien sitzen am Terrassenrand und tuscheln miteinander. Abwechselnd werfen sie mir Blicke zu, bis sie vom Kellner abgelenkt werden, der ihnen eine Kanne Kaffee bringt. Ich erkenne Aron an seinem dunklen Haar und den breiten Schultern, die das weiße Hemd spannen.

Erschöpft lasse ich mich in einen Sessel fallen, wende allem den Rücken zu. Um weniger Angriffsfläche zu bieten, schlage ich die Beine übereinander und starre aufs Meer hinaus. Es hätte so schön werden können.

Systematisch versuche ich, mich von der Außenwelt abzuschirmen, das Kichern der Damen zu ignorieren, das Glotzen der Pärchen. Nach einer Weile bemerke ich, dass sich mir jemand nähert. Für einen Moment lang erwarte – erhoffe – ich Aron, doch als ich aufblicke, ist es Erich. Er lächelt mir mit seinem Nivea-Lächeln zu. Zahlreiche Fältchen rahmen seinen Mund, so perfekt angebracht wie bei einem retuschierten Promo-Foto.

»Alice«, grüßt er mich und setzt sich zu mir. Er trägt ein kariertes Hemd und orangefarbene Bermudas. »Sie sind gar nicht in Strandmontur?«

Ich schüttle den Kopf, hoffe nur, dass der Rezeptionist kommt und mich von hier fortholt, bevor ich mich Erich erklären muss. Er streckt seine Hand aus und greift nach meiner. »Ist alles in Ordnung mit Ihnen?« Sorge packt seine Züge.

Ich öffne den Mund, doch meine Zunge will sich nicht lösen, daher fokussiere ich Aron, der sich mit einem Tablett nähert. Er wirft Erich einen misstrauischen Blick zu, dann nickt er mir zu. »Soll ich Ihnen etwas bringen?«

Ich schüttle den Kopf. »Ich warte hier nur.«

»Worauf?«, fragt Erich an Arons Stelle.

Mein Kellner entfernt sich, als er bemerkt, dass Erich meine Hand hält. Er lädt Geschirr auf und trägt es einhändig Richtung Küche. Ich sehe ihm nach.

»Alice?«

»Ich möchte nach Hause fliegen.« *Fahren, segeln ... was auch immer.*

Erich lehnt sich überrascht zurück. »Nach Hause? Diesen unvergleichlichen Urlaub abbrechen, der gerade erst begonnen hat? Warum das?«

Ich zucke mit den Schultern, entziehe ihm die Hand und erhebe mich. »Entschuldigen Sie mich«, sage ich und gehe zurück zur Rezeption. Dort blickt mir die Mitarbeiterin ängstlich entgegen. »Mr Carter ist noch nicht hier ...«

»Ich warte, bis Mr Carter sich hierherbemüht hat«, beschließe ich und lehne mich gegen den Tresen. Ein Blick über die Schulter verrät mir, dass Erich im Restaurantzugang steht, die Hände in den Hosentaschen. Hastig wende ich mich ab. Nervös trommle ich mit den Fingerspitzen auf den Tresenrand. Ich bemühe mich, einen Gesichtsausdruck aufzusetzen, der aussagt: *Meine Geduld besitzt ein Limit, und das liegt hier.*

Ich kann gar nicht sagen, wie überrascht ich bin, als sich die Aufzugstüren öffnen und ein großgewachsener, dunkelhäutiger Mann in einem maßgeschneiderten Anzug aussteigt. Sein sicherer Schritt trägt die Attitüde eines Geschäftsführers.

»Mr Carter!«, ruft Mrs Crab aus und eilt ihm gewichtig entgegen. »Das ist Frau Kern, ich ...« Bevor sie weitersprechen kann, würgt er sie mit einer Handbewegung ab. Er streckt die Hand aus und drückt die meinige, fest und trocken.

»Frau Kern, verzeihen Sie meine Verspätung. Ich war in einer Besprechung.«

»Ich möchte meinen Urlaub abbrechen.«

Mr Carter nickt. »Selbstverständlich«, erklärt er zu meiner Überraschung.

Ich schlucke und weiß nicht, ob ich das Gefühl von Erleichterung bereits zulassen kann. »Wie komme ich von der Insel fort?«, frage ich.

»Ich werde ein Boot bestellen«, erwidert Mr Carter und bewegt sich dabei hinter den goldenen Tresen. Seine großen Hände bedecken beinahe die gesamte Tastatur, als er in die Tasten haut. Männer von seiner Statur erwartet man eher auf einem Sportplatz zu treffen als hinter einem PC. *O Alice, was für ein Klischee.*

Er hält in der Bewegungsfolge inne. Sein Blick zuckt über den Bildschirm. »Das Boot wird morgen in der Früh anlegen und Sie zur nächstgrößten Insel übersetzen. Anschließend bringt Sie ein Taxi zum Flughafen.« Die Tasten klicken leise unter dem Druck. »Kern, Alice, wenn ich mich richtig erinnere?«

Hastig nicke ich. Erleichterung flutet meinen Brustkorb. Erstmals traue ich mich, wieder richtig einzuatmen.

»Es tut mir wirklich leid, falls Sie kein schönes Urlaubserlebnis bei uns hatten. Wollen Sie ein Beschwerdeformular ausfüllen, damit wir unseren Service für zukünftige Gäste verbessern können?«

Ich kann von hier fort! Ich fasse es noch immer nicht. »Nein danke. Es hat nichts mit Ihnen zu tun. Ich will einfach nur nach Hause.« Eine Weile lang sehe ich ihm beim Tippen zu, dann beendet er sein Tun mit der Enter-Taste. Er hebt den Kopf. Im Gegensatz zu seinen Angestellten lächelt er nicht.

»Kann ich Ihnen den restlichen Aufenthalt irgendwie verschönern?«

Ich verneine. »Ich gehe auf mein Zimmer und werde meine Sachen packen. Danke für Ihr Verständnis.« Wir schütteln uns abschließend die Hände.

Meine Füße tragen mich wie von selbst Richtung Aufzug. Ich fühle mich wie im Delirium, meine Schritte ziehen kleine Bögen. Mir ist schwindelig, mein Magen knurrt lautstark. Unsicher sehe ich mich um, doch niemand scheint es zu bemerken. Die meisten Gäste zieht es schon wieder nach draußen.

Die gelbe Flagge flattert.

Hinter der Glastür entdecke ich Erich, der mir den Rücken zugewandt in die Ferne sieht. Meine Schritte werden langsamer und ich spüre einen Klumpen im Hals. Er sieht so gut aus, selbst von hinten.

Übertreibe ich? Zerstöre ich mit meiner Hysterie das womöglich beste Urlaubserlebnis meines Lebens?

Der schöne Erich macht sich auf den Weg Richtung Pools und verschwindet aus meinem Sichtfeld. Ich schlucke den bitteren Geschmack hinab, steige in den Aufzug und fahre in mein Stockwerk empor. Auf meinem Zimmer beginne ich zu packen. Mein Badeanzug hängt zum Trocknen am Fenstergriff. Der Hunger macht sich schmerzhaft bemerkbar. Ich trinke, um ihn zu stillen. Wie ein eiskalter Klumpen füllt das Wasser meinen schmerzenden Magen. Ich werde nichts essen, bevor ich in diesem verdammten Flugzeug sitze.

Dann lege ich mich ins Bett, starre an die Decke und warte. *Tick-tack-tick-tack,* tickt meine innere Uhr im Rhythmus meines Herzschlags. *Wir glauben hier nicht an Uhren.* Was für ein ausgemachter Schwachsinn.

Ich bin bereit aufzubrechen. Nach Hause. Wo immer das sein mag. Alles dreht sich vor Hunger.

Nur noch warten. Dann bin ich in Sicherheit.

Kapitel 8

Es beginnt mit einem Klopfen an der Tür, nein, vielmehr ein Hämmern. »Frau Kern?«, ruft ein Mann. »Hier der Hausmeister! Wir haben einen Rohrbruch in der Deckenwand zwischen Ihrem und dem darüberliegenden Zimmer entdeckt.«

Ich weiß, dass er die Tür öffnen kann, wenn er es will. *Wir können die Zimmer betreten, selbstverständlich nur in Notfällen,* hat Madeleine gesagt. Dennoch wartet er auf mich.

Ich linse durch den Türspalt. Draußen warten drei Männer in Latzhosen. Sie tragen eine Leiter, Eimer und eine Werkzeugkiste bei sich. Der Handwerker, der angeklopft hat, lüpft grüßend seine Kappe. »Wir müssen die Familie über Ihnen und Sie in ein anderes Zimmer verlegen, bis wir den Schaden behoben haben. Die Dame an der Rezeption sagte, ich solle Sie zu ihr schicken.«

Mein Unterkiefer rückt nach links und rechts, meine Backenzähne mahlen knackend gegeneinander. Ich trete zurück und lasse die Tür dabei offen stehen, weiche ins Badezimmer zurück – und tatsächlich. Auf der weißen Wand prangt ein feuchter Fleck, der sich Richtung Boden zieht und hinter den Fliesen verschwindet. Als ich an die Decke starre, sammeln sich dort Wassertropfen. Wie konnte ich das übersehen?

Hinter mir stemmen sich die Herren in das Zimmer. »Verzeihen Sie die Unannehmlichkeiten«, schnauft der Hausmeister.

Ich erwidere nichts, greife mir nur meinen Koffer und bewege mich unruhig zur Rezeption hinunter. Dort steht bereits eine andere Familie samt Kind und Kegel an. Madeleine wirkt aufgelöst und telefoniert herum. Die Familienmutter nickt mir zu. »Sind Sie ebenfalls vom Wasserschaden betroffen?«

Ich nicke.

Madeleine legt auf und teilt uns mit, dass soeben zwei neue Zimmer für uns geputzt und hergerichtet würden. Wir sollen uns ins Restaurant setzen, sie ruft uns, sobald die Zimmer bereitstünden. Ich folge der Familie. Mit tausend Entschuldigungsfloskeln entlässt Madeleine uns und verspricht, Kaffee oder Wein zu bringen – und dem Kind eine Cola.

Es ist das erste Mal, dass ich Kinder in diesem Restaurantbereich sehe. Sie kritzeln in Malbüchern und schlenkern mit den Beinen, die von ihren Sitzplätzen nicht bis zum Boden reichen. Ihr Anblick macht, dass ich mich kurz besser fühle. Dann macht er mich traurig.

Ob sie auch ein Erinnerungsglas besitzen? Eines, in das sie ihre Zeichnungen falten, die nach Ölkreidestrichen duften? Und wenn sie später einmal ein Stück Papier hervorziehen, rufen sie: *Mama! Sieh doch! Hier waren wir am Strand und haben Muscheln gesammelt …*

Ich lasse mich an einen Tisch bei der Wand nieder, um alles im Blick behalten zu können. Die Familie bestellt Kakao und Kaffee. Als die Kellnerin zu mir kommt, lehne ich ab. Meine Blicke streifen die Besucher und bleiben an der Bar hängen, hinter der ein Barista Milch aufschäumt. An der Theke sitzt ein unbeschäftigter Angestellter. Obwohl er mir den Rücken zukehrt, erkenne ich Aron. Als hätte sich sein Erscheinungsbild in meine Netzhaut eingebrannt.

Er unterhält sich mit dem Barista und bearbeitet dabei etwas auf der Theke, seine Stimme ein Raunen, das bis zu mir dringt. Die drei Grazien sitzen noch immer auf der Terrasse, mittlerweile haben sie ihre Kleidung gegen luftige Tücher ausgetauscht, ihren Frühstückskaffee gegen Aperol-Spritz, in denen Limettenscheiben baden. Als Aron sich auf seinem Hocker umdreht, winken sie ihm zu und rufen, ob er sich nicht auf ein Gläschen zu ihnen gesellen möge.

Er schneidet eine Grimasse, die ein humorloses Lächeln sein soll, und erhebt sich, während er sich eine Zigarette zwischen die Lippen steckt. Da entdeckt er mich. Sein Blick wandert zu meinen Füßen herab, die am Koffer lehnen. Er zieht die Zigarette aus seinem Mund, aus seinem Mundwinkel kriecht Rauch. Dann greift er sich die Untertasse einer benutzten Kaffeetasse und überbrückt die Distanz, die uns trennt. Er nickt mir zu. »Stört es Sie, wenn ich mich zu Ihnen setze?«

Überrascht schüttle ich den Kopf. Er zieht den Stuhl zurück und lässt sich mir gegenüber nieder, den improvisierten Aschenbecher stellt er am Tischrand ab. »Warum haben Sie einen Koffer bei sich?«

Ich überlege, welche Antwort die richtige ist. Es mag seltsam klingen, da ich diesen Mann genau genommen nicht kenne, doch ich habe das Bedürfnis, mich von ihm zu verabschieden. Daher entscheide ich mich für die Wahrheit. »Ich reise ab«, sage ich.

Aron hebt seine Augenbraue. Zigarettenrauch steigt mir in die Nase. Wo er den Tabak wohl herhat? Ich habe nirgendwo gesehen, dass Zigaretten verkauft werden.

Aron bemerkt meinen Blick. »Wollen Sie?« Er zieht einen Tabakbeutel, Zigarettenpapier und Filter aus seiner Brusttasche.

Unsicher schüttle ich den Kopf. »So was drehen kann ich nicht.« Zumindest kann ich mich nicht daran erinnern.

Er lächelt sein geheimnisvolles Lächeln, das so anders ist als Erichs.

Erich ist ein Mann, wie ich ihn mir erträumt habe – älter, gut aussehend, gebildet, charmant, er hofiert mich, ohne dabei zudringlich zu sein …

… doch es ist Arons Lächeln, das meine Haut kribbeln lässt. Erich ist nah, doch er erscheint mir ungreifbar. Ich sehe ihn, aber spüre seine Blicke nicht. Mit Aron habe ich kaum zwei Worte gewechselt, dennoch wirkt er so viel realer auf mich. Möglicherweise deswegen, weil er kein Mann ist, wie ich ihn mir für mich erträumt hätte. Allerdings – wer bin ich, in meinem derzeitigen Zustand zu glauben, Vorstellung von Wirklichkeit unterscheiden zu können?

Aron legt sein Raucherzeug fein säuberlich vor sich hin, während seine Zigarette am Tellerrand ruht und sich das Feuer langsam Richtung Filter frisst. Ruhig baut er eine neue, rollt sie mit einer geübten Daumenbewegung und leckt den Papierrand ab, damit die Konstruktion hält. Er steckt sich die Zigarette in den Mund, entzündet sie und reicht sie mir.

Zögerlich strecke ich meine Hand aus und nehme sie entgegen. Aron schiebt den Teller zwischen uns. Schweigend rauchen wir, während er mich mit seinen dunklen Augen sondiert. »Sie sehen nicht gut aus.«

Und vorbei ist das Schmetterlingsgefühl. »Vielen Dank.«

»Das meinte ich nicht. Sie sehen müde aus.«

Das bin ich. Erschöpft lehne ich mich zurück und ziehe an der Zigarette. Der Rauch rauscht durch meine Lunge und entspannt mich, als handele es sich um Marihuana und nicht Tabak.

»Ich will einfach nur nach Hause«, sage ich.

Er lacht, auf seinen Wangen erscheinen Grübchen. »Sie ahnen nicht, wie oft ich mir das denke.«

Darüber habe ich nie nachgedacht – dass jemand anderes diese Insel ebenfalls verlassen wollen könnte. Verwundert sehe ich ihn an.

»Woher kommen Sie?«, frage ich.

Er zögert. »Mein Vater ist Kanadier«, antwortet er. »Meine Mutter Hawaiianerin. Meine Kindheit habe ich abwechselnd auf Hawaii und in Toronto verbracht.«

Ich spitze verwundert die Lippen. Aron spricht akzentfrei Deutsch. Auch wenn sein Äußeres verrät, dass ein Elternteil aus einer anderen Gegend stammen muss, hätte ich nicht gedacht, dass er außerhalb von Zentraleuropa aufgewachsen ist. »Woher sprechen Sie so gut Deutsch?«

Er zieht an der Zigarette, auf mich wirkt es, als würde er Zeit schinden wollen. »Ich war an einer deutschsprachigen Schule.«

»Wieso das?«

Die Kellnerin unterbricht uns – die junge Frau mit den Rastas und breiten Lippen wie die einer Göttin. »Braucht ihr etwas?«, fragt sie freundlich. Im Hintergrund beobachten uns die drei Damen, die in den grünen, blauen und magentafarbenen Tüchern wie die drei Feen aus dem Disney-Film *Cinderella* wirken. »Du bist heute nicht zum Essen gekommen, Aron – soll ich dir etwas bringen?«

Er nickt langsam. »Danke, Bobby.«

»Und für Sie?«

»Für mich nichts, danke.« Ich erwarte, dass Aron mich wie all die anderen zum Essen drängen wird, doch es scheint ihm gleich zu sein.

Die Kellnerin verschwindet.

»Sie müssen den gesamten Sommer hier verbringen?«, frage ich.

Aron, der einen Moment lang abwesend gewirkt hat, wendet seine Aufmerksamkeit erneut mir zu und nickt. »Den ganzen … langen … Sommer.« Ich bemerke, dass sein Blick hinaus zum Meer gleitet, zu den weit entfernten Inseln, die als schlanke Schatten am Horizont lagern. Er scheint meine Sehnsucht nach der Ferne zu teilen.

Ich reibe mir die schmerzenden Schläfen. »Ich weiß gar nicht, was mich geritten hat, einen All-inclusive-Urlaub anzutreten. Das ist doch sonst nicht meine Art …«, murmle ich.

»Manchmal bleibt uns einfach keine Wahl«, lautet seine kryptische Antwort.

Mein Magen knurrt lautstark. Ich hoffe, dass Aron es nicht gehört hat, doch als ich die Augen öffne, wirkt er belustigt. Bobby, die Kellnerin, stellt ihm eine Schüssel mit Joghurt vor die Nase. »Sind Sie sicher, dass Sie nichts essen wollen?«, fragt er nun doch.

Ich schüttle den Kopf, doch die Kellnerin stellt mir kurze Zeit später wortlos einen adrett drapierten Teller mit Gebäck und Käsevariation vor die Nase. Allein beim Anblick läuft mir das Wasser im Mund zusammen.

Ich schlucke, mein Magen verkrampft sich vor Hunger. Das Wasser, das in meinen Eingeweiden gluckert, vermag das Gefühl nicht zu dämmen.

Aron verspeist einen Löffel Joghurt. Lustlos lässt er den Löffel in der weißen Masse stecken, die mit Honig und Nüssen gespickt ist. Der Speichel sammelt sich in meiner Mundhöhle. Ich habe solchen Hunger. Doch irgendetwas – irgendetwas mit der Nahrung hier stimmt nicht.

Dann schieße ich nach vorn und ziehe Aron die Schüssel unter der Nase fort. »Wenn ich es recht überdenke, ist mir mehr nach Joghurt!« Bevor er reagieren kann, stecke ich mir den Löffel in den Mund. Gleichzeitig steigt mir vor Scham die Hitze in die Wangen.

Arons Mund klappt in Erstaunen auf. Es sollte mir egal sein, dass ich mich hier vor ihm blamiere. Ist es aber nicht. Nach meiner Abreise werde ich ihn ohnehin nie wiedersehen.

Auf einmal lacht er. Einen Augenblick lang sieht er so aus, als wolle er etwas sagen, dann wird er mit einem Schlag ernst.

Er drückt die Zigarette auf dem Unterteller aus. »Entschuldigen Sie mich«, murmelt er. Ich lecke mir den Joghurt von den Lippen und fühle mich bemüßigt, mich bei ihm zu entschuldigen, doch er eilt bereits weiten Schrittes davon. Er hat so lange Beine, als wären sie dazu gemacht, andere abzuhängen.

Ich bleibe zurück. Meine Zigarette qualmt am Tellerrand. Der Hunger, durch den ersten Löffel Joghurt entfacht, bringt mich dazu, trotz der Selbsterniedrigung weiterzuessen. Ich merke einen Druck hinter meinen Augen und mir ist nach Heulen zumute. Habe ich mich in meinen eigenen Wahnvorstellungen verfangen? Bilde ich mir die skurrilen Geschehnisse ein? Bin ich es, die aus dem Rahmen fällt, und nicht die anderen?

Ich greife nach einer Serviette und tupfe mir die Tränen aus den Augenwinkeln. Das Unverständnis über meine eigene Lage treibt mich an den Rand der Verzweiflung. Meine Verabschiedung hätte sich hiermit wohl erledigt. *Blicke nicht zurück*, denke ich mir. *Bald bist du daheim und all das ist nur noch der Schatten einer Erinnerung, die in deinen Eingeweiden kaut. Eine schmutzig-graue Zeichnung in deinem Erinnerungsglas, das du mit neuen fröhlichen Malereien füllen kannst.*

Ich glaube kaum mehr daran, als Madeleine endlich auftaucht und mir erklärt, dass mein Zimmer bereit sei. Ich folge ihr. Den Koffer ziehe ich hinter mir her wie einen Hund, der keine andere Wahl hat. Von Kummer geplagt, vergrabe ich mich in meinem neuen Zimmer im Bett und ziehe mir die Decke über den Kopf, um die restliche Zeit zu verschlafen.

Als ich aufwache, weiß ich, dass mich etwas geweckt hat – nur nicht was. Mit geweiteten Augen starre ich an die nachtumschattete Decke, das Laken umschlingt mich wie eine Python. *Wie ein ganz kleines Baby*, schießt es mir durch den Kopf, *das man einwickelt, um es zu beruhigen. Oder wie eine Irre in Zwangsjacke.*

Bloß das Rauschen des Meeres dringt an mich heran. Mit der Zeit wird es zum Teil der Stille.

Ein anderes Geräusch erschreckt mich. Ich spanne mich an. Der Teppich dämpft Schritte ab. Ein Keuchen ertönt. Etwas wird schwerfällig abgestellt. Ein Schatten nähert sich mir.

Ich schreie, so laut ich kann.

Ein Männerschrei antwortet dem meinen.

Ich versuche, von der anderen Bettseite zu rollen, doch meine Beine verheddern sich im Laken.

»Frau Kern!«, höre ich eine bekannte Stimme. »Frau Kern, Sie haben mir einen Schreck eingejagt!«

Meine Stimme versagt, ich schramme über die Bettkante und krieche in die Ecke. Meine Schulter drückt in die transparenten Vorhänge, die das Fenster rahmen. Obwohl ich ihn im Schatten kaum ausmachen kann, identifiziere ich endlich seine Stimme. »D-Doktor Magyar? Was machen Sie hier?«

Der kleine Mann hebt beschwichtigend seine Hände. »Bitte, bitte – ich wollte doch nur nach Ihnen sehen!« Er sucht nach dem Lichtschalter und drückt ihn. Flackernd erleuchtet die Deckenlampe mein Zimmer, das sich kaum von meinem alten unterscheidet, nur dass es sich in einem anderen Stockwerk befindet.

Mein Blick flattert zur Tür. »Wie kommen Sie hier herein?« Ich raffe das Bettzeug an mich.

»Sie haben mich nicht klopfen gehört.« Vorsichtig tritt er einen Schritt vors Bett. Mein Blick saust zwischen ihm und der Tür hin und her, bis ich seinen Arztkoffer neben dem Bett bemerke. Der steht offen. Doktor Magyar bemerkt meinen Blick. Beschwichtigend hebt er die Hände, als wolle er ein verschrecktes Tier besänftigen.

»Das beantwortet nicht meine Frage!«, schnauze ich ihn an. »Wie kommen Sie dazu, ohne Aufforderung mein Zimmer zu betreten?«

Seine Zungenspitze fährt aus seinem Mund, er benetzt die Unterlippe. »Ich habe mir Sorgen gemacht …«

»Sie ignorieren meine Privatsphäre, genau wie die Angestellten! Was ist nur los mit Ihnen?«

»Frau Kern«, raunt er. »Wir wollen doch alle nur das Beste für Sie …!« Er spricht mit mir wie mit einem Kind. Bin ich im Irrenhaus gelandet? Und bin ich Patientin oder Zuschauerin?

Ich strecke den Zeigefinger drohend in seine Richtung. »Verlassen Sie mein Zimmer!«, rufe ich.

Er schluckt. »Wegen Ihres Fiebers …«

»Haben Sie nicht gehört? Sie sollen mein Zimmer verlassen …!« Meine Stimme schrillt derart, dass sie beinahe zerreißt.

Lange sieht mich dieser Mann an, den ich für das Inbild von Güte gehalten habe. Dann nickt er. »Wie Sie wünschen.« Er geht zu seinem Arztkoffer und klappt ihn zu. »Es tut mir wirklich leid, dass ich Sie erschreckt habe. Ich wollte bloß nach Ihnen sehen.«

»Warum tun Sie es dann nicht untertags wie jeder andere vernünftige Mensch?« Tränen brennen hinter meinen Augen. Ich verstehe nichts mehr.

Doktor Magyar gibt sich geschlagen, verlässt mein Zimmer und schließt die Tür hinter sich. Er lässt mich in der Stille zurück, in der Tränen über meine Wangen laufen. Ich rutsche die Wand herab, ziehe die Beine an und lege die Arme darum. Mit dem Unterarm fahre ich mir über die brennenden Augen.

Jeder Mitarbeiter kann einfach so mein Zimmer betreten. Und ich kann nichts dagegen tun.

Beunruhigt laufe ich zur Tür, ziehe sie ein Stück weit auf und spähe hinaus. Schritte verklingen. Ich überwinde meine Angst und stecke den Kopf hinaus.

Doktor Magyar hält vor dem Aufzug. Mit einem leisen *Pling* kommt die Kabine in unserem Stock an. Ich weiche zurück, um nicht gesehen zu werden. Erst als sich die Aufzugstüren mit einem Klicken geschlossen haben, wage ich mich erneut hervor. Die Anzeige über dem Aufzugszugang wechselt zum Pfeil nach unten. Fährt er zurück ins Erdgeschoss?

Tief atme ich ein und aus. Plötzlich sprinte ich los, den Korridor entlang. Beim Aufzug angekommen, drücke ich den Pfeil nach unten und folge Doktor Magyar.

Kapitel 9

Das Aufzugsraunen begleitet flüsternd meine Abfahrt. Ich kann meine Spiegelung in den goldenen Innenflächen sehen, verzerrt und doch bekannt. Eine rothaarige Frau wie in einem kubistischen Porträt. Als hätte man meine einzelnen Teile auseinandergeschnitten, auseinandergezogen, zusammengestaucht und anschließend wieder zusammengesetzt. Ein Picasso, schön und angsteinflößend zugleich.

Der Aufzug hält, die Türen gleiten auf und entlassen mich in die Vorhalle. Die Rezeption liegt in Dunkelheit. Niemand ist zu sehen. Ich habe keine Ahnung, wie spät es ist. Aus irgendeinem Grund habe ich angenommen, dass die Rezeption die gesamte Nacht besetzt ist, falls jemand etwas braucht.

Der Boden fühlt sich kühl und glatt an meinen Füßen an. Mein Blick gleitet durch die verwaiste Halle. Als ich einige zögerliche Schritte Richtung Tresen setze, bemerke ich, dass auch Doktor Magyar verschwunden ist.

Die Schwingtür zur Küche wird mit einem dumpfen Geräusch aufgerissen. Ich unterdrücke ein Quietschen, packe wie automatisiert den Tresenrand und schwinge mich ins Innere der Rezeption. Aus der Küchen fällt ein lang gezogenes Rechteck an Licht, in dem sich verzogene Schatten bewegen. Rasch ducke ich mich, mit den Händen fahre ich über Tablet, Tastatur, Kugelschreiber und Papier. Aus Angst, jemand könnte das Rascheln gehört haben, verberge ich den Mund hinter meinen Händen. Warm fährt der Atem zwischen meinen Fingern hindurch.

Schritte klopfen über den glatten Boden. »… das ist wirklich nicht meine Aufgabe!«, herrscht eine bekannte Stimme. »Wozu haben Sie das IA-Programm?«

Ich kann nichts sehen, verstecke mich zwischen einem Stuhl und einer Kommode. Die Stimme vermag ich jedoch zu identifizieren. Es ist Aron. Er wirkt ziemlich aufgebracht.

»Aus irgendeinem Grund scheint sie nicht auf den IA anzuspringen«, erwidert eine zweite Stimme, männlich. »*Obwohl* er auf ihre Grundbedürfnisse ausgerichtet ist.«

»Ich verstehe nicht, was ich mit der Sache zu tun habe!«

»Kern scheint Sie zu mögen. Bringen Sie sie dazu, zu essen. Wir wollen das alles ganz friedlich regeln.«

Eine andere Männerstimme mischt sich ein. »Sie hat Angst.« Am näselnden, unterwürfigen Ton erkenne ich Doktor Magyar. »Wer kann es ihr verübeln? Muss sie aber nicht haben. Sie können das ändern. Tun Sie der Frau einen Gefallen.«

Die Härchen an meinen Armen stellen sich auf. Ein Schauer überzieht meinen Körper. Höre ich da richtig? Oder entspringt es meiner kranken Fantasie?

Ich hebe meine zitternden Hände, kralle die Finger um die Thekenkante und ziehe mich ein Stück in die Höhe. Da entdecke ich die drei Männer wenige Meter von der Küchentür entfernt. Kann ich meinen Augen länger trauen? Meinen Ohren? Ich lecke mir über die aufgesprungenen Lippen. Irgendeinem meiner Sinne?

An seinem Anzug erkenne ich Mr Carter, der meine Abreise veranlassen sollte. Der Mann, den ich für Aron halte, streicht sich durch das Haar, sein Seufzen gleitet durch die Halle. »Das ist nicht meine Aufgabe«, wiederholt er.

Carter rückt sich gerade. »Sie sind hier Pfleger!«, ruft er aus. »Das war Ihre Wahl! Ihre Aufgabe ist es, sich um das Wohlergehen der Gäste zu sorgen! Wenn ich Ihnen also sage, Sie sollen Kern mit allen Mitteln dazu bringen zu essen, dann haben Sie das zu tun! Sie hatten

Ihre Chance zu träumen – und Sie haben sie vergeigt! Für Sie gibt es abseits des Pflegerberufs nur eine Tür – wollen Sie mir sagen, dass wir diese öffnen sollen?«

Ich höre nichts, doch stelle mir vor, wie Aron schluckt. *Naives Ding, ich.* Selbst jetzt bilde ich mir ein, diesen kryptischen Mann auf meiner Seite zu wissen.

Ich stütze die Stirn gegen den Tischrand, drücke ganz fest die Lider zusammen und spüre, wie die Kante einen Abdruck hinterlässt. Falls ich mir nicht ohnehin *alles* einbilde.

»Nein«, höre ich Arons gedämpfte Stimme. »Nein, wollte ich nicht.«

Ich hebe den Kopf und sehe, wie die gedrungene Gestalt des Arztes nach dessen Arm greift. »Wenn Sie sie nicht zum Essen bringen, müssen wir sie mit Gewalt dazu bringen«, sagt er. »Das wollen Sie doch sicher nicht.«

Erbost schnauft Mr Carter. »All diese Probleme wegen einem einzigen dysfunktionalen Weibsbild!«, schimpft er. »Man hat mich bereits vor ihr gewarnt.« Damit stapft er Richtung Küchentür davon und verschwindet hinter der Schwingtür.

Doktor Magyar sieht Aron eine Weile an, dann geht Letzterer ebenfalls schleppend zurück. Der Arzt folgt ihm. Alle verschwinden hinter der Küchentür.

Ich kauere hinter der Rezeption. Mein Herz rast, seine rasche Schlagfolge ein Echo in meinen Ohren. Wahrheit oder Wahnvorstellung – hier bin ich eine Gefangene. Entweder die Gefangene von Fremden oder die Gefangene meiner eigenen Imagination. Meine Angst steigert sich zu Hysterie. Ich will das nicht. Ich kann das nicht. All das muss aufhören!

Morgen wird kein Boot kommen. Stattdessen schicken sie mir einen attraktiven Mann nach dem anderen, und wenn ich mich nicht zum Essen verführen lasse, strecken sie mich mit Gewalt nieder.

Es erschreckt mich, Galle treibt meine krampfende Speiseröhre empor. Ich spucke aus und huste. Speichelfäden ziehen sich bis zum Boden herab. *Ich bin eine Gefangene,* hallt in meinem Kopf wider.

An der Theke ziehe ich mich auf, schlage die Klappe um und lasse mich raus. Meine nackten Füße fühlen sich von der Kälte taub an. So wandere ich am Restaurantbereich vorüber, hin zum Entertainmentbereich, dessen weite Räume in Finsternis liegen. Ich folge dem Mondlicht zu der einsamen Tür. Als ich die Klinke herunterdrücke, erwarte ich, das Schrillen eines Alarms zu hören, doch sie lässt sich widerstandslos aufdrücken.

Das Meeresrauschen paart sich mit dem tropischen Wind. Es ist immer noch unnatürlich warm. Tatsächlich hat sich die Temperatur kaum verändert, bleibt beständig wie alles hier. Ich scheine das einzig Unbeständige zu sein.

Mit den Füßen taste ich mich auf die finsteren Klippen hinaus. Heute ist es noch gefährlicher als zuletzt, wo ich im Sonnenlicht jede Unebenheit entdecken konnte. Meine Zehen berühren grobporigen Stein. Ich versuche, größere Löcher als dunkle Flecken zu erspähen und Seeigeln auszuweichen. Der Wind fährt mir in den offenen Mund, reibt mir die Tränen aus den Augen und reißt an meinem Haar. Der Mond steht groß und rund am Horizont. Ich lecke mir über die Lippen. Seitdem ich hier bin, ist immer Vollmond.

Ich blicke in den Sternenhimmel empor. Die Milchstraße strömt über mich hinweg. … *dort oben leuchten die Sterne, dort unten leuchten wir …* Lieder meiner Kindheit klingen in meinem Ohr, verschwommen regen sich Erinnerungen, doch etwas ist in meinem Kopf und blockiert sie. Ihre Melodien und Reime vermischen sich und dröhnen als verzerrter Chor aus meinem Erinnerungsglas. Es ist, als hüllten Mauern mein Gedächtnis ein wie die Ummantelung den Tschernobyl-Reaktor, ein Schutz aus Stahlbeton, der mit der Zeit Risse bekommen hat. … *Rabimmel, rabammel, rabumm.*

Ich umrunde die dunklen Löcher, taste mich an die Klippen heran. Hier wird der Weg unsicher. Ich breite die Arme aus wie Flügel, suche nach Gleichgewicht. Das Wasser schlägt gegen den Felsen, doch die Gischt gelangt nicht zu mir hinauf. Ich starre ins Dunkel hinab.

Ich bin eine Gefangene, die sich nach der Ferne sehnt, nach dem Gefühl von Meerwasser an meinen Füßen, nach dem Geschmack von Salz und der Stille des unendlichen Meeres. Ich will in einer anderen Welt schweben wie ein Astronaut im Weltall. Ich möchte frei sein, was immer mich hier gefangen hält.

Die Wellen schlagen gewaltvoll gegen die Klippen, dann mache ich einen weiteren Schritt und springe in die Fluten.

TEIL 2: RAUM

Kapitel 10

Ich warte. Auf den Aufprall. Auf das Nass. Auf die Kälte, die mich und meine rasenden Gedanken betäubt. Ich erwarte zu fliegen.

Stattdessen schlage ich innerhalb kürzester Zeit auf.

Wie eine Puppe donnere ich gegen Widerstand, zuerst mit den Füßen, dann mit dem restlichen Körper hinterher. Der Schmerz ist so enorm, dass ich nicht einmal zu schreien vermag. Stattdessen entkommt mir ein Ächzen.

Mein Schädel schlägt zuletzt auf. Ein Blitz jagt mir durch den Kopf, blendet mich von innen. Ich sehe nichts, starre nur in den Himmel hinauf, der keiner ist – alles, was meine Augen wahrnehmen, ist strahlende Helligkeit, die keine Schatten kennt. Hustend wälze ich mich zur Seite und erwarte rauen Felsen unter mir zu spüren, schlüpfrige Algen und warzige Napfmuscheln. Mein Sichtfeld flackert, hell-dunkel, Schemen tauchen daraus hervor wie bei einem Fernseher mit schlechtem Empfang. In meinem Nacken spüre ich ein Reißen, heiß jagen Empfindungen durch meine Wirbelsäule.

Ich krümme mich zusammen und wimmere, während ich mich den ungewohnten Sinneseindrücken ergebe. Ich fühle mich wie ein von Trojanern überwältigter Computer, der bloß Fehlermeldungen anzeigt. Einen Moment lang verliere ich das Bewusstsein, denn ich bemerke kurze Zeit später, wie ich aus der Schwärze hochschrecke. Als ich zitternd die Augen öffne, klärt sich mein Sichtfeld.

Ich drehe den Kopf und spüre, wie erneute Hitzeimpulse aus dem Nacken emporjagen. Bin ich querschnittsgelähmt? Sehe ich deswegen alles weiß?

Da erkenne ich, dass ich in einer Vertiefung liege, wie auf der Gleisschneise einer U-Bahn. Ich wälze mich zur Seite. Bilder von Meer und Nacht legen sich über das Sichtfeld, flimmern und verschwinden. Ich weiß nicht, wie lange ich auf dem Bauch liege, auf den Unterarmen abgestützt, blinzelnd, bis ich erkenne, dass die Bildbruchteile, die ich sehe, Pixel sind.

Vorsichtig taste ich nach meinem schmerzenden Nacken. Für meine Augen wie auch den Rest meiner Sinne ergibt sich ein seltsames Puzzlebild. Ich scheine mich an zwei Orten gleichzeitig zu befinden – einmal liege ich auf den Felsen in Meeresnähe, dann in einer kantigen Vertiefung eines weißen Raumes, dessen Hauptteil sich mir nicht erschließt. Ich höre Meeresrauschen, das in Stille abbricht. Ich schmecke salzwasserschwangere Luft. Spüre Napfmuscheln unter meinen Handballen und glatten Kunststoff zugleich.

Das Einzige, was konstant bleibt, ist ein zarter Luftzug, der an meinen Haaren zupft. Einmal vernehme ich das Heulen des Windes, das sich an den Klippen bricht, dann dröhnt eine Klimaanlage. Ich erinnere mich an das Geräusch. Ich habe es zuvor vernommen – als ich den rauchenden Angestellten zur Seitentür gefolgt bin.

Der innere Kampf, den ich die letzten Tage geführt habe, wird zu einem Wettstreit meiner äußeren Sinne. Was mein sechster Sinn erahnt hat, dem folgen nun die restlichen fünf nach.

»Gott …!« Ich vergrabe meinen Kopf zwischen den Händen. Der dominante Sehsinn lässt sich größtenteils ausblenden, geht hinter meinen Augenlidern in das Flimmern eines kaputten Bildschirms über.

Es zwickt hinter meinem Ohr. Ich greife danach, ertaste den Haaransatz, unter der Haut liegt ein harter Knubbel, den ich bisher nicht bemerkt habe. Mit den Fingerspitzen fahre ich darüber, und als ich fester drücke, verstärkt sich das Schneetreiben vor meinem inneren Auge.

Ich atme ein und aus und versuche mich zu sammeln. Falls ich verrückt bin, dann auf hohem Niveau.

In einem Wasserfall aus rotem Haar kämpfe ich mich in eine sitzende Position. Von dort aus gelange ich auf die Beine, die jeden Augenblick einzuknicken drohen. Ich wanke zur Wand und stütze mich daran ab. Immer wieder flackern Bildteile vor meinen Augen auf, doch dahinter liegt die Wahrheit, an die ich meine gespreizten Hände lege – eine Art weißer Kunststoff, glatt und strukturlos. Ich strecke meine Hände aus, so hoch ich kann, recke mich auf die Zehenspitzen, doch kann die Kante nicht erreichen. Die eingeblendeten Bilder gaukeln mir Teile einer Klippe vor, die sich über mir erstreckt. Darüber breitet sich ein flackernder Nachthimmel aus, der im krassen Gegensatz zu der weißen Decke steht, die hell erleuchtet ist. Was ist das hier? Befinde ich mich in einem Computerspiel?

Staksend entferne ich mich ein Stück und nehme den einzigen Weg, der sich mir eröffnet – ich folge dem Graben, als liefe ich auf U-Bahn-Schienen entlang. Wiederholt stolpere ich, wenn Teile oder ganze Bilder der Meereslandschaft eingeblendet werden. Dabei ergeben sich groteske Eindrücke, wie durch den Bug eines Games, der es erlaubt, an Stellen zu gelangen, an denen kein Spieler etwas verloren hat.

Ich folge der Vertiefung und streiche mit zitternden Händen an den künstlichen Wänden entlang. Es dauert eine Weile, bis ich begreife, dass ich die Klippen umrunde, denen ich mich bisher nie gänzlich anzunähern getraut habe. Klippen, die keine sind. Sandstein, der keiner ist. Und dann, irgendwann, stoße ich an. Vor mir führen Kerben eine Wand empor. Ich weiß nicht, ob sie zum Klettern gedacht sind, doch ich taste mit Händen und Füßen danach. Es benötigt mehrere Anläufe, bis es mir gelingt, den Abstand zu überwinden.

Flackernde Bilder verraten mir, dass ich mich über die Klippe hieve. Vor mir führt der grobporige Stein bis zum Hotel. Sensorisch pulsieren immer wieder physische Empfindungen durch meine Fingerspitzen, was mir vorgaukelt, mich auf der Insel zu befinden. Meine Zehen tauchen in mit schaumigem Wasser gefüllte Löcher, in denen sich Seeigel, Muscheln und winzige Krebse tummeln. Ich strecke die Hand aus, berühre die Stacheln eines Seeigels, es pikst – im nächsten Augenblick flieht das Bild samt Empfindung. Verwundert sehe ich meine Fingerspitze an und reibe mit dem Daumen darüber. Kein Stich ist zu sehen.

Das Erstaunen hält mich den restlichen Weg fest im Griff. Zwei Welten durchschreite ich gleichzeitig, eine, die aus Land und Wasser besteht und eine von Menschenhand erschaffene Kunstform. Der Himmel, der sich über mir erstreckt, weicht einer vielleicht sechs Meter über mir befindlichen Decke. Vom Hotel existiert in der weißen Welt bloß ein Wandstück mit zwei Türen. Der Eindruck, dass es Dutzende Meter in den Himmel ragt, ist falsch. Die Wand mündet in die Decke.

Ich nähere mich der Tür, an der ich das Personal rauchen gesehen habe. Als ich lausche, vernehme ich nach wie vor den Abzug, im nebenstehenden Aschenbecher kringeln sich bleiche Zigarettenreste. Verwundert strecke ich die Hand aus und ziehe einen zerknautschten Stummel hervor. Er ist selbst gedreht. Doch das Papier fühlt sich falsch an, und als ich daran schnuppere, riecht der Tabak eigenartig waldig. Ich zerzupfe einen Stummel, der Tabak ist abseits der Brandstelle bleich und erinnert mich an Wurzelfäden oder blasse Flechten.

Das Geräusch lässt meinen Blick hochzucken. Ich bemerke ein Abzugsgitter. Das war zuletzt nicht zu sehen.

Meine Zungenspitze fährt wie von selbst über meine Lippen, während ich versuche, all das zu verarbeiten. Mein Kopf schmerzt vom Aufprall und den gegensätzlichen sensorischen Eindrücken. Mir ist übel.

Als ich die Hand um den Türgriff schlinge und sie hinunterdrücke, tut sich nichts. Die Tür ist verschlossen. Flach atme ich ein und folge der Kunstlandschaft hin zur zweiten Tür, die sich Gott sei Dank aufdrücken lässt. Meine Schneidezähne bohre ich in die Unterlippe, als ich das vermeintliche Hotel betrete. Mein Herz schlägt laut in meiner Brust. Was werde ich dort sehen?

Kapitel 11

Der Grundriss bleibt der gleiche, doch statt in heimeliger Urlaubsatmosphäre finde ich mich in einem klinisch weißen Haus wieder, das mich an eine alte Zahnarztpraxis erinnert. Sogar mein Geruchssinn ist zwiegespalten, was mich erneut schwindeln lässt. Ich sauge die Luft ein. Neben dem sachten Duft von Meer, heißem Stein und Sonnencreme drängt sich mir der scharfe Geruch von Putzmittel und Kunststoff auf.

Orientierungslos tappe ich voran, an den Anlagen vorbei, in denen sich untertags die Urlaubsgäste mit Fitness abquälen. Die Räume sind nach wie vor mit Sportgeräten bestückt. Nicht alles hier ist eine Illusion. Meine Verwirrung wächst.

Ich laufe weiter, hin zur Haupthalle. Die gleiche Gliederung wie in meiner Erinnerung, doch die Theke glänzt nicht goldfarben, sondern erinnert an den Rezeptionstresen eines Hospitals. Wo befinde ich mich hier? Was ist das vor ein Ort?

Ich wende mich an den Haupteingang, doch die Türen sind verschlossen und intransparent. Kein Glas, kein Blick aufs Meer hinaus. Als ich in den Restaurantbereich blicke, sind die Türen zur Terrasse geschlossen. Die Tische bestehen aus Metall und erinnern mich an die Stahltische eines OPs. Es hätte mich nicht gewundert, darauf Sezierbesteck aufgereiht zu sehen. Alles Gemütliche und Anheimelnde ist eine reine Illusion, die ich noch in Bruchteilen erahnen kann, da sie sich in nächtlichen Schatten und flirrenden Pixeln darüberlegt.

»Hallo?«, ertönt eine Stimme hinter mir. Ich fahre herum. Hinter mir steht die junge Frau mit den Rastas unweit der Küchentür – eine der Angestellten. In dieser unwirklichen Gegend ist sie die Einzige, die unverändert geblieben ist. Sie trägt einen schwarzen Rock und eine weiße Bluse, die einzelnen Zöpfe, die vermutlich ihre Locken bannen sollen, bilden einen Dutt. Ratlos sieht sie mich an, mit den Händen umklammert sie einen Stapel Tabletts.

Ich kann mich nicht rühren.

»Verzeihen Sie, falls ich Sie erschreckt habe«, sagt sie. »Konnten Sie nicht schlafen, dass Sie so früh auf den Beinen sind?«

Ich schüttle den Kopf, unfähig, anders zu reagieren. Obwohl ich mich ertappt fühle, lächelt die junge Frau freundlich. »Soll ich Ihnen einen Kaffee bringen? Wir starten gerade mit den Vorbereitungen. Es wird ein wenig dauern, bis Sie frühstücken können.«

Erneut schüttle ich das Haupt. Dann räuspere ich mich. »Ich wusste nicht, wie spät es ist«, sage ich. Meine Gedanken flattern in meinem Kopf wie Vögel. Wahllos fische ich einen aus der Luft. Flügelschlagend will er sich mir entwinden, doch ich klammere ihn fest. »Ich … ich bin aufgewacht und war mir nicht sicher, wie spät es ist. Ich hatte Angst, mein Boot zu verpassen. Ich werde heute abgeholt.«

Sie nickt eifrig. »Selbstverständlich, Frau Kern.« Sie alle kennen meinen Namen.

»B-bobby, richtig?«

Sie nickt verhalten. »Roberta, um genau zu sein. Aber alle nennen mich Bobby.« Sie legt den Kopf schief. »Schön, dass Sie ihn sich gemerkt haben, Frau Kern. Sie sind wirklich etwas Besonderes, wissen Sie das?«

Sprachlos zwinkere ich. »I-ich werde zurück aufs Zimmer gehen«, flüstere ich und drehe mich ratlos im Kreis. Aber … was ist mein Zimmer? *Wo* ist mein Zimmer? Ich schiele an die Stelle, an der sich der Aufzug befunden hat. Eine glänzend weiße Tür erwartet mich. Ein Pfeil nach oben, ein Pfeil nach unten. Das ist zumindest gleich geblieben.

Unsicher streiche ich mir das Haar aus dem Gesicht und verlagere mein Gewicht von einem Bein aufs andere. Hilflos befinde ich mich zwischen zwei Welten, deren Zusammenhänge ich nicht verstehe. Was soll ich tun?

Fragend sieht mich Bobby an. Die künstlichen Bilder, die das weiße Interieur überlagern, erzählen von einer orange-rötlichen Morgenstimmung, sie gaukeln mir einen Sonnenaufgang hinter Glastüren vor, die keine sind. »Vielleicht setze ich mich ein wenig hin«, murmle ich und wackle zu einem der Tische. Bobby sieht mir ratlos hinterher, stellt den Tablettstapel auf der Theke ab und ruft mir zu, sie bringe mir sogleich eine Tasse Kaffee.

Während ich in dieser unbekannten Umgebung warte, die Hände wie ein unsicheres Schulmädchen zwischen die Knie geklemmt, kriecht das Leben an diesen Ort zurück. Die ersten Angestellten schlurfen aus der Küche, wischen die Tische ab und werfen mir befremdete Blicke zu, was meiner frühen Anwesenheit geschuldet ist. Alles hier läuft in einem regelmäßigen Takt – ich ausgenommen. Aus Angst, mich zu verraten, wage ich es kaum, mich zu regen, bloß mein Blick saust hin und her.

Die Kellnerin serviert mir mit einem breiten Lächeln eine Tasse. Wäre mir von den dualen Sinneseindrücken nicht ohnehin bereits schlecht, spätestens jetzt würde mich die Übelkeit überwältigen. Ich sehe mir die Flüssigkeit näher an – sie ist milchig trüb und erinnert mich an Schmutzwasser. Was soll das sein, um Himmels willen?

Ich schlucke. Als ich an mir herabblicke, merke ich das erste Mal, dass mein Kleid komplett farblos ist, obwohl ich bunte Farben und exzentrische Muster liebe. Das Bild vor meinen Augen blitzt auf. Ein buntes Muster überzieht den Stoff. Das Bild zittert und zerfällt in seine Pixel. Dann ist es wieder weiß.

Mit geweiteten Augen schlinge ich die Arme ineinander und warte – ich weiß selbst nicht, worauf.

Die Angestellten füllen das Buffet. Es kostet mich Mühe, nicht angeekelt das Gesicht zu verziehen. Was ist es, was sie da auf Platten und Tellern stapeln? Woraus besteht der weißlich-graue Brei, der in Schüsseln schwimmt, den ich für Joghurt hielt, oder die sonderbaren teigigen Klumpen, die die Brotkörbe füllen?

Irritiert blinzle ich, strecke die Hand aus und berühre die Tasse. Sie ist kalt. Heiß. Kalt. Heiß. Das Zwiegefühl bringt mich an den Rand meines Verstandes. Ich ziehe die Finger zurück und fahre mir über die wund gebissene Unterlippe.

Befangen blicke ich mich um. Ich fühle mich wie ein Fuchs im Fangeisen, bloß dass die Jäger um mich herum nicht zu registrieren scheinen, dass ich ihnen längst in die Falle gegangen bin. Möglicherweise vergessen sie mich ja, wenn ich den Atem flach halte. Die Angestellten lächeln mir zu, und die ersten Urlaubsgäste trudeln von Richtung Aufzug ein. Ihre Kleidung verliert in der weißen Welt an Farbe, weiße Polohemden, schwarze Shorts und graue Kleider.

Ich sitze wie ein Fels in der Brandung und lasse mich von den hereinkommenden Menschen, Stimmen und Geräuschen umfluten.

Da kommen meine drei Damen. Sie stecken die Köpfe zusammen und lachen, tuscheln über mich und werfen mir belustigte Blicke zu. Eine von ihnen trägt einen breitkrempigen Sonnenhut, eine andere eine Sonnenbrille. Immer wieder überblendet die farbenfrohe Urlaubswelt das karge Weiß, in dem sie so komplett deplatziert wirken – unter anderem deswegen, weil sie Badeanzüge tragen, kunstvoll versehen mit Tüchern.

Ich beiße in meinen Finger, um die Anspannung zu unterdrücken. Die Kellnerin – Bobby – stelzt mit dem Tablett an mir vorbei. »Sie haben ja gar nichts getrunken!«, ruft sie enttäuscht. »Wollen Sie sich etwas vom Buffet holen?« Verkrampft schüttle ich den Kopf, ohne die Zähne aus der Unterlippe zu lösen. Die junge Frau schürzt die vollen Lippen und verschwindet Richtung Küche.

Nachdem ich meinen Blick habe schweifen lassen, bleibt er an jemandem hängen, der sich von der Rezeption aus nähert. Ich erkenne ihn an seinen langen Beinen und der Art, wie er geht. Aron betritt zügig den Restaurantbereich und reibt sich dabei gedankenverloren das Kinn.

Ah, ich verstehe. Er hat doch eine Aufgabe! Vermutlich ist Bobby bereits zu ihm petzen gegangen. Alice Kern soll schließlich etwas essen.

Ich presse die Lippen aufeinander. Die Erinnerung an die Unterhaltung der drei Männer schnürt mir die Kehle zusammen. Der Knoten lässt sich nicht fortschlucken.

Da kommt er, der Kerl, der mich zum Essen verführen soll. Dieses graue Teufelszeug, das sich die Urlaubsgäste lustvoll in den Rachen schieben. Ein Mann beißt genüsslich in ein Erdnussbutter-mit-Jelly-Sandwich – wie kann man so was nur essen! –, seine Frau schaufelt sich Baked Beans auf eine Toastscheibe. Kaum verabschieden sich die Kunstbilder, wird das darunter einerlei – eine schmutzgraue Masse, mal dick-, mal dünnflüssiger, mal mit dem Anschein fester Tofuscheiben, wenn auch weitgehend geruchlos.

Der mir entsandte Verführer vergräbt die Hände in den Hosentaschen. Ich erwarte, dass er sogleich in die Offensive startet. Stattdessen marschiert er zur Theke, hinter der ein Angestellter Schmutzwasser in Kaffeetassen ablässt. Aron spricht mit ihm, wendet mir dabei den Rücken zu und schenkt mir keinerlei Beachtung.

Ich weiß nicht, was ich davon halten soll. Mit in Falten gelegter Stirn bleibe ich sitzen, den Mund hinter der Hand verborgen, und bemerke, wie sich eine der drei Grazien Aron nähert. Es handelt sich um jene mit dem breitkrempigen Sonnenhut, mit dem blonden Haar, mit dem sie einer Kokos-Pralinen-Werbung entstiegen sein könnte. Sie berührt Aron an der Schulter und stößt dabei ein entschuldigendes Lachen aus.

Aron wendet sich um und sieht die Frau fragend an. Sie spricht auf ihn ein, ohne dass ich es aus der Distanz verstehe. Ihre beiden Freundinnen verfolgen das Spektakel vergnügt aus der sicheren Entfernung ihres Frühstückstisches, wo sie sich den ersten vermeintlichen Frühstückssekt zu Gemüte führen. Kellnerin und Kellner stecken die Köpfe zusammen und lachen.

Der Einzige, der nicht lacht, ist Aron. Er nickt, nickt, nickt noch einmal, greift dann nach einer Kaffeetasse, die ihm der Barista über die Tischplatte schiebt, und drückt sie der Blonden in die Hand. Diese wirkt verdutzt, dann marschiert sie zurück zu ihrem Tisch. Ist es seltsam, dass ich in meiner Situation im Angesicht einer solchen Banalität Genugtuung empfinde?

Als Aron sich zu mir umdreht, fällt mir das Lächeln von meinen Mundwinkeln wie überreifes Obst. Es vergehen einige Sekunden, bis ich registriere, dass wir einander anstarren. Er wendet seinen Blick ab und tritt zum Buffetbereich, um einige Speisen auf einen Teller zu laden. Dann setzt er sich zu mir. »Bitte essen Sie«, fordert er mich unumwunden auf.

Fast bin ich enttäuscht. Nach dem nächtlichen Geheimtreffen des Männerbundes hätte ich mir mehr Raffinesse erwartet.

Ich sage nichts. Diesmal senkt keiner von uns den Blick.

Ich bemerke, wie die Angestellten im Hintergrund langsamer werden und der Barista zu uns herüberschielt. Sie müssen von der Abmachung wissen, die Aron mit diesem Mr Carter getroffen hat. Sie alle tanzen nach Carters Pfeife.

»Bitte«, wiederholt Aron. »Sie können unmöglich in diesem Zustand abreisen.«

Er hat so schöne dunkle Augen. Irritiert bemerke ich, dass eines seiner Augen eine Spur heller wirkt. Der Eindruck revidiert sich, sobald das künstliche Bild darübergelegt wird. Irre ich mich? Liegt es an der Beleuchtung? Oder trägt er eine einzelne Kontaktlinse?

Aron seufzt, lehnt sich vor, stützt dabei die Unterarme auf den Knien ab und verschränkt die Hände. »Warum wollen Sie nichts essen?«

Ich löse das erste Mal die Finger von meinem Gesicht, führe sie zu dem Teller und stoße diesen in Arons Richtung. »Essen *Sie* doch.«

Seine dunklen Augenbrauen heben sich. Ratlos spielt er mit seinen Fingern. »Warum essen Sie nicht?«, wiederholt er.

Lauernd beuge ich mich vor. Der Tisch ist klein genug, um ohne Aufwand Privatsphäre zu schaffen. »Warum essen *Sie* nicht?«, flüstere ich. Ruckartig stoße ich ihm die Tasse hin, die den Kaffee enthalten soll. Das Schmutzwasser schwappt über den Rand. »Ich bin mir sicher, Sie fühlen sich dann besser.«

Er öffnet seinen Mund, doch Gegenworte bleiben aus. Stattdessen fährt er sich mit der Zungenspitze über die Schneidezähne. Sein Blick rückt nieder, bleibt dabei einen Moment an meinem Mund hängen. In einem anderen Leben, so begreife ich, zu einem anderen Zeitpunkt, an einem anderen Ort hätte ich diesen Mann gern geküsst.

Eine Frage stellt sich mir dennoch. Wenn sie mich hier nicht fortlassen, muss ich dann nicht essen? Und wenn ich esse, werde ich mich wieder glücklich fühlen? Und fühle ich mich erst glücklich, werde ich all meine bohrenden Fragen ignorieren, möglicherweise sogar das gestörte Bild vor meinen Augen?

»Das würde ich«, sagt er unvermittelt, und ich brauche etwas, um den Zusammenhang zu meiner letzten Aussage zu knüpfen. »Ich bin wohl Melancholiker und suhle mich gern in schlechter Laune.«

»Da sind Sie nicht der Einzige«, brumme ich und lasse mich gegen die Lehne zurückfallen. Mit den Fingerspitzen tippe ich auf den Metalltisch. Wohin soll das führen? Wie lange kann ich meinen Hungerstreik aufrechterhalten? Werden meine Häscher mich gewaltsam zum Essen zwingen? Oder lassen sie mich einfach krepieren? Etwas scheine ich ihnen jedoch wert zu sein, sonst hätten sie sich nicht die Mühe gemacht, Aron zu engagieren.

Ein Blick über meine Umgebung lässt mich die Frage stellen, ob es überhaupt jemanden interessieren würde, wenn ich fort wäre. Ich erinnere mich an Jackie – die fünfzehnjährige Jackie, von einem auf den anderen Tag verschwunden; nicht einmal ihre Eltern erinnern sich an sie.

Aron schnappt mein Handgelenk. »Sie müssen essen«, sagt er.

Ich versuche, mich aus seinem Griff zu winden. »Lassen Sie mich los!«

Er hält mich fest und beugt sich zu mir. »Wenn Sie nicht essen, wird man Sie dazu zwingen. Man wird Ihnen Ihr Glück aufzwingen, hören Sie?«, flüstert er.

Ich blecke die Zähne. »Sollen sie es doch probieren!«

»Sie haben keine Chance. Niemand von uns hat das.« Er drückt meine Hand. »Bitte …!«, fleht er. Unsere Blicke treffen einander. Er wirkt ernsthaft bestürzt. Ich möchte ihm glauben, darauf vertrauen, dass er mir nur Gutes will, dass ihm etwas an meinem Wohlsein liegt. Doch ich habe gehört, was er mit Mr Carter und Doktor Magyar abgesprochen hat. Es sei denn …

Ich erinnere mich an den Film *Einer flog übers Kuckucksnest.* Jack Nicholson war von Beginn an der Störfaktor in der Anstalt. Ich fühle mich wie der Störfaktor, von allen Seiten beäugt. Was, wenn ich tatsächlich verrückt bin? Wenn ich in meiner eigenen Parallelwelt lebe und diese Menschen um mich herum bloß zaghaft Zugriff zu meiner Realität haben? Was, wenn ich in einer Anstalt sitze? Wenn die drei Damen andere Patienten sind? Wenn der Arzt des Nachts nach mir schaut, weil ich mich selbst gefährde?

Ich schlucke. Mein Blick zittert über Arons Gesicht. Wie hat Mr Carter ihn genannt? Pfleger? Hat Aron keine andere Aufgabe, als sich um uns zu kümmern, weil er *Pfleger* ist … und wir Patienten?

Wenn ich Ihnen also sage, Sie sollen diese Kern mit allen Mitteln dazu bringen, etwas zu essen, dann haben Sie das zu tun!

Bin ich kurz aus meinem Wahn aufgewacht und sehe klar?

Ich starre ihn an und merke, wie mein Mund leicht offen steht. Meine Zunge regt sich hinter den Zähnen. Plötzlich bin ich es, die ihn ängstlich ansieht. Bilder treten vor mein inneres Auge, die nichts mit den pixeligen Eindrücken zu tun haben, die gelegentlich aufblitzen. Es sind Bruchstücke von Erinnerungen an Medikamente und eine vorgehende psychische Erkrankung, an Traurigkeit und Wochen, die man im Bett verbringt, ohne die Energie zu haben, sich aus den Laken zu schälen. Wenn alles nur noch nach dir riecht, weil du nicht einmal dazu fähig bist, dich zu waschen oder dein Bettzeug zu wechseln. Mein Erinnerungsgefäß klebt vor Teer.

Nun bin ich es, die Arons Hände fasst. Sie sind warm. Ein bisschen erinnern sie mich an Erichs. Oder erinnern mich Erichs an seine? Gibt es Erich überhaupt?

»Rasch«, stoße ich mit meinem Atem aus, »bitte sagen Sie mir – bin ich verrückt?« Ich spüre, wie sich Tränen hervorarbeiten. »Bevor ich alles wieder vergesse, nur einen Augenblick der Wahrheit: Befinden wir uns in einer psychiatrischen Anstalt?« Meine Daumen drücke ich so fest in die Stelle zwischen Daumen und Zeigefinger, dass sie auf Arons gebräunter Haut helle Flecken hinterlassen.

Ich weiß nicht, ob ihn meine Worte überraschen oder schockieren. Er richtet sich auf, als würde jemand seinen Kopf an einem Faden in die Höhe ziehen, und schluckt so schwer, dass sein Adamsapfel zuckt.

Ich spüre, wie eine Träne über meine Wange rinnt – vorausgesetzt, ich sehe aus, wie ich mir mich selbst vorstelle, oder meine roten Haare und Sommersprossen sind nicht einfach nur eine weitere Einbildung. Betroffen entzieht mir Aron die Hand. Ich wische mir den Tropfen ab.

Das Bild vor meinen Augen flackert, ist mal da und wieder nicht – sterile Anstalt, Hotelbereich, sterile Anstalt. Der Hintergrund wechselt, nur Aron bleibt gleich. Er ringt um Worte. Kurz setzt der Ton aus, was ich einzig daran bemerke, dass die kaufhausartige Hintergrundmusik abbricht. »I'm sorry«, presst er hervor. Abrupt steht er auf und stößt dabei den Stuhl zurück, der mit einem unangenehm kratzenden Geräusch über die Fliesen scharrt. Kurz bin ich verwirrt, dass er Englisch spricht. Wie sagte er noch? Er wäre halb Kanadier, halb Amerikaner? »You really *should* eat.« Tiefe Atemzüge dehnen das Hemd an seiner Brust. »Please do me the favor. Do it to yourself.« Er dreht sich um und geht davon. Stopft die Hände in die Hosentaschen, zieht den Kopf zwischen die Schultern und flieht in Richtung Küchenareal.

Mit dem Handrücken wische ich mir über die Wange. Das Flüstern anderer dringt an mein Ohr. Als ich mich umsehe, merke ich, wie mich Leute von den Nebentischen anstarren. Als sich unsere Blicke treffen, wenden sie sich peinlich berührt ab und schlabbern weiter das ekelige Zeug, das sie – oder ich – für Eier oder Frühstücksmüsli halten. »Have you seen that?«, flüstert jemand. »How embarassing.«

Meine Augenbrauen verknoten sich förmlich, als ich mich vorsichtig zurücklehne. Meine Augen fühlen sich geschwollen an. Ich versuche, einen gleichmütigen Gesichtsausdruck aufzusetzen, kann jedoch nicht ändern, dass mich die Worte treffen.

»She seems to be out of her mind.«

»Poor girl.«

»She's not a girl, she's an adult.«

»Why can't she just enjoy her vacation? Maybe something happened at home.«

»Her mood is messing up our vacation. Let's finish up and hit the pool.«

Vacation, nicht Holiday.

Amerikanisch, nicht Englisch.

Meine Lippen reiben übereinander. Welchen Unsinn spinnt mein Hirn nun wieder zusammen? Ich war überhaupt noch nie in den USA. Oder doch? Hinter der Bar lacht der Mann, der Kaffee ausschenkt. Er ruft Bobby etwas in einer weiteren Sprache zu, die für mich wie Spanisch klingt. Irgendwo raunen zwei Leute auf Französisch.

Mit offenem Mund starre ich um mich und versuche zu begreifen.

Madeleine erscheint und eilt auf mich zu. Sie sieht genauso besorgt aus wie Aron. Ist sie möglicherweise eine Pflegerin? Sie sieht zu jung aus, das Haar adrett gescheitelt und hinten zu einem Dutt gedreht. Ihre großen, leicht geweiteten Augen erinnern mich an Bambi, und somit an das Mädchen, von dem ich gedacht habe, es sei verschwunden. War es ebenfalls eine Einbildung?

»Miss Kern?«

Sie muss mir meine Verzweiflung deutlich ansehen, obwohl ich ganz still sitze, die Hände auf den Knien. Ich betrachte kurz die Sommersprossen auf meinem Handrücken und frage mich, ob sie echt sind. Schließlich hebe ich den Kopf. »Ja?«, frage ich schwach.

Ihre Unterlippe zittert im Versuch, etwas zu sagen. Dabei wirkt sie genauso überfordert wie Aron. Würde sie mir die Wahrheit sagen, wenn ich sie darum bitte? Irgendjemand? Und hätte es überhaupt einen Sinn? Verfalle ich nicht gleich wieder meinen Träumen?

»Your boat is here«, sagt sie zu meiner Überraschung.

Ich blinzle irritiert. »Wie?«

»Your boat. It will take you to the main island. To the airport. Remember?« Ein Akzent verzieht ihre Worte, macht sie weicher. *Französin? – Franco-Kanadierin,* kommt es mir in den Sinn. So ähnlich spricht auch Aron.

»Miss Kern?«

Schwach nicke ich. Boot. Insel. Flughafen. Sie spricht Englisch. Ob amerikanisches oder kanadisches, das kann ich nicht heraushören. Ich höre nur boat, island, airport.

Das ist es doch, was ich wollte. Ein Boot, das mich hier fortbringt. Dennoch erhebe ich mich nur schleppend. Wackelig stehe ich da.

»Please follow me.«

Madeleine meidet meinen Blick und winkt mir, ihr zu folgen. Die Hände vor sich übereinandergeschlagen, läuft sie in Schnürschuhen davon. Wie ihr glänzender Haarknoten sitzt jede Masche perfekt.

»M-mein Koffer«, entfährt es mir. Fahrig sehe ich mich um. Sie hält ohnedies auf den Aufzug zu. »Ich muss meinen Koffer vom Zimmer holen.«

Ihre Schritte werden langsamer. Ich merke, wie sie Atem holt und ihre Schultern strafft, bevor sie sich umdreht und mich anlächelt. Es ist das Einwegkunststoff-Lächeln, das wie eine Plastiktüte vor ihrem Gesicht zittert. Einen Augenblick frage ich mich, ob sie mich überhaupt versteht.

Die Stahltüren des Aufzugs blitzen silbern, dann wieder golden. Es rauscht in meinen Ohren und knackt. Ich versuche ihr falsches Lächeln zu erwidern, doch es misslingt.

»Of course, Miss Kern«, sagt sie, und spricht meinen Nachnamen so eigenartig aus, wie es nur Amerikaner können. *Körn.* »We'll go to your room first. Then we'll go below.«

Ich weiß nicht, wie ich ihr antworten soll. Englisch? Deutsch? Also nicke ich nur und betrete hinter ihr den Aufzug.

Madeleine fasst sich an die Braue, ihr kleiner Finger zuckt vor dem Auge hin und her. Eine scheinbar nervöse Geste, möglicherweise ein Tick. Doch einen Augenblick lang glaube ich, etwas rund um ihre Iriden aufleuchten zu sehen – wie ein Netz glühender Fäden.

Ich blinzle. *Verrückt, verrückt, verrückt,* hallt es in meinem Kopf wider. Von einer Wahnvorstellung in die nächste.

Sie drückt gegen das Panel, der Aufzug setzt sich sogleich in Bewegung. Sie versucht sich an einem aufmunternden Zwinkern, die Leuchtfäden in ihren Augen rotieren. Ich muss mich abwenden, weil ich das Gefühl habe, sonst durchzudrehen.

Ich spiegle mich in den Wänden, Bruchstücke einer Alice. Und da momentan hier alles Silber ist und nicht Gold, stelle ich fest, dass die Scherben, die ich hier erkennen kann, jener Frau gleichen, als die ich mich vorstelle. Möglicherweise blasser. Müder. Mit zerzaustem Haar und wildem Blick. Verrückter, vermutlich.

Ich starre die Splitter meiner selbst an, dieses Picasso-Gemälde, bis die Kabine mit einem Ruck anhält. Es wundert mich nicht, hinter den Türen einen weiteren weißen Korridor vorzufinden, dessen Boden mit grauem Linoleum ausgelegt ist. Die Türen reihen sich in bekannten Abständen. Anstatt Türnummern tragen sie Displays.

Wir wandern daran vorüber, und ich ergebe mich meinen Visionen. Spähe nach links und rechts und entdecke Namen, die mir nichts sagen. Smith. Johnson. Rodriguez. Wilson. Brown. Miller. Jones. Davis. Garcia. Marin. Brown. Lee. …

Kern.

Alice Kern.

Mein Zimmer.

Madeleine bleibt stehen. Höflich weist sie zur Tür, damit ich sie öffne. Ihr Lächeln ist zart und wirkt nun wieder echt. »May …« Es rauscht und knackt in meinen Ohren. Sachte Musik setzt ein. »… Sie?«

Irritiert blinzele ich die Tür an. Dort steht anstatt meines Namens erneut meine Zimmernummer. Zögerlich strecke ich die Hand aus und drücke meinen Daumen gegen das Kästchen. Dieses scheint in beiden meiner Welten zu existieren. Es klickt, und die Tür öffnet sich einen Spalt.

Ich trete ein, bleibe angespannt, was mich erwarten wird. Überrascht stelle ich fest, dass mein Zimmer bis auf kleine Details fast genau so aussieht wie im Hotel. Der Grundriss ist gleich, das Bett schmal und mit strahlend weißer Wäsche überzogen, der Teppichboden grau. Ein Seitenblick ins Bad ergibt ein ähnliches Bild. Waschbecken, Toilette, Seifenspender, alles identisch. Vorhänge rahmen das Fenster.

Nur das Fenster selbst ist anders. Dahinter lauert ein Schacht.

Einen Augenblick lang muss ich stehen bleiben, um den Anblick zu verdauen. Ein sachtes Röhren mischt sich in meine zwiegespaltene auditive Wahrnehmung. Es brummt. Und der Laut kommt vom Fenster.

»Frau Kern?«

»Ich möchte …«, murmele ich und trete auf das Fenster zu. »Ich möchte nur einen abschließenden Blick aufs Meer werfen.«

»Natürlich.«

Ich packe den Fenstergriff, drehe ihn herum und ziehe den Flügel auf. Ein Windstoß bläst mir entgegen, der keiner ist. Stattdessen starre ich in eine Art Hohlraum, der ein Stück weiter hinten nach oben abknickt.

Eine Weile stehe ich so da und lasse mich anblasen. Dann schließe ich das Fenster mechanisch und wende mich ab.

Madeleine lächelt nur, bleibt vor der Türschwelle stehen, als wolle sie meine Privatsphäre respektieren. *Ist das mein Patientenzimmer?*, frage ich mich.

»Ihr Koffer«, erinnert sie mich, als ich mich hilflos umsehe. Da steht er, am Fuß meines Bettes. Ich habe bereits den Reißverschluss zugezogen und bücke mich nach dem grauen Quader, der aus einem segelartigen Stoff gemacht zu sein scheint. Bevor ich ihn fortziehe, packe ich den Zip und ziehe ihn noch mal auf. Als ich die Klappe öffne, entdecke ich jede Menge farblose Kleider, sogar meinen Badeanzug. Ich frage mich, warum sie mir diesen zur Verfügung stellen. Nur um meine Wahnvorstellungen zu nähren? Lachen sie sich heimlich ins Fäustchen, während ich glaube, am Pool zu sitzen und die Sommersonne zu genießen?

Wie die Empfindungen von Scham und Verwirrung will ich am liebsten den Deckel zuschlagen und alles fortschließen. Da entdecke ich meine Bücher. Und was auch immer in meinem Kopf vorgeht – sie geben mir das größte Rätsel auf.

Ich ziehe sie hervor. Sie sehen aus wie aus Papier gemacht, doch etwas an dem Material fühlt sich falsch an – als wären sie aus Kunststoff. Und sie sind strahlend weiß. Kein Cover. Kein Titel. Kein Klappentext.

Ich schlage eines davon auf. Blütenweiße Seiten, egal wohin ich blättere. Mit Daumen und Zeigefinger packe ich eine Seite und zupfte daran. Das Material lässt sich nicht zerreißen.

Was …?

»Frau Kern?«

Ertappt blicke ich auf. »Bitte entschuldigen Sie … Mir ist eingefallen, wie viel ich eigentlich lesen wollte. Hier im Urlaub, Sie wissen schon. Daheim findet man für so was ja niemals Zeit.«

Ein schmerzliches Lächeln gleitet über ihr Gesicht. Ganz so, als wolle sie mir sagen, ich hätte all das ja haben können, wenn ich nur losgelassen hätte.

Ich lasse das Buch zwischen die Kleidung fallen, zippe den Segelstoffkasten wieder zu und packe seinen Griff. Als ich aufstehe, ziehe ich den Koffer mit mir. Im Boden darunter befindet sich eine Klappe, die sich perfekt in den Teppich einfügt. Einen Moment lang blinzle ich sie an, dann wende ich mich erneut meiner Begleitung zu und verlasse den Raum.

Sie zieht die Tür hinter mir zu, streift wie beiläufig die Zimmernummer – nein, das Display – und mein Name verschwindet. Die Hände vor sich zusammengeführt, geleitet sie mich zurück zur Aufzugskabine.

»Vielen Dank für Ihre Hilfe, Madeleine«, sage ich. *Auch wenn ich keine Ahnung habe, wer oder was Sie eigentlich sind.*

»Das ist doch selbstverständlich. Ich arbeite gern hier. Und helfe. Das macht mir Freude.«

Ich ahne, dass sie die Wahrheit sagt, die junge Madeleine. Sie rollt ihren Dutt nicht so schön, weil sie es muss, sondern weil sie es möchte. Sie hält ihre Kleidung faltenfrei, die Schuhe poliert und sogar ihre Schnürsenkel zu ebenmäßigen Maschen geformt. Sie möchte hier sein, im Gegensatz zu mir.

»Wohin gehen wir jetzt, Madeleine?«, frage ich, als sie den Aufzugsknopf drückt.

»Wir fahren ins Untergeschoss. Es gibt einen … eine Art unterirdischen Tunnel, wo Boote einfahren können.« Sie steigt vor mir ein, sodass ich nur ihren Rücken zu sehen bekomme, und drückt den Daumen gegen das Panel.

Ein Untergeschoss.

Der Ort, an den ich ohne fremde Hilfe gar nicht erst gelangen kann.

Kapitel 12

Wir warten in einem unangenehmen Schweigen, bis der Lift anhält. Die Türen gleiten auf. Erneut ein Korridor. Tatsächlich unterscheidet er sich kaum von meinem. Im ersten Augenblick denke ich, wir sind gar nicht hinabgefahren, doch da bemerke ich, dass er sich weiter hinten T-förmig aufspaltet.

Höflich weist mich Madeleine voraus. Die Welt teilt sich in Pixel auf. Ich schwanke und muss mich zusammenreißen, um durch das Zusatzgewicht des Koffers nicht zu stürzen.

Madeleine eilt an meine Seite und packt mich am Ellenbogen. »Ist alles in Ordnung?«

Ich presse die Augen zusammen, doch das Rieseln hinter meinen Lidern hört nicht auf. Ich bin ein Fernseher mit gestörtem Empfang. »Mir ist nur schwindelig …«

Madeleine schweigt dazu.

»Ich freue mich schon auf zu Hause«, füge ich an.

»Das kann ich mir vorstellen«, sagt sie kleinlaut.

Mir fällt auf, dass die Türen, die sich grau wie spiegelglatt geschliffene Grabsteine aneinanderreihen, keine Namen tragen, bloß Nummern- und Buchstabenkombinationen. Ich bin froh, dass Madeleine mich stützt, denn der ständige Bilderwechsel lässt mich schwindeln.

Ob ich die Anstalt verlassen darf? Diesen Ort? Wird mich meine Familie empfangen? Meine Mutter? Flüchtig streift mich das Bild einer lachenden Frau mit blondierter Dauerwelle, das Gesicht faltig.

Sie trägt blaue Perlenohrringe, die von ihren gedehnten Ohrläppchen baumeln. Die Lippen spitzt sie zu einem Kussmund und fasst nach meinen Wangen, um mich an sich zu drücken. Es riecht nach Putzmittel. »Wie schön es ist, endlich mit dir in den Urlaub zu fahren …« Ich schüttle den Gedanken fort, er schmerzt mich aus irgendeinem Grund, obwohl die Erinnerung ein perlenblauer Schmetterling ist, der durch mein Erinnerungsglas flattert. Eine Praline mit Rosenganache. Das rosarote Blütenblatt einer Damaszener Duftrose.

Vorsichtig löse ich meinen Arm aus Madeleines Griff und taste nach meinen eigenen Ohrläppchen. Ich spüre kühle Perlen daran baumeln. Ich habe Ohrringe. *Diese* Ohrringe.

»Ich hoffe …«, verselbstständigt sich mein Gedanke und rollt über die Zunge.

»Ja?«

»Ich freue mich bereits darauf, meine Mutter wiederzusehen.«

Etwas schwankt, und ich bemerke zu spät, dass nicht ich es bin, sondern Madeleine. Ein Schritt setzt aus, dann bemüht sie sich erneut um den richtigen Takt. Als sie weitergeht, bekomme ich nur ihr Profil zu Gesicht, mit einer hübschen, leicht gebogenen Stupsnase und Augen mit langen Wimpern. »Ich würde meine Mutter auch gern mal wieder umarmen«, sagt sie leise.

»Werden Sie sie besuchen, wenn …«, ich suche nach den richtigen Worten, »… wenn die Saison vorbei ist?«

Ein schmerzliches Lächeln hält ihre Mundwinkel gefangen. »Das wäre schön. Aber sie würde mich nicht länger erkennen.« Sie erschrickt und scheint wie aus einem Traum zu erwachen. Berührt blinzelt sie mich an. »Demenz.«

Verständnisvoll nicke ich.

Wir nähern uns dem Ende des Gangs. Eine massive Tür erwartet uns. Schwarz lackiert, mit einem winzigen Guckfenster, das nur in einer meiner Realitäten existiert, nicht in der anderen. In der anderen, in der die Aufzüge golden sind und Frühstücksschleim Joghurt ist, steht *Anlegestelle* darauf geschrieben.

Plötzlich bekomme ich es mit der Angst zu tun. Ich weiß nicht, welche Wahrheit hinter den beiden Realitäten steckt. Ob alles Fantasie ist. Madeleine bemerkt meinen Widerstand und lässt ihn zu. Wir werden beide langsamer, doch anhalten tun wir nicht. »Ich wünsche Ihnen eine gute Heimfahrt«, flüstert sie mir zu.

»Danke.«

Ein Trappeln ertönt. Zunächst erwarte ich, dass die dicke Tür vor uns aufklappt und jemanden entlässt, doch das Geräusch wird lauter und hallt durch die Gänge. Madeleine und ich drehen uns um. Jemand kommt um die Ecke gelaufen.

Es ist Aron.

»Frau Kern!«, ruft er mir nach. Sein Haar hüpft mit jedem Schritt. In der Hand hält er ein kleines Bündel, eingeschlagen in ein Stück Stoff.

»A-aron«, bemerkt Madeleine überrascht. Mir ist nicht länger klar, wer sich hier an wen klammert. »Was machst du hier?«

Abgehetzt bleibt er vor uns stehen. Zitternd streckt er mir das Bündel entgegen. Ich nehme es entgegen und schlage die Serviette auf.

Ein grauer Klumpen.

»Falls Sie doch Hunger kriegen«, sagt er. Sein Unterton lässt mich zu ihm aufblicken. Seine Nasenflügel blähen sich, auch wenn er sich bemüht, das Gesicht glatt zu halten.

Angst. Das ist Angst in seinen Augen.

Sein Blick zuckt zur Seite, und ich muss mich zusammenreißen, damit ich nicht über die Schulter sehe, um ihm zu folgen. Ich weiß auch so, wem seine Aufmerksamkeit gilt.

Die Tür. Die schwarze Tür. Mit dem kleinen Guckloch, das mal da ist und mal nicht.

Nun ist es meine Hand, die zittert. Und mein Magen dreht sich um, weil ich so lange nichts gegessen habe. Ich starre auf den Klumpen, der in der anderen Welt vermutlich ein Sandwich ist.

»Das ist sehr lieb von dir, Aron«, spricht Madeleine zart.

Er sagt nichts. Steht nur da. Ich spüre seinen Blick, obwohl ich nur den grauen Klumpen anstarre. Unvermittelt lasse ich den Koffer los. Der Griff gleitet aus meinen Fingern, das Gepäck schlägt auf dem Boden auf. Mit der befreiten Hand packe ich das Stückchen *Was-auch-immer* und stecke es mir in den Mund.

Mir kommen fast die Tränen, als sich die eigenartige Textur auf meine Zunge legt. Es fühlt sich an wie Kinderknete und schmeckt undefinierbar, aber definitiv zum Kotzen. Es tut weh, als sich der Bissen die Kehle hinunterarbeitet.

Überrascht löst Madeleine die Hand von meinem Ellenbogen.

»I-ich hatte wirklich Hunger«, presse ich hervor. Mir schwindelt, und ich muss einen Ausfallschritt machen, um nicht gegen die Wand zu prallen. Beide Mitarbeiter sind an meiner Seite, stützen mich links und rechts. »Frau Kern«, flüstert Madeleine. »Ich glaube, Sie sollten sich kurz setzen.«

»I-ich denke auch«, presse ich hervor, das restliche Teigstück entgleitet meinen Fingern und fällt mit der Serviette zu Boden. Alles flimmert. Mein Kopf sackt zurück, meine Augen verdrehen sich und kurz taucht Arons Gesicht in meinem Blickfeld auf. Bilde ich es mir nur ein, oder wirkt er erleichtert?

Habe ich den größten Fehler meines Lebens begangen?

»Wir kümmern uns um Sie«, raunt er.

Meine Beine geben endgültig unter mir nach. Ich spüre, wie mich jemand auffängt. Mein Körper scheint nicht länger mir zu gehören. Als ich näher an Arons Brust heranschwebe, sein Kinn über mir, merke ich, dass er mich trägt. Die Schritte klingen dumpf an mich heran, doch ein warmes Gefühl breitet sich in meinem Magen aus. Einen Augenblick lang fühle ich mich geborgen an der Brust dieses Mannes. Ich schaukle, die Decke mit den quadratischen Lichtern schaukelt mit mir, und Aron sieht noch einmal zu mir herab, bevor das Schneerieseln meiner eingeschränkten Sicht überhandnimmt. Er beugt das Haupt zu mir herab, seine Lippen kommen mir ganz nah. »Gut gemacht, Alice.«

Kapitel 13

Ich schlage die Augen auf. Die Welt rund um mich herum strahlt weiß. Als ich den Kopf bewege, bemerke ich den Druck hinter meinem Ohr. Mein Sichtfeld flimmert, und für einen Augenblick lang sprenkeln Farbtupfer das Zimmer. Den Bücherstapel auf meinem Nachttisch überziehen farbige Cover von historischen Romanen mit geschwungenen gotischen Schriften und Motiven wie prächtigen Kleidern und eingestürzten Ruinen. Am Fuß meines Bettes hängt mein Kleid, das sein violett-orangenes Muster annimmt, als bearbeite es ein Maler mit seinem Pinsel. Hinter dem Fensterglas blüht der Himmel strahlend blau auf. Möwen ziehen darüber hinweg. Wölkchen. Die Vorhänge bewegen sich sacht in der Brise, die durch den Spalt des gekippten Fensters zieht. Wäre da nicht das Brummen des Luftabzugs. Auditive und visuelle Wahrnehmung spielen momentan nicht synchron.

Einen Augenblick bleibe ich liegen und rühre mich nicht, weswegen das Bild aufrecht bleibt. Ich starre nur in diesen falschen Himmel und frage mich, ob der Schacht dahinter real ist oder nur ein weiteres Zerrbild meiner Imagination. Mein Mund fühlt sich wie ausgedörrt an, in meinem Magen liegt ein Stein, vermutlich der Klumpen, von dem ich abgebissen habe. Ich dachte, wenn ich esse, würde ich alles vergessen. Als ich hier ankam, überwältigte mich dieses deliriöse Gefühl, eine satte Zufriedenheit, endlich im Urlaub zu sein und meine Probleme beiseiteschieben zu können. Etwas zurückgelassen zu haben, das schwer auf meiner Seele gelastet hat. Endlich frei davon sein zu können.

In meinem Erinnerungsglas drängen sich Nachtfalter und Schmetterlinge, schwarz, weiß und golden, manche perlenblau.

Schwerfällig drücke ich mich in eine Sitzposition und streiche mir mit dem Handrücken über die aufgeplatzten Lippen. Es schwindelt mich, also lasse ich die Beine vom Bettrand baumeln, bis meine Umgebung aufhört zu kreisen. Als ich den Kopf bewege, flimmert das Bild wie bei einem gestörten Fernseher. Ich fahre mir hinters Ohr und ertaste den Knubbel unter meiner Haut. Als ich stärker draufdrücke, löst es erneut visuelle Störungen aus. Die Hotelzimmeratmosphäre weicht klinischem Weiß. Endlich zwinge ich mich in die Höhe und hin zum Badezimmer. Über den Spiegel versuche ich, den Knoten zu betrachten, doch dazu benötige ich einen Handspiegel, der mir nicht zur Verfügung steht.

Ich betaste die Erhebung wie einen überreifen Pickel. Meine Berührungen lösen etwas aus, denn das Flimmern hüllt meine Umgebung ein. Das Badezimmer verändert sich kaum. Doch als ich zurück in den Hauptraum trete, gehe ich zum Koffer und klappe ihn auf. Darin liegt säuberlich zusammengelegt meine Kleidung. Jeden Tag erwartet sie mich, frisch gewaschen, gebügelt, gefaltet. Ein Paar Socken, eine Unterhose, eine Hose, ein T-Shirt, ein Kleid, ein Tuch und ein Badeanzug. Die Erinnerung an die Klappe darunter dämmert in meinem Hinterkopf, also schiebe ich den Koffer zur Seite und streckte die Hand aus. Sie ist noch immer da. Silbern schließt sie fugenlos an den Boden an. Ich versuche, mit den Fingernägeln in den Spalt zu gelangen, doch der Druck reicht nicht aus.

Ich suche nach etwas, das sich als Hebel verwenden lässt. Mein Zimmer ist nur mit dem Nötigsten ausgestattet. Der Fernseher lässt sich ohne Fernbedienung anschalten, im Badezimmer finden sich gerade mal eine Zahnbürste, deren Stiel zu dick ist, um ihn in den Spalt zu stecken, und Seife und Shampoo sind in großen Behältern untergebracht. Ich versuche es mit dem Bügel meiner Sonnenbrille, doch der biegt sich, bis er zu brechen droht. Einen leisen Fluch ausstoßend, kratze ich mich hinter dem Ohr. Als ich den Knoten erwische, blitzt meine Umgebung zurück zum Hotel, das ich kennengelernt habe, unter mir erkenne ich nichts anderes als Teppichboden. Ich berühre den Grund, ertaste feine Härchen. Erstaunt ziehe ich die Hand zurück.

Ich sehe auf in den künstlichen Sommerinselhimmel und bilde mir ein, die Möwe fliege schon wieder den gleichen, sich wiederholenden Weg. Hätte ich eine Uhr, könnte ich es kontrollieren.

Das Jucken hinter meinem Ohr verstärkt sich und zieht sich bis in meinen Hinterkopf. Ich knete meine verspannten Schultern, die Nackenmuskeln sind vom Sturz verhärtet wie Taue. Zwischen meinen Rippen zieht es bei jedem tieferen Atemzug.

Möglicherweise wuchert ein Tumor hinter meinem Ohr und macht, dass ich Bilder sehe. Es ist für mich unmöglich zu sagen, was echt ist und was nicht. Soll ich mich deswegen zurücklehnen und jede andere Möglichkeit ignorieren? Dass es für das, was ich sehe, eine Erklärung geben muss?

Ich erinnere mich an Arons Gesicht, als ich ihn gefragt habe, ob ich mich in einer Irrenanstalt befinde. Und an Madeleine, die mich ängstlich zur schwarzen Tür führte. Mein Bauchgefühl flüstert mir ein, dass mir hier niemand so schnell die Wahrheit sagen wird, falls ich diese denn überhaupt zu begreifen vermag.

Nur eines ist mir klar: Ich muss essen und trinken. Die Nahrung in der weißen Welt mag ekelhaft aussehen und schmecken, doch sie hat mich nicht zurück in einen Urlaubsidioten verwandelt.

Also kleide ich mich wieder an, in ein neues weißes Kleid, das in der Hotelwelt blau leuchtet. Für mich gibt es nun zwei Welten, die ich abwechselnd sehe – die weiße und die goldene. Klinikum und Strandbar. Kunststoff und Sand. Krankenhaus- und Sommerfeeling.

Ich schlüpfe in meine Sandalen und frage mich, was mich unten erwarten wird, da öffne ich die Tür bereits mit dem Druck meines Daumens.

An der Rezeption, als hätte sie diesen Posten nie verlassen – auch nicht, um mich zu der schwarzen Tür zu führen –, wartet Madeleine und tippt in ihren Computer. Als ich mich nähere, hebt sie den Kopf. Ihr Lächeln schwankt. Sichtlich weiß sie nicht, wie sie mit meinem

Auftauchen umgehen soll. »Frau Kern«, spricht sie mich an. »Wie schön, Sie zu sehen. Geht es Ihnen … Wie geht es Ihnen?«, bessert sie sich aus.

Ich möchte antworten, als ihre Vorgesetzte anmarschiert kommt. Mit Schwung reißt sie die Klappe auf und scheucht Madeleine ein paar Schritte fort. »Frau Kern?«, schnarrt sie mit einer Stimme, die ganz aus ihrer großen Nase zu trompeten scheint. Sie erinnert mich an eine Schuldirektorin, vor der man stets Reißaus nimmt – egal ob man etwas ausgefressen hat oder nicht.

Meine Stimme quietscht vor Aufregung. »Ja?«

Madeleine hält den Blick gesenkt. Ihre Nervosität steckt mich an. Mir ist, als hätten wir beide etwas falsch gemacht, die junge Rezeptionistin und ich, und müssten daher bei dieser Frau vorstellig werden.

Mrs Crab schürzt abfällig die Lippen. »Ich habe gehört, Sie haben sich krank gefühlt?«

Ich unterdrücke den Instinkt, aus Angst zurückzukläffen. Manchmal muss man aus der Not eine Tugend machen. Wenn sie sich wie eine Schuldirektorin aufspielt, dann mime ich die Schülerin. »Es geht mir schon viel besser, vielen Dank.«

»Das heißt …?«

Fragend sehe ich sie an, doch sie ringt um das Satzende. Ich suche Blickkontakt zu Madeleine, die die Finger vor sich verknotet und ins Nichts schaut, weil dies der einzige Ort ist, an den zu richten ihr der Blick sicher scheint. Was ist nur los?

Das hatten sie noch nie, schießt es mir durch den Kopf. Sie hatten noch nie – einen Gast wie mich.

»Gibt es noch etwas?«, frage ich daher nur. »Sonst würde ich gern Frühstücken gehen.«

»Nein«, erwidert Mrs Crab. »Es sei denn, Sie möchten sich heute für einen unserer Kurse einschreiben.« Sie schiebt das Tablet in meine Richtung.

»Haben Sie einen Ausdruck, den ich mir mitnehmen kann?« Sie runzelt die Stirn, doch folgt meiner Aufforderung. Den Zettel umklammert, laufe ich zum Restaurant. Mein Blick fliegt über das Angebot. Pappmaché, Spinning, Federball, Wassergymnastik. Das erste Mal beschließe ich, mich für etwas einzutragen; mich anzupassen. Nicht weil ich es will. Anpassung ist zur reinen Notwendigkeit geworden.

Ich versuche, so wenig Aufmerksamkeit wie möglich auf mich zu ziehen. Aber die Gäste und das Personal haben mich nicht vergessen. Die drei Grazien stecken die Köpfe zusammen und tuscheln. Ein Kellner, der Brot nachschichtet, beäugt mich mit gehobener Augenbraue. Der Ehemann der Familie von meinem Flur packt mit seinen feisten Händen den Stuhl, auf dem er sitzt, und rückt unwillkürlich fort. Ich weiß nicht, ob er es absichtlich macht oder seiner Intuition folgt.

Im Versuch, mir nichts anmerken zu lassen, bewege ich mich leise zu einem Randtisch und lasse mich daran nieder. Weißes Tischtuch, Salz- und Pfefferstreuer, Zuckerwürfel in einer Dose. Alles sieht so … normal aus.

Ich widerstehe dem Drang, mich am Knubbel hinterm Ohr zu kratzen, und sitze so eine Weile. Ich bewundere die Authentizität des Lichts, das durch die Glastüren der goldenen Welt fällt, schirme mich von dem Geflüster rundherum ab und lausche der sanften Musik.

»Guten Morgen, Frau Kern«, grüßt mich eine Männerstimme. »Darf ich Ihnen einen Kaffee bringen?«

Ich blicke in der Erwartung auf, Aron zu sehen, doch es ist ein älterer Herr mit grau melierten Schläfen und dem gutmütigen Lächeln eines griechischen Großvaters. Der Barista von gestern, der Spanisch gesprochen hat. Er hat ein dickes Muttermal auf der Wange und ein kleineres gleich daneben.

»Ja bitte«, krächze ich und schlucke, um meine Stimmbänder zu befeuchten. »Einen Cappuccino bitte.«

Freundlich nickt er und wandert mit einem Tablett voll Schmutzgeschirr ab.

Ich wage es nicht, zum Buffetbereich hinüberzusehen, auch wenn ich weiß, dass momentan alles dort köstlich aussieht. So ist die goldene Welt. Es gibt keine Schönheitsfehler.

Nervös lege ich eine Hand über die andere und versuche, in mich zu gehen – nur um zu realisieren, dass ich an den Falten meiner Knöchel kratze anstatt am Knubbel hinterm Ohr.

Eine Männerhand schiebt mir unsanft den Kaffee unter die Nase. Der Inhalt sieht so aus, wie ich mir einen Cappuccino vorstelle – eine weiße Milchschaumkuppe mit braunem Kaffeerand. Erleichtert schlucke ich. Wenn ich dieses Gesöff schon runterwürgen muss, dann kann ich mir gleich vorgaukeln lassen, dass es sich um mein Lieblingsgetränk handelt.

»Nehmen Sie nie wieder Nahrung von jemand anderem an als von mir.«

Ich sehe auf.

Aron. Er hält ein silbern blitzendes Tablett und knallt eine Joghurtschüssel mit Früchten auf den Tisch, ein Croissant mit Butter und Marmelade sowie ein Glas Orangensaft hinterher. Das dunkle Haar hängt ihm in die Stirn und beschattet seine Augen. »Wenn Sie jemand dazu drängt, denken Sie sich etwas aus. Dass Sie bereits bei mir bestellt haben. Auf mich warten. Was weiß ich.« Damit stapft er davon und räumt einen anderen Tisch ab. Die Damen vom Pool winken ihm nach. Sie haben die erste Sektflasche geköpft. Ich frage mich, was darin ist. Als ich Wein getrunken habe, hätte ich schwören können, den Effekt des Alkohols gespürt zu haben. Oder handelt es sich nur um eine weitere Einbildung, genau wie die Napfmuscheln am Strand oder der Teppich über der Klappe?

Zögerlich greife ich nach der Kaffeetasse. Der Inhalt ist übergelaufen und bildet einen braunen Ring auf der Untertasse. Vorsichtig hebe ich die Tasse an und setze sie an die Unterlippe, nehme einen Schluck.

Was auch immer in meinem Kopf vorgeht, er spielt mit. Erst als ich Aron nachsehe, wie er mit langen Schritten davonzieht – nicht nur von meinen Blicken verfolgt –, scheine ich etwas auszulösen und das Bild fällt in sich zusammen. Ein Blick zurück zu meinem Frühstück, und ich muss mich zusammenreißen, um nicht das Gesicht zu verziehen. Der Kaffeegeschmack schwindet von meiner Zunge und macht dem undefinierbaren Schleim Platz, den sie uns als Getränk unterschieben.

Nehmen Sie keine Nahrung von jemand anderem an als von mir.

Aron hat mir gestern etwas zu essen gebracht. Anscheinend unterscheidet es sich auf eine Art und Weise von dem, was den restlichen Gästen serviert wird. Ist es das, was die Mitarbeiter bekommen?

Hatte ich recht mit meiner Angst, die Nahrung könnte mich alles vergessen lassen? Zu machen, dass ich selig weiterlebe, meinen Urlaub weiter erlebe, unbeschwert, während die Tage zwischen meinen Fingern zerrinnen?

Ich danke meinem langen Haar, als ich unauffällig meinen Ellenbogen am Tischrand abstütze und unter den roten Schwall hinters Ohr fahre. Ich fixiere etwas, das in beiden Welten unterschiedlich aussieht, und wähle die drei holden Damen aus. Eine von ihnen trägt einen schwarzen Hut, die andere ein Tuch als Kleid. Die dritte hat sich im weißen Badeanzug hierherbequemt.

Vorsichtig drücke ich gegen den Knubbel, bis meine Sicht von Punkten überzogen wird und sich farbig und neu zusammensetzt. Der Hut besteht plötzlich aus Stroh. Das Tuch wird transparent und besitzt einen lila Zebraaufdruck. Der Badeanzug ist quietschrosa – und schon kommt mir der zukünftige Name für seine wasserstoffblonde Trägerin: Miss Piggy. Just wirft diese den Kopf zurück und lacht übertrieben. Als Nächstes werden die Sektgläser gehoben und ein Stößchen gemacht.

Ich habe mir die Welt bunt gemalt, greife nach dem Croissant und esse still und heimlich, ohne dass mich jemand beachtet. Nach der Hälfte bin ich satt und schiebe das Geschirr von mir fort. Ich hoffe, dass Aron zurückkehrt, doch der Kellner mit dem Muttermal räumt ab. »Hat's geschmeckt?«

Ich nicke. Als er gehen will, berühre ich ihn vorsichtig am Arm. »Der andere Kellner …«

Er wundert sich gar nicht, sondern übt sich in seinem Großvaterlächeln. »Mr Martin?«

Ich nicke. »Kann ich ihn kurz sprechen?«

»Ich fürchte, der kam nur wegen Ihnen vorbei. Hat heute eigentlich Wäschedienst.«

»Oh.« Meine Hand sackt nieder. »Könnten Sie ihm etwas ausrichten, falls Sie ihm begegnen?«

Die Augenbraue meines Gegenübers hüpft belustigt, die silbernen Härchen glänzen im einfallenden Licht. »Was soll ich ihm denn ausrichten?«

»Ich würde mich gern mit ihm unterhalten. Vielleicht …«, ich muss mich zusammenreißen, damit ich mich nicht verhasple, » … hat er ja abends Zeit.«

»Ich werde es ihm ausrichten.« Ich merke ihm an, dass er gern den Kuppler spielt.

»Danke.«

»Nichts zu danken.« Er stiefelt in seinen schwarzen Hosen und weißem Hemd davon. Letzteres sitzt an der Taille zu eng, trotzdem muss ich lächeln.

Ich lehne mich gegen die kühle Wand und sehe mich unauffällig um. Dann erinnere ich mich an den Zettel, den mir die Rezeptionistin ausgehändigt hat und der in der weißen Welt vermutlich so unbeschrieben ist wie meine Bücher. Mein Blick gleitet über die Buchstaben. Ich muss mich für etwas entscheiden, und nachdem ich zu nichts eine besondere Anziehung fühle, lasse ich *Ene, mene, muh* entscheiden. Federball. Nun gut. Also trotte ich damit zu der Rezeption zurück, wo Madeleine mich mit einem echten Lächeln und Mrs Crab mit einem sauertöpfischen Einsaugen ihrer Wangen empfängt. Madeleine reißt mir den Zettel aus der Hand und hält ihn so freudig in die Höhe, als hätte sie beim Bingo gewonnen. »Federball! Wie wundervoll! Das findet am Nachmittag statt, dort kann man auch gut andere Leute kennenlernen. Ich hole Sie, wenn die Einheit beginnt.«

Ich verzichte auf die Anmerkung, dass Uhren immens praktisch wären, um sich die Zeit einzuteilen. »Danke.«

»Genießen Sie den Tag«, fügt Mrs Crab wenig enthusiastisch an. »Probieren Sie den Salzwasserpool, der wird Ihnen gefallen.«

Kapitel 14

Um mich an die restlichen Urlauber anzupassen, lege ich mich an einen der Pools und gehe anschließend Brustschwimmen. Immer nach fünf Bahnen mache ich keine kurze Pause, in der ich vorsichtig meine Umgebung studiere. Ich frage mich, wer die anderen *Urlauber* sind, woher sie stammen und was sie hier machen. Ich kann zu diesen Fragen genauso wenig Antworten finden wie zu meinen eigenen. Die Fragmente, die in mir aufblitzen, stillen meinen Wissenshunger nicht. Woran erinnere ich mich, wenn ich an vorher denke?

Mein Hals verengt sich, meine Kehle wird trocken. Gedanken an einen mühseligen Job blitzen auf, an ein Büro mit klingelnden Telefonen, die nach mir schreien, und den Schikanen eines Bosses, denen ich schutzlos ausgesetzt bin. Das Gefühl ist so unangenehm, dass ich es am liebsten verdrängen möchte – und das ist genau das, was es soll. Denn wäre ich wie die anderen, würde ich mich auf meinen Urlaub konzentrieren.

Ich arbeite also in einem Büro. Wo ist das? Was mache ich dort? Was ist mein Aufgabengebiet? Egal wie sehr ich mich darauf zu konzentrieren versuche, die Antwort verschließt sich mir. Daher verlagere ich meine Aufmerksamkeit auf die nächste Frage.

Wo wohne, wo lebe ich? Unter normalen Umständen hätte ich wie aus der Pistole geschossen Wien geantwortet. Zumindest behauptet das ein Schildchen, das an meinem Koffer hängt. Ich sehe mich selbst erhöht am Bahnsteig am Praterstern stehen und auf den Prater hinübersehen, in dem sich das Riesenrad dreht, umringt vom Grün des Parks. Ich esse ein Eis beim Meinl am Graben und dränge mich durch die Masse an Touristen, die uns als Kulturerbe besuchen. Ich fahre mit dem D-Wagen am Ring entlang, bloß um mich erneut in die Stadt zu verlieben, jeden einzelnen historistischen Bau, ins Rathaus mit den gotisch inspirierten Fenstern und Türmchen, die Museen, den Zugang zur Hofburg. Doch es sind Postkarteneindrücke, ausgestanzt und gewaltsam aneinandergeklebt wie mit einer Heißklebepistole. Nichts davon bleibt greifbar.

Wenn ich an meine Familie denke, erscheinen Bilder meiner Eltern. Immer sehe ich uns im Urlaub. Er hat braunes Haar, ist eine Spur jünger, geschätzt um die vierzig. Sie, die ältere Dame mit dem toupierten Haar, greift liebevoll meine Hand. Er schlingt seinen Arm um sie, das Licht kitzelt die rötlichen Härchen darauf, unter denen sich Sommersprossen tummeln. Er hat sie mir vererbt.

Ein Flüstern. Diesen Urlaub haben wir uns verdient …

Ich fasse mir an die Brust, schnappe nach Luft. Die Erinnerung erdrückt mich mit ihrem Gewicht. Diese Erinnerung, ob echt oder falsch, berührt etwas tief in mir.

Ich sehe zu ihnen hoch, ein kleines Mädchen, und es riecht nach Sonnencreme. Papa trägt ein buntes Hawaiihemd und Sandalen. Mama ein Sommerkleid. Die Erinnerung entgleitet mir, doch ich fange sie gewaltsam ein. Sie ist verbunden mit einem Gefühl von Freiheit, wie beim ersten Mal, als ich hier aufwachte. *Endlich Urlaub.* Zwischen ihnen hüpfe ich einher, halte mich an ihrer beider Hände fest.

Die Erinnerung überwältigt mich derart, dass ich beim Schwimmen aussetzen muss. Prustend tauche ich vom Brustschwimmen auf und klammere mich an den Beckenrand. Als ich den Kopf schüttle, flimmert das Bild, und es ist, als verlöre ein Foto an Farbe.

Das Becken ist weiß, das Wasser darin farblos. Menschen ruhen in schwarzen, grauen und weißen Badeklamotten auf ihren Liegen, reihen sich dort wie Pinguine. Und die Ferne ist gar keine mehr, sondern bloß ein Graben, hinter dem sich eine Wand hochzieht.

Ich blicke in den Himmel, der nun aus quadratischen Platten besteht. Einige von ihnen glühen. Sie erzeugen die Lichtstimmung. Tatsächlich habe ich hier noch kein einziges Fenster gesehen.

Ich spüre, wie Panik in mir hochkriecht und wälze mich auf den Armen aus dem Becken. Meine Rippen schmerzen, genau wie mein Kopf. Nach Luft schnappend torkele ich zu meiner Liege und setze mich an deren Rand. Ich ertrage den Anblick des Raumes nicht länger, starre stattdessen auf meine zitternden Knie, die mein Gewicht nicht länger halten wollen. Wasser tropft um mich herum zu Boden und hinterlässt dunklere Flecken.

»Hey«, spricht mich jemand dumpf an.

Ich hebe den Kopf. Mein Liegenachbar hat die Sonnenbrille auf die Nasenspitze geschoben. Als ich ihn fragend ansehe, weist er mit einer abrupten Bewegung hinter mich. Ich folge seinem Fingerzeig, doch da ist niemand. Bloß das weiße Wasserbecken und tausend Pinguine. Ich wische mir das Wasser aus den Augen und wende mich erneut zu ihm um.

Der Fremde rümpft die Nase. »You're quite decent in ignoring other people.«

»Was meinen Sie?«

Erneut zuckt sein Blick. »Are you being serious?«

Verwirrt blinzle ich ihm zu.

»The guy behind you, talking to you.«

Meine Augen weiten sich. Unauffällig versuche ich, mir unters Haar zu fassen. Ich drücke den Knubbel hinter meinem Ohr, so fest ich kann. Weißes Feuer erfüllt mein Sichtfeld. Als ich mich schwankend umdrehe und sich das Bild klärt, erscheint dort plötzlich Erich. Das Meeresrauschen setzt wieder ein und verschluckt beinahe seine Stimme. »… wieso ignorierst du mich?«

Kapitel 15

Er verschränkt die Arme vor der leicht behaarten Brust, und seine Augenbrauen kriechen förmlich über den Rand seiner stylischen Sonnenbrille. Widerwillig verzieht er den Mund. »Das ist nicht gerade erwachsen, Alice.«

Die Härchen an meinem gesamten Körper stellen sich auf.

»Erich«, presse ich hervor. Soeben noch war er nicht da. Ich habe ihn nicht gehört, nicht gesehen. Und zuvor – noch nie seine Blicke gespürt. Das kann nur eines bedeuten.

Erich existiert nicht wirklich.

Der andere Urlaubsgast sieht ihn allerdings, oder nicht? Sie reagiert nicht auf den AI, hatte Mr Carter gesagt. Ist Erich der AI?

Ich wage nicht, ihn anzusehen. »Was willst du?«

Er zieht die Brille vom Gesicht. »Was ist nur los mit dir? Warum ignorierst du mich?«

Erich ist mein Traummann.

Mein *Traum*-Mann.

Ich brauche Kraft, um Worte hervorzuwürgen. »Bitte sei so gut«, sage ich, »und lass mich einfach in Ruhe.«

Nebenan lacht mein Liegenachbar auf. »Wer nicht will, der hat schon!«

Englisch und Deutsch. In der weißen Welt sprechen alle verschiedene Sprachen. In der goldenen passen sie sich mir an – sie sprechen meine Muttersprache: Deutsch.

Einen Augenblick lang wirkt Erich so, als würde er etwas sagen wollen, aber er scheint auf diese Reaktion so nicht vorbereitet zu sein. »Habe ich etwas falsch gemacht?«, fragt er, der in der weißen Welt gar nicht existiert.

»Bitte«, presse ich erneut hervor. »Ich will nichts mehr mit dir zu tun haben.« Dabei taste ich nach etwas in meiner Tasche – irgendetwas – und ziehe einen Roman hervor. Schlage ihn auf. Halte ihn mir vor die Nase. Ich kann Erichs braun gebrannte Beine sehen und seinen silbrig melierten Haarschopf.

Ein Mann, wie für mich geschaffen. Denn er akzeptiert meine Bitte und geht, in der goldenen Welt zumindest. Als ich einige Zeit später zitternd das Buch senke, ist er fort.

»Sie sind ja ulkig«, brummt mein Liegenachbar und zieht sich seine Schirmkappe in die Stirn.

Ich fühle mich, als müsste ich mich ihm gegenüber rechtfertigen, schlucke den Impuls jedoch hinunter. Also lehne ich mich zurück, schone die schmerzenden Rippen und bewege meinen Kopf kaum, sodass über mir Himmel bleibt mit der immer selben dämlichen Möwe. Immer noch besser als der weiße Kanister, in dem ich hier feststecke.

Madeleine denkt daran, mich zum Federball zu holen. Als sie vor mir auftaucht, hat sie ihr gleichförmiges Outfit gewechselt. Sie erscheint in lockeren Hosen und einem weißen Polohemd mit Krokodil über der Brusttasche. Sie zieht einen großen Seesack hoch, der von ihrer Schulter abzugleiten droht. Hinter ihrem Rücken ragen die Griffe von Badminton-Schlägern hervor.

Auf meine Frage hin erklärt sie, dass sie den Kurs leite, um fit zu bleiben. »Ziehen Sie an, was für Sie bequem ist«, sagt sie, bevor sie zur nächsten Ebene abwandert, um die anderen Teilnehmer zu holen. »Wir treffen uns in der Sporthalle.«

Ich packe meine Sachen zusammen und steige die Stufen zum Hauptgebäude empor. Die Flagge flattert im Wind – die, die verhindern sollte, dass ich an den Strand gehe. Ich kann mich nicht zurückhalten, nestle unter mein Haar und drücke so lange, bis ich in der weißen Welt stehe. Keine Flagge. Es war klar, und trotzdem fühle ich mich betrogen. Sie haben sie für mich erfunden.

Als ich Richtung Entertainmentbereich laufe, tue ich so, als würde ich mir den Nacken massieren, bis sich das zweite Bild erneut über das erste legt. Ich kann es mir nicht leisten, auf andere Formen von Erich zu stoßen, die ich in der weißen Welt nicht einmal bemerke. Ich hoffe nur, wer oder was er auch immer er ist, er/es versteht meinen Wink mit dem Zaunpfahl und lässt mich in Ruhe.

Bei den Plätzen für Ballsportarten treffen rund zehn weitere Leute ein, die sich für den heutigen Kurs gemeldet haben. Vom jungen Sportler bis zum Gast vor der Rente sind alle Altersgruppen vertreten. Durch ein Zufallssystem werden wir zu Paaren gruppiert. Ich bekomme den Ältesten ab, der mir erfreut die Pranke entgegenstreckt. »William«, stellt er sich vor. Ich schüttle seine Hand, sie ist warm und der Handrücken leicht behaart. »William MacIntosh.«

»Alice Kern.«

»Oh, Kern, klingt deutsch. Sind Ihre Vorfahren aus Deutschland oder den Niederlanden?«

Verwirrt blinzle ich. »Wie?«

»Meine sind aus Irland«, fährt er fort. »Mit der großen Hungersnot ausgereist, wie so viele.« Er nimmt von Madeleine zwei Schläger entgegen und reicht mir einen. »Viel ist davon ja nicht übrig geblieben. Meine Liebe für Kartoffeln und St. Patricks Day vielleicht.« Er lacht auf.

Er glaubt, dass ich US-Amerikanerin bin, genau wie er. »J-ja«, sage ich. »Und nein. Meine Vorfahren stammen aus Österreich.«

»Ah.« Er nickt. »Mozart, Walzer, stimmt's?«

Ich nicke.

»Und Hitler.« Er weist mich zu einem der Federballnetze. »Hitler stammt aus Österreich, falls ich mir recht erinnere.«

»Jap«, erwidere ich kurz und bündig.

Er lacht auf. »Pardon. Wohl nicht das beste Thema zum Einstieg. Wir können gern mit den Klischees zu Irland starten, doch ich fürchte, das rote Haar bringen *Sie* mit.« Er lacht auf und positioniert sich mit Schläger und Federball, der ein wenig zerrupft ist wie eine weiße Stadttaube. »Sollen wir?«

Ich nicke und bewege mich auf die andere Seite des Spielfelds. Nebenan haben Madeleine und eine Frau das nächste Netz übernommen, diese ist vermutlich ein Jahrzehnt älter als ich, wirkt sportlich und hat das Haar zu einem Pferdeschwanz gebunden, der sie jugendlich wirken lässt. Sie dreht den Federballschläger auf ihrer Schulter. »Passen Sie auf, Madeleine!«, ruft sie aus. »Diesmal mache ich Sie fertig!«

Mein Federballpartner lacht unsicher. »Die erste Runde werden Sie wohl mit mir vorliebnehmen müssen«, entschuldigt er sich. »Ich bin nicht so gut.«

Nun überkommt mich das schlechte Gewissen. Ich schenke ihm mein schönstes Lächeln. »Aber nein, William«, erwidere ich. »Ich habe lange nicht mehr Federball gespielt. Haben *Sie* Nachsicht mit mir.«

William lächelt aufmunternd. »Alter vor Schönheit!«, ruft er aus und setzt zum ersten Aufschlag an.

Wir spielen eine Weile, soweit wir dazu fähig sind, denn im Gegensatz zu den anderen sind wir beide Anfänger. Mir fällt allerdings auf, dass Madeleine und ihre Gegnerin ein richtig professionelles Match abliefern. Madeleine wirkt ausgelassen, und als zwischendurch mal bei einer Bewegung die goldene in die weiße Welt überspringt, höre ich, dass die beiden einander auf Französisch zurufen. Franco-Kanadierinnen, alle beide?

Die Ältere reißt ständig Scherze, sie retournieren den Ball wie alte Bekannte – unten, oben, backhand, was immer nötig ist, um den Federball in der Luft zu halten. Bald sehen nicht nur William und ich lieber den beiden zu, als uns abzurackern, sondern wir alle sammeln uns für eine Erfrischung am Spielfeldrand. Das Wasser ist das Einzige, so gechlort es sein mag, was einigermaßen normal schmeckt.

Die Ältere provoziert Madeleine, neckt sie auf anspornende Weise. Madeleine kämpft verbissen, doch unterliegt.

»Nichts für ungut«, ruft die Dame und bückt sich nach einer Wasserflasche. »Das war ein gutes Spiel, junge Dame!«

Madeleines Gesicht fällt ein wenig in sich zusammen. Möglicherweise erträgt sie es nicht, zu verlieren, obwohl ich sie nicht so eingeschätzt habe. Wesentlich leiser und weniger enthusiastisch als zuvor weist sie nun einen Partnerwechsel an. Ich bekomme ausgerechnet die Sportskanone zugewiesen.

Sie streckt mir die Hand entgegen. »Céline«, grüßt sie mich. Ich klatsche ein. Ihre Hand ist nicht wirklich groß, aber kräftig. Sie muss viel Zeit im Sportareal verbringen. Céline ist vielleicht eine Handbreit kleiner als ich. Sie hat warme nussbraune Augen und sympathische Lachfältchen um Mund und Augen.

»Alice. Alice Kern«, stelle ich mich vor.

»Céline Dion«, ergänzt sie ihren Namen.

»Ich bin Anfängerin«, füge ich rasch hinzu.

Sie zwinkert mir zu, dabei schwingt ihr Pferdeschwanz. »Ich werde Sie nicht zu hart rannehmen, versprochen.« Tatsächlich legt sie ihr kompetitives Verhalten ab. Sie zeigt mir ein weiteres Mal, wie ich aufschlagen soll, in welchem Augenblick ich den Federball am besten loslasse und wann ich den Schläger hochziehe. Wir üben eine Weile, Bälle in die Luft zu schlagen und wieder am Netz des Schlägers aufzufangen, bis sie mich ans Netz winkt.

»Wunderbar!«, ruft Céline, als ich einen passablen Aufschlag hinkriege. Sie läuft auf der anderen Seite und schlägt sacht zurück, sodass ich eine Chance habe, den Federball zu erwischen. Er fliegt irgendwohin. »Macht doch nichts, Sie machen das großartig!«

Nebenan dreht sich Madeleine um, im Spiel mit einem jungen Mann um die zwanzig begriffen. Hübsch ist er, sodass man meinen könnte, sie würde ihn nicht aus den Augen lassen. Stattdessen guckt sie enttäuscht herüber. Als sich unsere Blicke treffen, wendet sie sich ab.

Am Ende der Sporteinheit warte ich auf Madeleine, die die Schläger in ihren Seesack zurückpackt. Célines Lachen schallt über den Platz, als sie mit ihrem letzten Spielpartner den Platz verlässt. Madeleine sieht ihr bekümmert nach.

»Sind Sie befreundet?«, frage ich, »Céline und sie?«

Madeleine sieht mich ertappt an. »N-nein«, revidiert sie meinen Eindruck sogleich. »Wir spielen nur regelmäßig Federball gegeneinander.«

Mild lächle ich. Obwohl Madeleine als Mitarbeiterin zu meinen Gegnern gehört, die eine zweite Welt vor mir verheimlichen, mag ich die junge Frau. Wie nennt man so was? Stockholm-Syndrom?

Schweigend verlassen wir den Sportplatz. Ich verabschiede mich und gehe zum Aufzug. Madeleine hingegen stößt jene Schwenktür auf, von der ich glaube, dass sie zur Küche führt. Mittlerweile bin ich mir ziemlich sicher, dass sie einen Zugang zu den Mitarbeiterquartieren bildet. Oder … zu den Pflegerquartieren?

Im Zimmer streife ich meine verschwitzte Kleidung ab und breite sie über den einzigen einsamen Stuhl aus, der unter dem an die Wand geschraubten Fernsehmonitor steht. Ich präge mir das Bild ein und schiele zu dem Koffer zurück. Als ich den Deckel aufschlage, finde ich alles so vor, wie ich es vor der Sporteinheit zurückgelassen habe: Leicht durchwühlt, Hose und T-Shirt fehlen.

Ich schlüpfe in mein Tageskleid und verbringe den restlichen Tag damit, Anpassung an meine Umgebung zu üben. Sogar die verdammte Menükarte fülle ich aus. Ziegenkäse mit Honig und Rosmarin auf Rote-Rüben-Carpaccio mit Walnüssen und Rucola, Kürbis-Gnocchi mit Blattspinat und Pinienkernen, und als Dessert Earl-Grey-Pannacotta. Die goldene Welt bietet Auswahl, deren Farben in der weißen Welt zu einem grauen Brei vermischt werden.

Angespannt warte ich an meinem Tisch auf die Mitarbeiter. Aron ist nirgends zu sehen. Hat ihn der Kellner vom Frühstück gefunden und ihm meine Nachricht ausgerichtet?

Nervös sehe ich mich um, mein Bein zuckt vor Aufregung. Was, wenn Aron keinen Dienst hat? Wie soll ich dann erneut das Abendessen ablehnen, ohne Aufmerksamkeit auf mich zu ziehen? Statt Aron entdecke ich den älteren Kellner, der hinter der Theke Wein dekantiert. Er bemerkt meinen suchenden Blick und lacht mich über den Raum hinweg an. Dann entdeckt er etwas beim Eingang und weist mir, hinzusehen.

Aron löst die afroamerikanische Kellnerin ab; ich versuche mich an ihren Namen zu erinnern. Bobby, glaube ich.

Aron kehrt mir den Rücken zu. Er legt die Hände an der Kanzel ab, wo er die Zettel mit den Menüwünschen einführt, und hört Bobby zu. Sie berührt ihn an der Ellenbeuge. Ich ärgere mich, dass es mir auffällt. Ich fühle mich wie ein Trottel und widme meine Aufmerksamkeit wieder meinen Händen, die zwischen Gabel und Messer ruhen. Ratlos betrachte ich meine Fingernägel. Jemand tritt an den Tisch heran, ich sehe nur schwarze Hosen und ein weißes Hemd und hebe den Kopf in Erwartung.

Der Kellner von heute Morgen bringt mir ein Glas Wein. »Es bricht mir das Herz, Sie so traurig zu sehen! Lassen Sie sich von mir verwöhnen. Hier, ein Achtel Cabernet Sauvignon Howell Mountain aus dem Jahr 2012. Eine Perle von einem Tropfen.«

Aufmunternd lächelt er mir zu. Und wie bei den meisten Angestellten kann ich auch bei ihm keine Arglist entdecken. Er scheint ernsthaft um mein Wohlergehen bemüht. Handelt es sich bei ihm ebenfalls um einen Pfleger wie bei Aron?

»Vielen Dank«, sage ich und ziehe das Weinglas ein Stück heran, schwenke es, als wollte ich dem Rotwein atmen lassen. Ich suche auf seinem Hemd ein Namensschild, finde jedoch keines. »Darf ich Sie nach Ihrem Namen fragen?«

»Pedro«, antwortet er.

Pedro. Hm. Südamerikaner?

»Alice. Alice Kern.« Ich strecke ihm die Hand hin.

Zögerlich nimmt er sie, hält sie vorsichtig, als wäre sie ein frisch geschlüpftes Vöglein. Sie alle wirken überrascht, wenn ich sie nach ihrem Namen frage. Als wären sie austauschbar. Oder ich bin es.

Ich setze einen fragenden Blick auf, nicke ihm aufmunternd zu, während er meine Hand schüttelt.

»Pedro Rodriguez«, fügt er an.

»Freut mich, Sie kennenzulernen, Señor Rodriguez.« Ob er meinen Spanischversuch hören kann, wage ich zu bezweifeln. Er lacht trotzdem.

»Es ist mir eine Ehre, meine Dame.«

»Pedro.« Mein Gesprächspartner wird durch die Nennung seines Namens von einer dritten Person abgelenkt. Er dreht seinen Kopf zum neu Hinzugekommenen und entzieht mir dabei die Hand, meine Finger gleiten aus seinen.

»Aron!« Pedro gluckst. »Tja, so ist das mit schönen Frauen – lässt man sie allein, bemüht sich jemand anderes um sie!«

Ich wage es kaum, aufzublicken. Als ich mich dazu zwinge, stiert Aron seinen Kollegen stumpf an, bis Pedro mit den Schultern zuckt. »Schon gut, schon gut …«

Aron schiebt mir die Vorspeise vor die Nase und räumt im gleichen Atemzug mein Glas fort.

»Hat Herr Rodriguez …«, beginne ich, doch er unterbricht mich.

»Frag die Mitarbeiter nicht ständig nach ihren Namen. Das fällt auf.«

Ich verenge die Augen. »Wie?«

»Niemand hier interessiert sich für uns Mitarbeiter – wer wir sind, woher wir kommen. Die restlichen Gäste möchten einfach nur ihren Urlaub genießen. Colonel Carter und die anderen glauben, du hättest alles vergessen. Belass es dabei.«

Ich versuche, ihn vom Davonspurten abzuhalten, doch erwische ihn nicht. »Aron!«, rufe ich ihm hinterher.

Die Leute drehen sich nach mir um. Aron bleibt stehen und wirft mir einen verärgerten Blick zu.

»E-ein Glas Wein bitte.«

Zufrieden nickt er und stapft davon. Warum lasse ich mich von ihm so einschüchtern? Schließlich hält er mich unter Kontrolle! Ist er Freund oder Feind? Kann ich ihm vertrauen oder macht er nur das, was Mr Carter ihm befohlen hat – Colonel Carter? –, bloß verdeckt genug, sodass es in mir den Eindruck erweckt, er stünde auf meiner Seite?

Ich stochere ein wenig im Rüben-Carpaccio mit Ziegenkäse herum, bis ich mich dazu überwinde, eine Gabel davon zu meinem Mund zu führen. Es ist Irrsinn, denn Seh-, Geschmacks- und Geruchssinn gaukeln mir eine Geschmacksexplosion vor. Die erdige Süße der roten Beete ergänzt perfekt die Würze des geschmolzenen Käses, die Bitterkeit der Rucolablätter wird durch Nüsse und Süße von Honig abgemildert. Wüsste ich es nicht besser, würde ich glauben, hier ein Mahl eines Sternekochs kredenzt zu bekommen. Um mir nicht den Appetit zu verderben, bewege ich den Kopf möglichst wenig, um nicht durch einen versehentlichen Druck auf den Knubbel in die weiße Welt zu wechseln.

Aron bringt mir ein zweites Glas Wein. Weil er schweigt, schweige ich ebenfalls. Wir sehen einander nicht an. Enttäuschung breitet sich in mir aus, ich atme verkrampfter, und das wirkt sich wiederum auf meinen geprellten Brustkorb aus. Ich reibe mir die Rippen und frage mich, wie es weitergehen soll. Einen Augenblick lang ist mir wirklich nach Heulen zumute. Ich fühle mich so unendlich allein, abgeschottet von der restlichen Welt, die sich in homogene Gruppen ordnet: den zufriedenen Urlaubern und den Hotelangestellten. Nur ich sitze abseits und weiß keinen Weg, mich hier zurechtzufinden.

Reiß dich zusammen, Alice!, schelte ich mich in Gedanken. Du musst das Rätsel nicht innerhalb eines Tages lösen.

Aber das hier ist das Rätsel der Welt, in der ich mich befinde. Und solange ich es nicht gelöst habe, bin ich ihren Regeln unterworfen.

Ich beende das Mahl. Pedro versucht mich mit kleinen Witzen aufzumuntern, die beiden Muttermale zucken auf seiner Wange, wenn er lacht. Ich mag ihn. Und er mag mich. Innerhalb eines Tages entsteht zwischen uns ein freundschaftliches Band, das zu knüpfen andere Jahre benötigen.

Ich bedanke mich bei ihm für seine Freundlichkeit, als ich zu gehen beschließe. Aron steht bei Gästen abseits an einem Tisch und hört ihnen zu. Die Urlauber löffeln Pannacotta. Ich halte auf die Vorhalle zu, doch auf dem Weg gelingt es mir, meinen Mut anzusammeln, und ich biege ab.

Ein Blitz fährt durch meine Sicht und bleicht einen Augenblick alles weiß. Die Geräuschkulisse setzt kurz aus und wieder ein, doch bleibt konstant. Aus dem Flimmern vor meinen Augen schält sich die weiße Welt. Die Pannacotta ist das Einzige, was sich in ihrer milchigen Sämigkeit kaum unterscheidet. Ein Blick auf die Speisen auf den Tellern verspäteter Gäste löst dieses ekelhafte Jucken in meiner Speiseröhre aus.

Lautstark klopfen meine Absätze über den glatten Boden. Das Geräusch bringt Aron dazu, sich umzudrehen. Bevor er seine sauertöpfische Miene aufsetzen kann, bleibe ich vor ihm stehen. Mein Haar schwingt über meine Schulter. »Sie haben also keine Zeit für ein Gespräch?«

Das Paar am Tisch hält mittendrin inne, die Löffel an den Mund zu führen. Interessiert schielen sie uns an.

Aron legt den Kopf schief. Sein Blick zuckt zu den Gästen. »Sie sehen doch, dass ich arbeite«, presst er hervor.

»Wann haben Sie Feierabend?«, beharre ich. »Ich kann warten.«

Sekunden verstreichen, die hier niemand messen kann, da es keine Uhren gibt. Aron ringt um Worte. Schließlich räuspert er sich. »Wie

Sie möchten. Setzen Sie sich auf die Terrasse. Ich komme zu Ihnen, sobald ich fertig bin.«

Das ist mehr, als ich zu bekommen erwartet habe. Ich stöckle also auf die Terrasse hinaus, deren Schiebetüren momentan nicht aus Glas bestehen, sondern aus blickdichtem weißen Kunststoff. Dort setze ich mich an einen der Metalltische, um in Richtung Meer zu blicken. Ich starre im wahrsten Sinne des Wortes gegen eine Wand.

Die Zeit verstreicht schleppend, bis sich das Restaurant nach und nach leert und ich Schritte hinter mir höre. Ich erwarte fast wieder, dass Pedro erscheint, doch Aron schiebt eine selbst gedrehte Zigarette an die Tischkante, an der ich mit übergeschlagenen Beinen sitze.

Er selbst lässt sich neben mir nieder, hat ein Weinglas als Aschenbecher improvisiert. Schweigend steckt er sich die Zigarette an und bietet mir ebenfalls eine an. Zögerlich nehme ich sie entgegen, rolle das eigenartige Papier zwischen den Fingern, betrachte die weißlichen Fäden, die aus der Mündung quellen. Ich stecke den Filter zwischen die Lippen, der irgendwie schwammig schmeckt, und beuge mich vor, als er mir Feuer anbietet. Die Flamme schnalzt aus dem Feuerzeug – sie ist echt – und ich ziehe sie mit einem Atemzug in den Tabak, der knisternd zu glühen beginnt. Das Feuerzeug ist silbern und eines der wiederbefüllbaren Art. Mir fällt eine Gravur auf, doch Arons Finger verdecken sie, sodass ich sie nicht wirklich erkennen kann. Sieht aus wie ein Erbstück.

Ich huste. Es schmeckt eigenartig. Als rauche ich Pilze.

»Was ist das?«, frage ich.

»Eine Zigarette«, lügt er und lehnt sich zurück. »Sie machen mir das Leben schwer. Das geht mir auf die Nerven.«

Ich sehe ihn nicht an, sondern die Wand am Ende der weißen Klippen. »Vielen Dank.«

Zeit verstreicht. »So habe ich das nicht gemeint. Es tut mir leid.«

»Sie haben es genau so gemeint. Was in mir die Hoffnung erweckt, dass Sie mich nicht belügen. Aber diese Hoffnung ist verdammt klein im Angesicht dessen …«, dass ich gerade auf eine weiße Wand starre, die das Meer und der Nachthimmel sein sollte.

Er wartet, dass ich den Satz beende. Ich tue es nicht. Denn die leichten romantischen Gefühle, die in meinem Bauch kribbeln, wenn ich Aron in die dunklen Augen sehe, trüben meine Urteilsfähigkeit. Ich bin froh, nichts getrunken zu haben. Mit getrübten Sinnen wäre ich vermutlich eher meinem Instinkt gefolgt.

»Ich weiß«, spricht er auf eine Art und Weise, die mir klarmacht, dass er um Worte ringt, »dass es für Sie schwer ist – aber glauben Sie mir bitte, wenn ich Ihnen sage, dass ich nur das Beste für Sie will.«

Ich blinzle ins weiße Nichts. »Wollen Sie das für alle?« Ich spüre seinen fragenden Blick auf meiner Wange. »Für alle Gäste hier?«

Er kaut an einer Antwort herum wie auf einem Kaugummi. »Wir sind um das Wohlbefinden unserer Gäste bemüht«, spricht er wie auswendig gelernt. »Für Sie gebe ich mir allerdings ein klein wenig mehr Mühe.« Er lächelt. Eigentlich rückt bloß sein linker Mundwinkel ein paar Millimeter in die Höhe. Ich hasse es, dass ein Kribbeln durch meine Brüste in den Magen wandert.

Er setzt die Zigarette an die Lippen, die zu einem Stummel herabgebrannt ist, zieht ein letztes Mal und wirft sie dann ins Glas, wo sie in einem Rest Schlacke zischend ausgeht. »Sie brauchen mich gar nicht so anzusehen«, raunt er, als er sich erhebt und mir das Gefäß hinhält. Widerstandslos lasse ich die Zigarette hineinfallen. »Frauen wie Sie wissen, dass sie attraktiv sind.« Damit geht er davon.

Kapitel 16

Ich träume von der schwarzen Tür. Währenddessen sowie auch danach frage ich mich, ob ich sie hätte durchschreiten sollen. Ob der Schwindel und das Hungergefühl mir die Angst in Arons Augen vorgegaukelt haben. Ob mich dahinter die Freiheit erwartet hätte. Oder zumindest Antworten.

Während der Abend- und Morgenstunden quält mich die Frage, ob mich Madeleine ein zweites Mal zur schwarzen Tür führen würde. Zweifel frisst sich durch meine Eingeweide. Ist das Vor oder Nach der Tür der schlimmere Ort – der gefährlichere Ort?

Es gibt drei Personen, die mir möglicherweise Antworten geben können. Die erste ist Aron, doch seine Launen machen ihn unvorherschbar. Sich ihm zu öffnen bedeutet, seine Loyalität zu Mr Carter zu prüfen. Dieser ist sein Vorgesetzter. Colonel Carter. Zufall, oder besitzt sein Titel hier besondere Bedeutung?

Dann wäre da Madeleine. Sie ist von sanfterem Gemüt. Ihre Jugend macht sie unbedarfter. Mit etwas List könnte ich sie als Freundin gewinnen. Doch ihre pflichtbewusste Art hat mir gezeigt, wie stark sie dem Unternehmen verpflichtet ist.

Bleibt Pedro. Pedro Rodriguez. Über ihn weiß ich bisher wenig, doch wir hegen eine natürliche Sympathie für den jeweils anderen.

Im Badezimmer drehe ich mir die Haare zu einem Knoten. Nur kürzere Härchen kringeln sich in meinem Nacken und vor meinen Ohren. Lange betrachte ich mich, die blauen Perlen an meinen Ohrläppchen. Sie haben die Farbe meiner Augen. Die Farbe der Augen meiner Mutter. Die Farben des Himmels und der See, wenn sie abends nahezu eins werden. Mir ist, als erblicke ich eine Fremde. Ich versuche abzuschätzen, ob Aron recht hat – ob ich wissen muss, wie attraktiv ich bin. Ich schätze, es hängt vom Geschmack des Betrachters ab, wie so viele Dinge. Ich blinzle mir selbst zu, etwas träge wie eine rot getigerte Katze, die sich im Spiegel betrachtet. Der Versuch zu lächeln fühlt sich an, als müsse ich gegen eine Kiefersperre ankämpfen. Das muss ich üben. Pedro darf keine Falschheit merken.

Beim Frühstück treffe ich ihn nicht an. Aron saust vorbei, klatscht mir Schüssel und Tasse vor die Nase und verschwindet wieder. Möglicherweise hat er erreicht, was er wollte, denke ich mir, als ich den Löffel lustlos in den Mund schiebe. Erdbeerjoghurt. Dieses Zeug hat garantiert noch nicht einmal eine Erdbeere durchs Fernglas gesehen. Mr Carter wollte, dass Aron mich zum Essen bringt. Und ich esse.

Jeden Augenblick verbringe ich in Angst, ich könnte die bohrenden Fragen vergessen, die mich meine Umgebung hinterfragen lassen. Währenddessen spiele ich das Urlaubsspiel mit und trage mich aus Mangel an Interesse und Motivation erneut für Badminton ein. Ich sitze am Pool, blicke in die Ferne, beobachte das Glitzern der Wellen und die Fäden an Wolken, die sich am Himmel verstreuen. Jedes Mal, wenn eine Möwe über mich hinwegfliegt, grüße ich sie gedanklich. Für mich ist sie immer dieselbe. Und das Meer, die bunten Farben, der Geruch von Salz und Sonnencreme – all dies fühlt sich wie Fernsehen an.

Nachmittags steht Federball an, mit bekannten und fremden Gesichtern gleichermaßen. Nach der Einheit zerstreuen sich die Urlaubsgäste. Madeleine unterhält sich kurz mit Céline, bis diese zum nächsten Kurs eilt. Eigentlich will ich duschen gehen, doch der Korridor lockt mich zur Hintertür. Meine Neugier treibt mich hinaus, möglicherweise erwische ich Aron beim Rauchen.

Als ich die Tür aufdrücke, schlägt mir die typische Geräuschkulisse entgegen. Vor mir erstreckt sich der unebene Grund, gespickt mit Löchern und spitzen Steinen. Napfmuscheln sitzen wie Warzen auf dem porösen Gestein. Violettblau klappen Muscheln ihre Münder auf, drängen sich an Wasserlachen, ihre Kanten rasiermesserscharf. Krebse huschen von einem Loch ins nächste.

Wenn ich es nicht besser wüsste.

Als mein Blick am Gebäude entlangschweift, entdecke ich ein Mädchen. Gertenschlank, es trägt die Kleidung der Angestellten. Einen dunklen Stiftrock und eine weiße Bluse. Sie lehnt zwischen Tür und Aschenbecher, ganz allein, der Wind spielt mit Haarsträhnen, die sich aus dem Knoten gelöst haben. Sie weint. Wie Bambi, das seine Mutter verloren hat.

Ich versuche den Kloß hinunterzuwürgen, der meine Kehle verstopft. Ich blinzle und bin mir unsicher, ob ich nicht träume. Kann es wahr sein? Oder gaukelt mir die goldene Welt etwas vor?

»Jackie?«, rufe ich aus. In meinen Ohren trägt der Wind meine Stimme weg, sodass ich gar nicht sicher bin, ob sie mich hört. Das Mädchen zuckt jedoch herum und erschrickt. Es sagt etwas, das ich durchs Pfeifen nicht verstehe.

Ich kneife die Augen zusammen, mit der Hand fahre ich unter mein Haar hin zu dem Knubbel, doch bevor ich darauf herumdrücken kann, peitscht das Mädchen herum, rüttelt an der Türklinke und zieht die Tür auf.

»Jackie!«, rufe ich und presse auf den Knubbel; viel fester als geplant. Einen Augenblick lang wird alles weiß. Ein Stich fährt durch meinen Kopf, das Meeresrauschen setzt aus. Ich mache einen Ausfallschritt nach vorn, doch da ich nichts sehe, drohe ich das Gleichgewicht zu verlieren. Ich taste nach der Wand, es setzt mich auf die Knie.

Flackernd kehrt meine Sicht zurück. Statt dem Kreischen der Möwen und dem Anrollen der Wellen vernehme ich nur das sachte Brummen einer Lüftungsanlage. Punkte rieseln vor meinem Sichtfeld, mit den Knien schramme ich über den Boden, versuche mich an der Wand emporzuziehen. Endlich findet mein Blick die Hintertür. Sie ist verschlossen. Niemand steht beim Raucherplätzchen.

Gedankenverloren kehre ich zurück. Erst in der weißen Welt bemerke ich, dass Schweiß auf meinem Polo-Shirt Flecken hinterlassen hat. Die Intensität meines Körpergeruchs ist mir unangenehm.

Ich fahre daher auf mein Zimmer, um zu duschen, und frage mich währenddessen, wie ich herausfinden kann, ob ich die verschwundene

Tochter meiner Zimmernachbarn tatsächlich gesehen habe. Vor deren Tür bleibe ich stehen.

Johnson, verrät mir der Screen an ihrer Tür. Die Johnsons also. Typische amerikanische Vorstadtfamilie. Vorsichtig klopfe ich an, doch kommt niemand an die Tür. Enttäuscht kehre ich in mein Zimmer zurück und schäle mich aus der verschwitzten Kleidung.

Als ich die Dusche verlasse, steige ich über zusammengeknüllte Sportkleidung hinweg. Mein Blick gleitet zu dem Koffer, der endlos frische Wäsche zu beherbergen scheint. Ich bücke mich nach dem Polo-Shirt und hebe es auf. Eine Weile starre ich es nur an, dann verkrampfe ich meine Finger um den Stoff, und mit einem Ruck reiße ich ein Loch hinein. Vorsichtig lege ich es auf meinem Sessel ab.

Ich schlüpfe in ein Kleid und Sandalen und fahre hinab zur Rezeption. In der weißen Welt fühlt sich mein Auftreten so falsch an, doch ich muss mich an den Anblick gewöhnen. Wenn ich stets in die goldene Welt ausweiche, um mich besser zu fühlen, was unterscheidet mich von den restlichen Urlaubern? Also ertrage ich die klinische Reinheit, den Geruch von Kunststoff und Putzmitteln, das absurde Auftreten von Menschen in Badekleidung, die hier so deplatziert wirken. Ich entdecke Madeleine an der Rezeption, die nach dem Federballmatch ebenfalls duschen gewesen sein muss, denn aus ihrem ordentlichen Dutt lösen sich feuchte Härchen. Sie hebt den Kopf, als ich herantrete. »Frau Kern«, spricht sie mich an. »Hat es Ihnen heute Spaß gemacht?«

Ich nicke und beschließe, ihr zu schmeicheln, sie zu duzen. »Ich dachte nicht, dass mir Federball so gut gefallen würde. Du spielst sehr gut. Wo hast du es gelernt?«

Zögerlich hebt Madeleine die Schulter. »Hier«, sagt sie. »Und … in der Freizeit. Meine Mutter hat häufig mit mir gespielt. Sie ist … war sehr sportlich.«

Ich setze das mütterlichste Lächeln auf, das ich zustande bringe. »Ich freue mich bereits, wenn ich den Federball einige Male zurückschlagen kann. Aber du und dieser andere Gast … wie hieß sie noch mal?«

»Céline«, weiß sie auszuhelfen.

»Ihr spielt fast schon professionell.«

Ich beiße mir auf die Zunge. *Fast* möchte niemand hören, genau wie *ganz nett* die kleine Schwester von Scheiße ist.

Madeleine lächelt unsicher und zuckt mit den Schultern. »Mag sein«, sagt sie nur. Um ihre Befangenheit zu überspielen, wechselt sie das Gesprächsthema. »Kann ich Sie vielleicht für andere Kurse begeistern? Wir wollen diese Woche wieder Fortbildungskurse anbieten. Möglicherweise ist etwas für Sie dabei?« Sie nestelt nach einer Broschüre.

Ich verstehe nicht, warum Madeleine so abweisend auf meine Komplimente reagiert. Eigentlich wollte ich ihr eine Freude machen, mich bei ihr einschmeicheln. Durchschaut sie meine Absichten? Oder ist es Bescheidenheit?

Die Broschüre fächert sich vor mir auf. In der weißen Welt steht, wie üblich, gar nichts darauf geschrieben. »Danke«, sage ich daher nur und nehme die Zettel entgegen, die sich so merkwürdig anfühlen. Genau wie die Gläser im Restaurant. Unkaputtbar.

Wieso darf hier nichts kaputt gehen? Warum drucken sie nicht einfach jeden Tag eine neue Broschüre aus?

Nachdenklich gleitet mein Blick über das vermeintliche Papier, Madeleine scheint sich damit zufriedenzugeben. »Vielen Dank, Madeleine«, sage ich nur. Bis sie mich nicht duzt, habe ich ihr Vertrauen nicht errungen. Doch neben Pedro sollte ich mir weitere Optionen offenhalten.

Ich wünsche ihr einen schönen Nachmittag und wandere nach draußen ab. Ich habe Pedro bereits einmal an einem der Stände gesehen, die Getränke und Eis anbieten. Also klappere ich einen nach dem anderen ab. Die Menschen sitzen an kleinen Tischen oder tragen Schlacke in Bechern davon, Kinder schlecken an grauen Eislutschern. Mein Blick wird von einem kleinen Wonneproppen abgelenkt, der an der Hand seines Bruders die halbe Eiskugel verliert.

Am liebsten würde ich allen erzählen, was ich sehe. Doch wer würde mir schon glauben, solange er ganz von der goldenen Welt gefangen gehalten wird? Der Junge zieht das Geschwisterchen weiter, als ich sie zu penetrant anstarre.

Drei vermeintliche Eisbuden marschiere ich ab, bis ich Pedro finde. Ich versuche, einen ungehetzten Eindruck zu vermitteln und winke ihm unsicher zu, als er sich an der Theke umdreht. Auf seinen

Lippen spannt sich ein breites Lächeln. »Señora Kern!« Er scheint sich ehrlich zu freuen. Ich erklimme einen Hochsessel direkt an der Bude.

»Nennen Sie mich doch Alice«, biete ich ihm an. »Wie geht es Ihnen heute?«

Er spricht Englisch, ich antworte auf Deutsch, es funktioniert gut. Wir quatschen unverbindlich, und was mir bei Madeleine nicht gelingt, erreiche ich bei Pedro innerhalb eines Nachmittags – wir sprechen einander mit Vornamen an und ich kitzle sogar etwas über seine Hintergründe heraus. Seine Familie stammt ursprünglich aus Mexiko, doch sei sie in die USA eingewandert. Er sehe sich als Amerikaner. Auf meine Frage hin, wieso er hier arbeite und woher er so gut Deutsch spreche, lacht er nur. »Ich bin auf eine deutsche Schule gegangen«, sagt er nur und sieht mich nicht an, während er mir ein Getränk mixt, das eine Piña Colada sein soll. Mir entgeht nicht, dass er in einem Mörser eine Art Tablette zerstampft. Schwer schlucke ich, als er mir das Getränk zuschiebt. »Auf eine deutsche Schule?«, wiederhole ich dünn.

»Meine Familie wollte mir alle Möglichkeiten offenhalten. Sprachen überwinden Grenzen.«

Es ist dasselbe, was Aron gesagt hat. Und ich bin mir ziemlich sicher, befände ich mich immer noch in meinem deliriösen Zustand der ersten Tage, es würde mir gar nicht auffallen. Es handelt sich um eine Ausrede.

Pedro Rodriguez. Céline Dion. Madeleine. Aron. Die Johnsons. Ich bin die einzige deutschsprachige Person von allen, die ich bisher kennengelernt habe. Ich streiche mir über die Lippen.

»¡Chinchín!« Pedro hebt ein Glas mit grauer Schlacke hoch und prostet mir zu. Ich habe die Tablette nicht vergessen, genauso wenig wie Arons Warnung. Um ehrlich zu sein, enttäuscht mich Pedro mit dem Versuch, sie mir unterzujubeln. Klappernd stoßen unsere Gläser gegeneinander. Meine Gedanken rasen und ich überlege, ob ich so tun soll, als ob ich trinke, als eine Frau neben mir an die Bar tritt. Blitzgeschwind drehe ich mich zu ihr um. Als ich gegen sie stoße, tue ich so, als rutsche mir das Glas aus den Fingern. Scheppernd fällt es zu Boden, der Inhalt leert sich über die grauen Fliesen.

Ich stammle Entschuldigungen und rutsche vom Sessel, um das Glas aufzuheben, das heil geblieben ist. Vorsichtig hebe ich das Gefäß an und betrachte es, lediglich einen kleinen Kratzer hat es abbekommen. Meine Vermutung, dass es nicht aus Glas besteht, erhärtet sich.

»Noch mal Glück gehabt«, sagt Pedro und bückt sich mit einem Lappen neben mir, um aufzuwischen. Er ringt mir das Glas aus den Fingern. »Nicht dass sich jemand die Sohlen aufschneidet!«

Ich entschuldige mich einige Male, doch er nimmt es mit einem gelassenen Schulterzucken hin. Der Dame serviert er den restlichen Cocktail, die glücklich damit abzieht.

»Wir sehen uns dann beim Abendessen, schätze ich?«, hake ich nach.

Gutmütig nickt er.

Der Abend behauptet, Krenschaumsuppe mit Räucherfisch, Coq au vin mit Gratin dauphinois und Mousse au Chocolat mit kandierten Whiskey-Orangenfilets aufzubieten. Ich ringe mich dazu durch, die Wahrheit dahinter zu sehen, die mir Aron schweigend serviert. Ich habe das Gefühl, einen Fehler begangen zu haben, indem ich ihm vertraut habe. Zumindest irgendeine Art der Wahrheit hätte mich hinter der schwarzen Tür erwartet.

Stattdessen kaue ich an der eigenartigen Nahrung herum und bemühe mich um Pedros Unterhaltung. Als dieser abserviert, merkt er nicht, dass ich den Dessertlöffel in meinem Ärmel habe verschwinden lassen.

Zurück auf meinem Zimmer bemerke ich, dass jemand meine schmutzige Wäsche weggeräumt hat. Im Koffer erwartet mich wie jeden Morgen Frischwäsche, fein säuberlich zusammengefaltet. Ich untersuche mein Sportgewand. Das Loch fehlt. Also hebe ich das Gepäck von der Klappe, die sich silbern in den Teppich fügt, und versuche mit dem Löffelstiel zwischen die Spalten zu gelangen.

Da, ein Klicken!

Die Zungenspitze späht vor Anstrengung ein Stück zwischen meinen Lippen hervor. Ich übe mehr Druck aus, der Löffelstiel biegt sich unangenehm – da springt die Klappe auf.

Eine Art Behälter erwartet mich. Und darin, fein säuberlich zusammengelegt, liegt frische Wäsche.

Vorsichtig ziehe ich ein Kleid hervor. Es hat genau denselben Schnitt und dieselbe Größe wie das, das sich bereits in meinem Koffer befindet.

Ein weiteres Set. Identisch mit allem, was ich besitze. Austauschbar wie Plastikbesteck und ein Pappteller.

Austauschbar wie jedes Mahl.

Austauschbar wie jeder Tag.

Wir alle sind gleich.

Kapitel 17

Ein Rattern reißt mich aus dem Schlaf. Automatisch grapsche ich nach etwas auf dem Nachttisch, eins der schneeweißen Bücher, auf deren leeren Seiten in der goldenen Welt täglich neue Lektüre eingeblendet wird. Wie eine Waffe reiße ich es zur Seite, in Erwartung eines weiteren Eindringlings wie Doktor Magyar – doch ich bin allein.

Ich lasse das Buch auf die Decke fallen und knipse das Licht an. Spärlich gelb versucht es, die künstliche Nacht zu vertreiben, färbt die Stimmung grünlich. Es fröstelt mich, nicht nur vom Verfolgungswahn, der mein Herz lautstark gegen meinen Brustkorb pochen lässt – die Luft ist merkwürdig kühl. Die Vorhänge zucken ganz leicht, obwohl das Fenster geschlossen ist. Das Rattern dringt hinter der Scheibe hervor, ein dumpfes Röhren wie von einer kaputten Waschmaschine.

Ich rutsche unter dem Laken hervor und gleite zum Fenster, packe den Griff und ziehe es auf. Frostig schlägt mir der Wind entgegen. Gänsehaut überzieht meinen Körper. So kalt war es hier noch nie.

Ich schlüpfe in eine dünne Weste; mehr hat mein Koffer nicht zu bieten. Wir machen hier schließlich Urlaub auf einer tropischen Insel; wer erwartet da, eine Winterjacke in seinen Sachen vorzufinden? Die Bettdecke um die Schultern gerafft, die bloß aus einem Tuch besteht, stecke ich den Kopf aus dem vermeintlichen Fenster in den Schacht hinein. Eisig streift die Luft mein Gesicht. Wüsste ich es nicht besser, könnte man meinen, der Winter wäre angebrochen.

Der Schacht führt ein Stück weit geradeaus, gerade mal anderthalb Meter. Dann knickt er nach oben ab. Das Scheppern hallt metallen durch seinen Korpus. Ist etwas darin kaputt gegangen?

Und wohin führt der Schacht überhaupt?

Ich schlüpfe in Leinenschuhe, stopfe die Hosenbeine in die Socken und schalte die Lichter im Zimmer an, die mir zur Verfügung stehen. Mit ihnen als Beleuchtung erklimme ich die Fensterbank und stecke vorsichtig den Fuß hinaus.

Mit der Schuhspitze ertaste ich das Blech. Unnatürlich laut hallt das Geräusch wider, als ich auftrete. Ich zucke zusammen, halte den Atem an, lausche. Hat mich jemand gehört? Stürmen gleich die Mitarbeiter mein Zimmer? Werden sie glauben, ich versuche mich aus dem Fenster zu stürzen? *Was für ein Wunder ein Urlaubsgast erleben muss, wenn er es versucht,* denke ich mir. Er steht auf der Fensterbank, guckt in die mit gelben Sonnenschirmen gesprenkelte Tiefe – und schlägt sich den Bruchteil einer Sekunde später nur die Knie auf.

Ach Alice, seufzt meine innere Stimme. *Du hast doch auf den Klippen nichts anderes gemacht.*

Ich verdränge den Gedanken daran. Selbstmord? War es wirklich ein Versuch, mein Leben zu beenden? *Nein,* rede ich mir ein und stemme mich von der Fensterbank. Du wolltest nur etwas Echtes spüren.

Die Schachtwand gibt unter meinem Gewicht leicht nach, doch sie hält. Dennoch kostet es mich einiges an Überwindung, loszulassen.

Angespannt setze ich einen Schritt vor den anderen. Der Lüftungsschacht ächzt, meine Nackenhärchen stellen sich auf. Falls er durchbricht, ist kaum zu sagen, wie lange oder wohin ich fallen werde.

Ich ertaste die Wand und werfe einen Blick nach oben. Das Licht meines Zimmers wird ein Stück weit gespiegelt, doch dann verschluckt es die Finsternis. Ich lecke mir über die Lippen, taste das Metall nach Widerstand ab, doch finde keinen. Also gibt es nur eine Möglichkeit – ich muss mich dazwischenstemmen.

Mein angestrengtes Grunzen wandert unwirklich durch den Lüftungskanal und mischt sich mit dem Rattern in der Ferne. Es kostet mich mehrere Anläufe, bevor es mir gelingt, mich in die nach oben führende Röhre zu zwängen. Die Sohlen meiner Schuhe quietschen, als ich mich bemühe, mich Stück für Stück weiterzustemmen. Meine Weste verrutscht, meine Haut klebt unangenehm an der Rückwand. Schnaufend schiebe ich mich empor, Handbreit um Handbreit, hinein in die Dunkelheit – als ich mir den Kopf stoße.

Weit bin ich nicht gekommen. Zweieinhalb oder drei Meter über mir blockiert ein Gitter den Weiterweg. Ich blinzle in die Finsternis empor, erkenne im Restlicht nur schmale Schlitze, aus denen mir die eiskalte Luft entgegenpustet. Lippen, Ohren und Finger fühlen sich bereits klamm an.

Ich rücke mich zurecht, gehalten von meiner Körperspannung – und löse vorsichtig die Hand von der Rückwand. Ich fummle über das Gitter, doch es fügt sich nahtlos in den Schacht ein. Die Schlitze sind nicht dick genug, als dass ich die Finger hindurchzwängen könnte. Keine Schrauben kann ich entdecken, die ich öffnen könnte. Nur eine Gravur sticht hervor.

Ich kann sie in der Finsternis nicht erkennen, daher fahre ich sie mit den Fingerspitzen nach.

K

Meine Bauch- und Beinmuskulatur rebelliert, meine Brust schmerzt vor Anspannung, doch ich wiederhole den Akt, zwei, drei Male.

K-E-

Was …?

Kann das sein?

K-E-R-N?

Spinne ich?

Mein Bein zittert so stark, ich weiß nicht, wie lange ich mich hier drinnen halten kann. Und wenn ich abstürze, dann kracht es hier so richtig.

Mit einem Schnaufen rutsche ich also herab. Das letzte Stück muss ich springen; obwohl es nur ein paar Handbreit sind, dröhnt der Laut wie ein dumpfer Gong durch das Lüftungssystem.

Mein Herz spurtet los und ich ebenfalls. Rasch ziehe ich mich über die Fensterbank, drücke den Flügel zu, strample die Schuhe von den Füßen und schalte die Lichter aus. Mit klopfendem Herzen liege ich im Bett und warte, ob jemand kommt. Doch außer dem fernen

Rattern und dem eiskalten Pfeifen, das durch die Fensterritzen zieht, ist nichts zu hören.

KERN? Mein Name? Kann das denn sein? Oder ertaste ich nur, was ich ertasten will? So wie wir automatisch Gesichter in Dingen sehen, weil wir darauf programmiert sind? Jesus auf einer Toastscheibe? Eine Fratze in Baumrinde? Abgesehen davon ist Kern nicht nur ein weit verbreiteter Name, sondern könnte auch für andere Begriffe stehen. Kirschkerne, Atomreaktorkerne, Kernzonen, Kernseife. Kernthema, kerngesund, Kernfäule.

Das Laken bis zum Kinn gezogen, überlege ich, wie ich an ein Leuchtmittel komme, dass ich in den Schacht mitnehmen kann. Eine Taschenlampe vielleicht.

Oder Arons Feuerzeug.

Während ich grüble, kriecht die Kälte durch meine Zehen in meinen Körper und breitet sich dort aus. Ich hole mir ein zweites Paar Socken, eine Ersatzhose und ein weiteres T-Shirt, die ich mir überziehe, doch es hilft nur wenig. Denn während ich so liege und meine Gedanken ganz im Schacht sind, übersehe ich das eigentliche Problem.

Es wird noch kälter.

Kapitel 18

Die Kälte weckt mich wiederholt auf. Ich döse zwei, drei Stunden, bevor ich nach dem Knubbel hinter meinem Ohr fummle – meine einzige Möglichkeit, den Tag in Zeitetappen zu gliedern. Aus dem Schacht aka durch das Fenster blitzt das Morgenorange. Die wiegenden Palmen am Felsstrand bilden einen krassen Gegensatz zu der Kälte, die mein Zimmer erfüllt. Ich spüre meine Zehen kaum und beschließe, mir eine Runde die Füße zu vertreten, in der Hoffnung, mich wieder aufzuwärmen, und ich überlege, was ich an der Rezeption sagen soll, damit sie es wieder in Ordnung bringen, ohne dass ich auffalle.

Als ich das Zimmer verlasse, begegne ich der Familie Johnson von gegenüber. »Guten Morgen«, grüße ich und stopfe die Hände unter die Achseln im erbärmlichen Versuch, sie zu wärmen. Auch hier draußen ist es überraschend kalt. Ich bemerke, dass die Johnsons dicker angezogen sind als üblich. Weder Badehose noch Schwimmnudel tragen sie bei sich.

Der kleine Timmy erinnert mich an eine Mumie – seine Mutter hat ihn in so ziemlich jedes Kleidungsstück gewickelt, das der Koffer hergibt.

»Guten Morgen, Nachbarin«, grüßt die Mutter zurück. Sie wirkt schlapp und mit unser beider Augenringe könnte man Besuchsgebühr für den Grand Canyon verlangen. »Wir hatten eine schreckliche

Nacht. Die automatische Temperaturregulierung unserer Klimaanlage ist wohl kaputt gegangen!«

Ich runzle die Stirn und streiche mir eine Strähne aus dem Gesicht. »Ich dachte, das wäre nur bei mir so.«

Mr Johnson schüttelt den Kopf. »Das Warmwasser ist ausgefallen. War eine sehr belebende Dusche, wenn man's so sagen will.« Er sucht Blickkontakt mit seiner Frau und setzt einen Kämpferblick auf. »Der Manager bekommt jetzt was von mir zu hören!«

»Oder die Managerin«, verbessert ihn seine Gattin.

»Oder die Managerin«, brummt er und stapft wie ein Bär Richtung Aufzug.

Ich folge ihm mit kurzen Schritten, während der Junge seine Mutter am Kleid zupft, dessen Saum unter einer Bluse hervorsteht, und wimmert, dass ihm kalt sei.

Der Vater lässt mir den Vorzug, ich aktiviere den Knopf. Unten sind wir nicht die Einzigen, die sich vor der Rezeption reihen. Überwiegend Männer wettern, einzelne Damen schließen sich an. Eine Art Rudelmentalität entsteht, mit der sie wie Wölfe auf Madeleine losgehen, weil diese es sich duckend bieten lässt. »… es tut mir wirklich leid …!« Ihre Stimme kommt kaum gegen den allgemeinen Rummel an.

Mrs Crab hingegen bleibt robust, wie es sich für eine Krabbe gehört. »Das ist eine Kaltfront, meine Damen und Herren! So gern ich Einfluss aufs Wetter hätte, das liegt doch in Gottes Hand.«

Jemand bekreuzigt sich. »In Gott vertrauen wir.«

Unsicher beiße ich die Zähne zusammen. Wenn das Problem nicht nur bei mir herrscht, sondern im gesamten Komplex …

»Die Küche ist bereits dabei, Warmgetränke für Sie vorzubereiten!«, ruft Madeleine mit hoher Stimme. »Wir bitten um Geduld.«

Die Traube drängt sich enger um sie. Es ist empirisch erwiesen, dass sich der Wolf immer das schwächste Glied der Schafsherde aussucht, um es zu reißen. Das Gleiche gilt für Kunden und Mitarbeiter im Kundendienst.

Mein Blick gleitet zur Glastür. Dahinter strahlt das Himmelsblau wie eh und je, die Sonne steht einen Fingerbreit über dem Horizont. Unter normalen Umständen würden sich bereits die ersten Urlaubsgäste an den Pools tummeln.

Ich reibe die Lippen übereinander und verlagere meine Aufmerksamkeit vom Tresen zur großen Doppeltür, aus der Angestellte spurten. Sie schieben Container auf Rollwagen Richtung Restaurantbereich.

»Meine Frau und mein Sohn frieren schrecklich!«, ruft Mr Johnson vor mir und drängt sich an die mit Goldband umfasste Theke. »Sie müssen hier doch Decken haben!«

Mrs Crab spitzt die Lippen. »Ich muss zugeben, das ist das erste Mal, dass es bei uns so kalt wurde. Wir werden sehen, was sich machen lässt. Bitte gehen Sie zu den Ihnen zugeteilten Restaurantbereichen, damit wir alle mit heißen Getränken versorgen können.«

Mr Johnson bläst die Wangen auf und wirkt einen Augenblick lang, als wolle er wüten, doch ein anderer Vater/Ehemann kommt ihm zuvor, weswegen er sich grummelnd abwendet und zum Aufzug zurückstapft. Mir kommt in den Sinn, dass ich noch nie einen zweiten Restaurantbereich als unseren gesehen habe, also husche ich ihm hinterher.

Mr Johnson ignoriert mich, drückt einen goldenen Knopf und der Aufzug setzt sich in Bewegung. Wir halten auf unserer Ebene. Frau und Kind stehen nach wie vor zwischen Tür und Angel. Verärgert winkt er ihnen, herzukommen. »Es ist eine Kaltwetterfront!«, ruft er durch den Gang. »Lass uns Tee trinken gehen, der wärmt uns auf. Die Angestellten suchen nach Decken.«

Die Mutter nimmt den Sohn an der Hand, der sich wie eine zusammengeknotete Mumie nur mit winzigen Schritten fortbewegen kann. Der Zipfel schleift hinterher. Diesmal übernimmt Mr Johnson das Kommando, er drückt das Panel. Der Aufzug surrt, und wir halten kurze Zeit später.

Das Kindergeschrei dringt bereits durch die geschlossenen Türen. Als sich diese öffnen, dehnen sich die Geräusche zum vollen Volumen aus.

Irritiert blinzle ich. Obwohl es mich wiederholt in den Familienbereich der Pools gezogen hat, erschlägt mich die Aufregung hier in Summe doch. Mr und Mrs Johnson scheinen komplett immun gegen die Geräuschkulisse zu sein, sie schleifen ihren Sohn über die Kabinenschwelle.

Familien mit Kindern in allen Altersstufen tummeln sich rund um eine weitere Rezeption, die von anderen Mitarbeitern besetzt wird sowie einem identisch auslaufenden Speisesaal. Trotzdem herrscht hier ein anderes Klima – eine wilde Aufregung, die man nur versteht, wenn man sich selbst mal um den Verbleib eines Kindes gesorgt hat.

Mütter schaukeln Kinder auf den Armen, andere haben sich in Sitzecken zurückgezogen und stillen. Im Restaurant wackeln Kleinkinder in ihren Hochsesseln, kreischen nach Aufmerksamkeit und nuckeln an Schnabeltassen mit Tee oder warmer Milch, anderen wird Brei in die Bäckchen geschoben. Zwei Männer umarmen sich, ihr Kind zwischen ihnen, um ihm Wärme zu spenden.

Dort, wo bei meiner Rezeption der Bereich für Indoor-Aktivitäten liegt, entdecke ich eine Spielelandschaft mit poolgroßem Bällebad, Kletterwald und Rutschen, die sich von Podesten kringeln.

Zögerlich folge ich der Familie Johnson, die sich bei der Essensausgabe anstellt. Ich muss an Jackie denken, daran, dass ihre Mutter meint, sie hätten sie zu Hause gelassen. Daran, dass ich glaube, sie hinter dem Hotel gesehen zu haben.

Wer von uns beiden glaubt besser?

Ein Mitarbeiter drückt mir einen Kinderbecher mit Tee in die Hand. Ich wärme mir daran die Finger, trinke jedoch nicht davon. Arons Anweisung steht an die Innenseite meines Schädels geritzt.

Ich lasse den Lärm auf mich wirken. Sollte ich nicht froh sein, dass man mich in einen ruhigeren Abschnitt verbannt hat, fern von grellbunten Spielsachen, gehetzten, übermüdeten Eltern und Kindern, die einem ständig vor die Füße laufen?

Ein Neugeborenes schreit.

Ich kann nicht sagen, woher ich das weiß – aber ich kann den Klang unterscheiden, der es von älteren Babys unterscheidet. Es zieht in meiner Brust. Unauffällig taste ich danach. Es fühlt sich an wie ein Krampf, das Atmen fällt mir mit einem Mal schwerer. Suchend blicke ich mich um, kann Mutter und Baby jedoch nicht im schallenden Lärm ausmachen.

Ich trete die Flucht an, hin zu den Türen, die ins Außenareal führen. Ich brauche frische Luft – oder wie auch immer man es nennen mag.

Ich dränge mich durch die Glastüren, die Geräusche dämpfen ab. Im Hintergrund plinkert Kindermusik aus den Lautsprechern. Meine Schritte tragen mich über die Ebene, bis diese in Stufen abfällt – unter mir breitet sich das Familienpool-Areal aus, wo ich bereits einige Zeit verbracht habe.

Nur vereinzelt bewegen sich Gestalten über die Ebenen, niemand ist im Wasser zu sehen. Über das Außenareal kehre ich zu meinem Bereich zurück. Auf dem Weg begegne ich einigen Mitarbeitern, die sich aufgeregt unterhalten. Als sie mich kommen sehen, stehen sie stramm und setzen ein falsches Lächeln auf. Lächeln wie Plastiktüten, die vor ihren Gesichtern flattern.

Auch drinnen werde ich der Anspannung unter den Mitarbeitern gewahr. Madeleine verbirgt an der Rezeption den Mund hinter ihrer Hand, Strähnchen sind aus ihrer Frisur gerutscht. Pedro erwartet die Gäste meines Restaurantbereichs, indem er mit müden Bewegungen Tee ausschöpft. Mrs Crab scheucht Mitarbeiter und Gäste mit bestimmten Reden dorthin, wo sie sie haben möchte. Aron und einige Kollegen marschieren mit gefalteten Laken in den Armen herbei und teilen diese unter den Leuten aus. Später kommen Damen und Herren, die ich für Reinigungskräfte halte. Sie schieben Wägelchen mit zusätzlicher Kleidung herbei. Die Gäste stürzen sich darauf. Doch der Stoff bleibt dünn, für den Sommer gemacht. Man kann nur hoffen, genügend Zwiebelschichten zu erwischen.

Ich sitze mit dem Rücken zur Wand des Restaurantbereichs und hoffe, dass Aron mir etwas zu trinken bringt. Gleichzeitig fühle ich mich schuldig, dass ich seine Aufmerksamkeit bei all der Aufregung auf mich bannen möchte.

Es ist das erste Mal, dass ich meine drei Grazien von Kopf bis Fuß bekleidet begegne. Statt Cocktails schlürfen sie Tee. Die Blonde – Miss Piggy – fragt Pedro nach einem Extraschuss.

Ich rücke mich gerade, als sich die Küchentüren öffnen und ausgerechnet Mr Carter herauskommt. Sein herrschaftlicher Auftritt mit den akkurat gebügelten Bundfalten in den Hosen, seine groß gewachsene Gestalt, der eindringliche Blick und die scharf geschnittenen

Wangenknochen bringen die Mitarbeiter zum Spurten und dämpfen die Stimmen der aufgeregten Gäste.

Vor der Rezeption baut er sich auf. Er könnte tatsächlich ein Colonel sein, finde ich.

»Liebe Gäste, bitte entschuldigen Sie die Unannehmlichkeiten.« Sein Gesicht bleibt dabei bar jeglicher Emotion. »Wir können zwar nicht das Wetter beeinflussen, aber wir bemühen uns, für Ihren Komfort zu sorgen, soweit es möglich ist. Unsere Techniker arbeiten daran, die Klimaanlagen auf den Zimmern abzudrehen, eventuell ist es möglich, sie zum Heizen zu animieren. Um nicht unnötig Wärme und Energie zu verschwenden, würde ich Ihnen raten, sich vor allem als Familien auf den Zimmern aufzuhalten. Sie können jederzeit nach unten kommen und sich etwas zu trinken oder zu essen holen.«

Gemurmel wird laut. Ich runzle die Stirn. Was geht hier vor sich?

Ich fummle unter mein Haar, stelle sicher, dass ich gut sitze, und spiele mit dem Knubbel unter meiner Haut, bis der zitronenreine Geruch der weißen Welt in meine Nase kriecht. Wie sich herausstellt, unterscheidet sich die Situation hier kaum. Erste Gäste, vor allem Paare, ziehen sich Richtung Aufzug zurück. Mein Blick gleitet von Pedro, der unglücklich dreinsieht und weiter Tee – oder zumindest warme Schlacke – ausgibt, hinüber zum Zugang, wo Aron mit Bobby spricht. Beide wirken gereizt. Bobby zieht schließlich ab.

Aron lehnt sich mit dem Rücken gegen die Wand, verschränkt die Arme vor der Brust und beobachtet die Leute. Unsere Blicke treffen einander, kurz halten wir daran fest, dann wendet er sich ab.

Schließlich fasse ich meinen Mut zusammen, stehe auf und gehe zu ihm. »Was geht hier vor sich?«, frage ich ihn leise.

Er mustert mich. »Glaubst du mir, wenn ich dir sage, dass ich keine Ahnung habe?«

»Nein.«

Gleichmütig zuckt er mit den Achseln. Mein Problem also.

Ich balle die Hände zu Fäusten. »Ich hätte dir …« … nie vertrauen sollen. Durch die schwarze Tür gehen sollen. Ich verbeiße mir den Rest des Satzes.

Seine Augenbrauen kriechen nach oben.

»Kannst du mir dein Feuerzeug leihen?«, wechsle ich das Thema.

»Wie?«

»Dein Feuerzeug.«

»Wozu?«

Um die Gravur in einem Schacht zu lesen. Das verrate ich selbstverständlich nicht. »Einfach so.«

Er stößt ein Lachen aus. »Nein.«

»Bitte.«

Er lehnt sich heran. »Werte Frau Kern – abgesehen davon, dass es sich beim Feuerzeug um ein Erbstück handelt, wäre ich komplett verrückt, es bei dieser Wetterlage jemandem in die Hände zu geben. Wer weiß, was diesem Jemand noch einfällt.«

»Aron …«

»Versuche nicht, mich um den Finger zu wickeln. Was auch immer du mit Feuer vorhast – mir tust du damit keinen Gefallen.« Er stößt sich von der Wand ab und spaziert hinüber zur Ausgabe, um Pedro abzulösen. Der nickt ihm dankbar zu und dackelt schlaftrunken davon.

Ich beiße die Zähne zusammen. Von der Wäsche ist jetzt schon nichts mehr übrig. Ich folge dem Rat von Colonel Carter und kehre in mein Zimmer zurück. Je weniger Platz, desto weniger Luft, die ich mit meinem eigenen Körper wärmen muss, denke ich. Ich werfe die gesamte Wäsche auf mein Bett und wühle mich dazwischen wie ein Igel, der sich in einem Laubhaufen vor der Winterkälte schützt. Irgendwann müssen sie das Problem ja lösen.

Doch es kommt schlimmer.

Denn es wird kälter.

Kapitel 19

Die Kälte raubt mir den Schlaf. Nicht einmal die gesammelte Kleidung aus meinem Koffer inklusive Bettwäsche reicht aus, mich zu wärmen. Erneut greife ich zum Löffel, den ich hinter dem Kopfende versteckt habe, und stemme die Klappe unter meinem Koffer auf – doch sie erwartet mich leer. Keine Ersatzwäsche für diesen Tag. Wurde sie bereits an andere verteilt?

In der goldenen Welt schiebt sich die Morgensonne hinter dem Horizont hervor. Der Polarkälte zum Trotz lacht der Himmel blau. Die Idylle wirkt gehässig auf mich.

Mein Magen knurrt, und meine Hände und Füße tauen trotz Reiben und endlosen Runden wie ein eingepferchter Wolfshund nicht länger auf. Als erfrorener Geist wandere ich ins Bad, der Atem entkommt mir in Kondenswölkchen. Ich schraube am Wasserhahn. Die Leitung ächzt und entlässt ein lang gezogenes metallisches Jaulen. Kein Tropfen entkommt dem Auslauf – weder kalt noch warm. Was ist hier nur los?

Ich entriegle die Zimmertür und schiebe mich auf den Gang, als ein Knacken über mir ertönt. Ich blicke auf, doch in der goldenen Welt kann ich keinen Lautsprecher entdecken, höre nur das Rauschen, als der Ton einsetzt. Auf dem Weg zum Aufzug fummle ich an dem Knubbel hinter meinem Ohr. Meine Sicht flimmert.

»Sehr geehrte Gäste«, erklingt unvermittelt Mr Carters Stimme. »Wie es aussieht, ist die Schlechtwetterfront noch nicht durchgestanden. Wir haben bereits Hilfe von der nächsten größeren Insel angefordert. Unterstützung ist auf dem Weg. Wir bitten darum, Ruhe zu bewahren und auf den Zimmern zu bleiben, außer anders angeordnet. Wir wissen über das Problem der eingefrorenen Wasserleitungen Bescheid. Die Mitarbeiter sind bemüht, Eis in den Küchen aufzubereiten, dieses Wasser wird mit den Rationen ausgegeben. Sollte es durch geplatzte Leitungen in Ihren Zimmern zu Schäden gekommen sein, melden Sie sich bitte bei der für Sie zuständigen Rezeption.«

Als ich in die Aufzugskabine steige, fügt Mr Carter an, dass er befreundeten Familien empfiehlt, sich in Zimmern zusammenzuschließen. Wie Pinguine, die sich gegenseitig ihre Körperwärme spenden, denke ich.

Ich drücke den Daumen gegen das Panel. Nichts passiert. Ich versuche es erneut. Reibe mir über die steifen Finger. Vielleicht sind sie zu schmutzig, als dass das Gerät sie einlesen könnte?

Plötzlich setzt sich die Kabine in Bewegung. Es surrt, als sie sich hinabsenkt. Die Türen schieben sich auseinander und offenbaren einen Mitarbeiter, der verblüfft im Schritt innehält. »Frau Kern!« Ich habe ihn noch nie gesehen. »Bitte bleiben Sie auf dem Zimmer, wie die Anordnung von Co… Mr Carter lautet.«

Jetzt verstehe ich – mit meinem Fingerabdruck läuft nichts falsch. Sie haben mir die Berechtigung entzogen. »Sie sperren uns auf unsere Etagen ein?«, entfährt mir als Flüstern. Ich merke, wie der junge Mann versucht, mir den Ausgang mit seinem Körper zu verstellen. Rasch drehe ich mich an ihm vorbei. »Was, wenn wir Hilfe brauchen?«

»Es handelt sich nur um eine temporäre Maßnahme – bis wir hier unten alles unter Kontrolle haben …« Er setzt mir nach, als ich durch die Halle davonlaufe. Die Rezeption liegt verwaist da. »Frau Kern!«, ruft er mir nach.

Vor der Küche tummeln sich einige Mitarbeiter, die Tür schwingt auf und zu. Einen von ihnen erkenne ich. »Aron!«

Aron blickt auf. Er hat sich ein Geschirrtuch um den Hals geschlungen und schleppt zwei Kanister Richtung Aufzug. Er ist nicht der Einzige, der sich mit Küchentüchern beholfen hat. Andere Mitarbeiter schieben Wägelchen mit dampfenden Kesseln aus der Küche.

»Alice.« Aron blinzelt, als erwache er eben aus einem Traum.

»Was geht hier vor sich?« Ich trete nah genug heran, sodass ich die Stimme senken kann. »Aus den Wasserleitungen kommt kein Wasser mehr. Das ist doch keine Kaltwetterfront! Was ist hier los?«

Er blinzelt verzweifelt. »Es tut mir leid, Alice, ich habe dich ganz vergessen. Ich bringe dir nachher Nahrung, ich verspreche es dir. Aber jetzt muss ich …« Er will an mir vorbeipreschen, das Wasser in den Kanistern schwappt lautstark gegen die Kunststoffwände.

Ich halte ihn fest. »Bitte«, presse ich hervor. Unsere Blicke treffen einander, erstmals bar jeglicher Verkleidung, in die wir uns glauben, für den jeweils anderen hüllen zu müssen. Durch den schleierhaften Vorhang lese ich in seinen Augen eine ähnlich tiefgreifende Panik, wie ich sie verspüre.

Es muss ziemlich schlimm sein. Was auch immer hier vorgeht – es lässt Aron nicht unberührt.

Ich lasse ihn los. »Bitte vergiss mich nicht«, flüstere ich. »Ich habe lange nichts mehr gegessen und getrunken.«

Er schluckt deutlich. Ich will mich abwenden, da sagt er: »Warte hier.« Er stellt die schweren Kanister ab und eilt in die Küche. Kurze Zeit später kehrt er mit einem Päckchen zurück, das er aus einem Geschirrtuch geknüpft hat. Er drückt es mir in die Arme. »Hier.« Unsere Hände berühren einander, seine sind deutlich wärmer als meine. Zu meiner Überraschung packt er Ofenhandschuhe aus und stülpt mir diese über die tauben Finger. »Besser als nichts.« Einen Moment lang stehen wir so da, meine Ofenhandschuhhände in seinen. Er sieht mich nicht an. »Es ist wirklich ernst, Alice«, bestätigt er meine Vermutung. »Die Krankenstation ist voller Gäste, die an Unterkühlung leiden – vor allem Ältere und Kinder sind betroffen.«

»Lügt Mr Carter?«, frage ich. »Gibt es gar keine Hilfe? Sind wir auf uns allein gestellt?«

Er schüttelt den Kopf. »Unterstützung ist auf dem Weg. Wir müssen noch ein bisschen durchhalten.« Seine Miene drückt jedoch Zweifel aus.

Ein Ruf ertönt. »Aron!« Vom Aufzug winkt ihm ein älterer Mitarbeiter zu. »Ab zur Krankenstation!« Er entdeckt mich, setzt ein falsches Lächeln auf. Er gibt sich dabei so wenig Mühe, dass man es nicht einmal als Plastikbeutellächeln bezeichnen könnte – es wirkt nur noch wie eine Grimasse. »Frau Kern! Bitte kehren Sie auf Ihr Zimmer zurück – zu Ihrer eigenen Sicherheit. Wir verlautbaren, sobald die Essensausgabe startet.«

Als ich aus der Aufzugskabine steige, wird mir bewusst, dass ich hier oben eingesperrt bin. Das Gefühl drückt auf mich nieder. Ich wanke den Gang entlang, gefangen in meinen taumelnden Gedanken, und presse Arons Nahrungsbündel an mich.

Im fahlen Grau des Korridors kommt mir eine einsame Gestalt entgegen. Ich befinde mich einige Schritte von meiner Tür entfernt, als mich der Mann anvisiert. Er streckt den Finger aus und zeigt auf mich. »Sie!«

Automatisch halte ich an.

»Ich habe Sie im Familienbereich bei den Pools gesehen.«

Ich kann mich nicht an ihn erinnern. Sein aggressives Auftreten lässt mich zurückweichen. Gleichzeitig flüchtet mein Blick zu meiner Zimmertür, die Sicherheit verspricht. Ich holte tief Luft und beschließe, ruhig zu bleiben. »Es tut mir leid«, sage ich, »ich kann mich nicht an Sie erinnern.«

Er bleibt vor mir stehen. Er ist nicht sonderlich groß, doch besitzt das Auftreten eines Stiers, die Arme leicht angewinkelt, als wäre er auf der Suche nach Ärger. Ich halte seinem Blick stand. Wir sind hier zivilisierte Leute – sind wir doch? »Kann ich etwas für Sie tun?«

Abgehackt nickt er mir zu. Weiß-rosa Haut, das Haar kurz geschnitten, das Gesicht rot, als hätte er sich überanstrengt. Auf seiner Stirn wölbt sich eine dicke Ader. »Sie sind allein hier«, stellt er fest.

Ich runzle die Stirn. »Wie?«

»Ohne Mann, Frau oder Kinder.«

Ich öffne den Mund, doch weiß nicht, was ich entgegen soll.

»Geben Sie mir was von Ihrer Wäsche ab.«

Ein Stottern entringt sich mir. »W-was?«

»Ihre Wäsche. Sie sind eine Einzelperson, wir sind zu fünft. Wir brauchen sie dringender als Sie.«

»P-pardon, wenn ich nachfrage – Sie werden doch gewiss Wäsche für jeden von Ihnen auf dem Zimmer haben?«

Er reißt die Lider auseinander, die Nasenlöcher blähen sich – dem Stier gefällt die Entgegnung nicht. Ich weiche an ihm vorbei, hin zu meiner Tür. Er visiert mich an, als wäre ich ein rotes Tuch. »Sie sind allein!«, bellt er. »Wir brauchen mehr Wäsche, um uns zu wärmen!«

Mein Blick irrt über seine Erscheinung. Unter seinem Pullover schlagen Tücher Falten; ich vermute Geschirrtücher oder zusätzliche Kleidung, die die Mitarbeiter ausgegeben haben. In der Not wird der Mann zum Sammler. Er hortet alles, was er finden kann. Das Miteinander schlägt zum Gegeneinander um.

»Es tut mir leid«, sage ich so sanft wie möglich. Ich taste nach dem Fingerabdruck-Panel. »Ich kann Ihnen nicht weiterhelfen. Ich friere selbst fürchterlich.«

Er kneift die Lider zusammen. Tastet mich mit dem Blick ab. Er sucht nach etwas, was er mir vorwerfen kann. Und findet das Päckchen, das ich umklammere.

»Was haben Sie da?«, schnauzt er mich an. »Kriegen Sie Sonderrationen?«

Angsterfüllt reiße ich die Augen auf. Da mir auf die Schnelle nichts anderes einfällt, stammle ich: »I-ich leide an Zöliakie, einer Glutein-Unverträglichkeit. Daher werde ich mit speziellen Lebensmitteln versorgt.«

»So ein Unsinn!« Er reißt an dem Tuch, der Knoten löst sich. Das, was ich zu Boden kullern sehe, sieht aus wie Brötchen. Eine Wasserflasche kriege ich gerade noch zu fassen, da packt der Kerl den Flaschenhals und reißt mir das Gefäß aus der Hand. »Ha-ha!«, ruft er aus und reckt das Gefäß triumphierend in die Höhe. »Und wegen des Glutamats erschleichen Sie sich eine Sonderration Wasser?«

Ich klatsche nun heftiger gegen das Panel, die Türklinke bohrt sich in mein Kreuz. Er merkt die panische Bewegung. Endlich klickt es.

Sein Blick zuckt hoch. Ich rutsche rückwärts durch den sich öffnenden Spalt – da schlägt er gegen die Tür und sie knallt nach innen gegen die Wand.

Ich stoße einen Schrei aus und flüchte zurück. Der Mann stapft auf mich zu, die Ader an seiner Stirn pumpt. Sein Nasenrücken wirft vor Rage Falten.

Grob stößt er mich zur Seite. Ich pralle gegen die Mauer. Und da ist er bereits neben meinem Bett, grapscht sich die zerwühlten Laken, meine Kissen.

Ich springe vorwärts, packe ihn am Arm. »Lassen Sie das!«, rufe ich aus. »Ich muss doch auch leben!«

»Was interessieren Sie mich!«, schnarrt er und drängt mich zur Seite, packt den Kofferhenkel und zieht mein Gepäck hinter sich her. Ich erwische den Koffer und halte ihn fest, werfe mich damit auf die Knie. Wie zwei Wildhunde zerren wir an beiden Seiten. Tränen der Panik steigen mir in die Augenwinkel, doch er kennt sein Mitleid. Denkt nur an seine Familie.

Kannst du es ihm verübeln?, flüstert eine Stimme in meinem Hinterkopf. *Würdest du nicht alles für dein Baby tun?*

Ich habe kein Baby!

Meine Gedanken flattern, ich beiße die Zähne zusammen. Das Segeltuch rutscht mir durch die Finger. Seine Stirnader droht zu platzen. Verzweifelt versuche ich, erneut nach dem Koffer zu grapschen, da zieht er ihn mir aus den Armen. Der Deckel reißt auf.

Der Fremde stürmt zur Tür, und auf dem Weg zieht er eine Spur aus Wäsche nach sich. Ich raffe an mich, was ich zu fassen bekomme. Tränen strömen mir übers Gesicht, ich presse das Bündel aus Unterhosen, Blusen und Kleider an mich wie ein Neugeborenes.

Der Mann poltert aus meinem Zimmer. Er bückt sich und packt zwei Brötchen und das Wasser – alles, was er halten kann. Dann verschwindet er aus meiner Sicht und ich höre ihn nur noch in der Ferne davonpoltern.

Ich presse das Gesicht in die Kleidung und weine.

Kapitel 20

Es klopft an meiner Tür. Zunächst möchte ich es ignorieren. Mit allem, was mir geblieben ist, habe ich mich ins Bad zurückgezogen, in der Hoffnung, mein Körper könne die wenigen Kubikmeter Luft wärmen. Die Matratze zwischen Dusche, WC und Waschbecken gedrängt, grabe ich mich in die verbliebenen Reste meiner Kleidung. Ein Brötchen würge ich hinunter, nur wenige Bissen, die meinen Hunger anfachen, statt ihn zu stillen.

Das Klopfen wiederholt sich. Der Takt klingt zögerlich. »I-ich bin's!«, erklingt eine weibliche Stimme. »Von den Johnsons gegenüber! Sind Sie da?«

Der klägliche Ton lässt mich bibbernd aus der Wäsche steigen. Wie ein Geist tauche ich am Spiegel vorbei, blass mit bläulich gefärbten Lippen und violetten Ringen unter den Augen. Ich wünsche mir eine Türkette, als ich vor der Tür halte.

»Sind Sie allein?«, rufe ich durch die geschlossene Tür.

»Ja.«

Ich habe keinen Grund, ihr zu trauen. Es ist möglich, dass ihr Mann bereitsteht – neben der Tür gegen die Mauer gepresst – und nur darauf wartet, dass ich Dummchen öffne.

Du hast allerdings auch keinen Grund, ihr nicht zu trauen. Glaubst du an das Gute im Menschen? Oder gibst du dem Chaos nach?

Mit zusammengebissenen Zähnen entriegle ich die Tür. Im Türspalt erscheint Mrs Johnson. Ihr sonst gepflegtes Haar steht zerzaust ab. »Entschuldigen Sie, Frau …«

»Kern«, helfe ich nach. »Alice Kern.« Sie kennt meinen Namen nicht im Gegensatz zu den Mitarbeitern – ein weiterer Beweis, dass wir, die Gäste, anders sind. Wenn die Mitarbeiter die Pfleger sind, sind wir die Patienten?

Träumer, nannte uns Mr Carter. Momentan wünschte ich mir, ich wäre nie erwacht.

Mrs Johnson reibt sich die Hände. »Es tut mir leid, dass ich störe. Ich habe mich gefragt, ob Sie Kleidung erübrigen können. Mein Timmy …« Bei der Erwähnung des Namens bricht ihre Stimme. Tränen steigen ihr in die Augen. Sie nimmt die Brille ab und wischt sich die Augen. »Verzeihung«, sagt sie verschämt. »Es ist so schrecklich kalt. Er schläft nur noch, ist kaum ansprechbar. Ich wollte zur Rezeption, doch der Aufzug lässt weder meinen Mann noch mich runterfahren.«

Ein Schauer klettert über mein Rückgrat.

Sie reibt sich die rot geäderten Augen. »Ich habe bereits bei den Nachbarzimmern gefragt, aber niemand macht auf. Mein Mann bleibt bei Timothy im Bett, wegen der Wärme. Er hustet, und sein Atem …« Erneut bricht sie ab. Sie wischt sich die Lider, das Brillengestell in der Hand. »Er ist doch mein Baby.«

»Lassen Sie mich nachsehen.« Meine Stimme klingt trocken wie Laub. *Er ist doch mein Baby.* Im Bad packe ich ein Handtuch, eine Bluse und rolle ein Paar Socken von meinen Füßen. Mein Wäschehaufen schrumpft dadurch fürchterlich.

Dennoch kehre ich damit zur Tür zurück. Ich drücke alles, was ich erübrigen kann, in Mrs Johnsons Hände. »Unendlich vielen Dank«, flüstert sie. Ihr Gesicht verrät, dass sie es kaum fassen kann. Sie drückt sich durch den Türspalt. Ich widerstehe dem Drang, mich gegen die Klinke zu lehnen. Da schlingt sie den Arm um meinen Hals, muss sich auf die Zehenspitzen stellen, um mich zu erreichen. Trotz ihrer Körperfülle fühlt sie sich ganz kalt an. Ihr Atem streift meine Schulter. »Vielen tausend Dank, Frau Kern. Gott vergelte es Ihnen!« Sie wieselt zu ihrer eigenen Tür zurück – lautlos auf Zehenspitzen; will den Stier nicht wecken.

Ich werfe einen scheuen Blick den Korridor entlang. Meine Eingeweide verknoten sich. Ich versuche, das eigenartige Gefühl hinunterzuschlucken. Dort draußen braut sich etwas zusammen. Es ist eine Energie, die wie ein Wettertief auf meinen Kopf drückt, wie eine Nebelwolke durch die Gänge kriecht und nun in mein Zimmer quillt.

Rasch schließe ich die Tür und ziehe mich ins Bad zurück wie in eine Höhle, dämmere vor mich hin – ein Tier, das hofft, im Schlaf den grausigen Winter zu überbrücken.

Lärm auf dem Korridor lässt mich den Kopf hochreißen. Stimmen werden laut.

Ich taste mich zur Tür, die Zehen taub, sodass ich taumle. Das Klicken der sich entriegelnden Sperre erscheint mir schon als zu laut. Nur einen Spaltbreit ziehe ich die Tür auf, halte dabei den Atem an. Ein dumpfes Geräusch erklingt, gefolgt von einem Klatschen. Ich überwinde meine Angst und werfe einen Blick um die Ecke.

Zwei Männer rangeln miteinander, reißen sich gegenseitig an der Kleidung, ein angestrengtes Grunzen entkommt ihnen, als einer den anderen gegen die nächste Tür stößt. Der Krach hallt durch den Gang. Erschrocken ziehe ich den Kopf zurück.

»Verpiss dich!«

»Raus mit deinem Bettzeug …!«

Aufgeregt schließe ich die Tür, taste nach dem Panel, das unter meinen fliegenden Fingern zunächst nicht reagiert. Erst als das vertraute Klicken ertönt, stoße ich die Luft aus. Ich lehne die Stirn gegen den Türflügel. Draußen poltert es, ich bemühe mich, den Inhalt der Rufe nicht zu verstehen. Meine Beine tragen mich wie von selbst rückwärts in meine Höhle. Mein Herz pumpt laut, schlägt spürbar gegen den Brustkorb. Ich wische mir über die brennenden Augen, das Einzige an mir, das momentan heiß ist.

Als Mr Carter über die Lautsprecher verlautbart, dass man sich Nahrungs- und Wasserrationen abholen könne, vergrabe ich mich tiefer in meiner Höhle. Nichts lockt mich daraus hervor, solange draußen die Hunde toben.

Die Lufttemperatur sinkt. Die Stimmung heizt sich auf.

Kapitel 21

Raureif verkrustet den Spiegel und die Badezimmerfliesen. Die Feuchtigkeit muss von meinem eigenen Atem stammen. Nur einmal öffne ich die nächsten Tage die Tür einen Spaltbreit, als mehrere Mitarbeiter mit einem Speisewagen Wasser verteilen. Doch kaum haben sie die ersten Meter hinter sich gelassen, da schlagen überall Türen auf. Wie in einem Albtraum stürzen Menschen hervor, trampeln wie in einer Stampede den Korridor entlang. Sie stoßen einander mit ihren umwickelten Mumienkörpern rechts und links davon. Jemand stürzt, doch der Rest läuft einfach weiter.

Ich drücke die Lider zusammen und die Tür zu. Blende all die Geräusche aus, halte mir mit klammen Händen die Ohren zu. Chaos, Revolte, Panik. Ich will sie nicht sehen, hören, schmecken.

Hunger.

Durst.

Hunger, Durst.

Egal wie oft ich am Wasserhahn schraube, nichts tut sich. Meine Lippen sind trocken und aufgesprungen, meine Zunge fühlt sich pelzig an. Meine Gedanken kreisen um nicht viel mehr als den quälenden Durst, ich zapple wie ein Fisch auf dem Trockenen.

Ein Klopfen lässt mich herumzucken. »Frau Kern!« Ich bleibe mucksmäuschenstill. Wenn mich die Hunde vor der Höhle nicht zu hören bekommen, dann bin ich für sie nicht da. Und sie sind für mich nicht da. »Alice, ich bin's! Rose Johnson!«

Mrs Johnson.

Schwerfällig krieche ich von der Matratze. Die Dehydrierung lässt mich wanken. Ich lehne mich gegen die Tür. »Ja?« Eine Silbe, und selbst die kriege ich kaum hervor. Ich lausche durch den Widerstand.

»Mein Mann sagte, er habe Sie bei den letzten Essensausgaben vermisst. Es gab soeben eine Ausgabe von heißem Wasser. Ein Mitarbeiter hat mir einen Sack für Sie mitgegeben.«

Meine Augen brennen, doch mein Körper hat kein Wasser, die er als Tränen vergießen könnte. Ich kriege kaum die Tür auf. Da steht sie, Frau Johnson, im Arm einen Plastiksack mit heißem Wasser, im anderen ein Bündel mit Nahrung. Sie hätte es gut für sich behalten können. Ich hätte es möglicherweise getan, wäre ich an Ihrer Stelle gewesen.

Sie blinzelt mir durch ihre Brille entgegen. »Sie sehen nicht gut aus, Frau Kern.« Sie drängt mir den Plastiksack zwischen meine Finger – ich spüre die Hitze nicht. »Nehmen Sie den als Wärmflasche«, flüstert sie und sieht sich gehetzt um, »das haben wir bei Timmy gemacht, bevor wir zu trinken begonnen haben.«

»Rose!« Ich bemerke, dass Mr Johnson durch den Spalt der gegenüberliegenden Tür guckt. »Komm!«

Mrs Johnson nickt abgehackt. Ihr Blick flieht durch den Korridor. »Kommen Sie zu den nächsten Ausgaben«, rät sie mir. »Man muss jetzt keine so große Angst mehr haben. Bewaffnete überwachen die Situation.«

»Be… Bewaffnete?« Ich kriege das Wort kaum heraus.

»Private Security, wie es aussieht.«

Wo kommt die plötzlich her?

Irgendwo ertönt das Schlagen einer Tür, Mrs Johnson hüpft und flieht zu ihrer Zimmertür zurück. Ihr Gatte lässt sie ein. »Schauen Sie auf sich!«, ruft sie leise, dann schließen wir beide die Tür.

Zurück in meine Höhle. Unter den Wäscheberg. Ich umarme den Wassersack. Glaube schon einzudämmern, da kehrt das Gefühl erstmals mit brennenden Schmerzen in meine Fingerspitzen zurück. Ich klammere mich fest, bis das Wasser kalt wird; dann entknote ich den

Beutel und trinke in gierigen Schlucken. Ich habe das Gefühl, dass keine noch so große Menge Flüssigkeit, die ich zu mir nehme, mich jemals wird füllen können.

Die Brötchen drehe ich zu kleinen Klumpen und reihe sie neben der Matratze auf. Wenn der Hunger mich überwältigt, kaue ich so lange an einem Kügelchen, bis es seinen Geschmack verändert. Doch dann verschwindet das letzte Kügelchen in meinem Mund und der nagende Durst zwingt mich dazu, beim nächsten Aufruf mein Zimmer zu verlassen.

Männer mit Schusswaffen stehen links und rechts von der geöffneten Aufzugstür. Sie tragen eigenartige Einteiler-Anzüge aus dickem Kunststoff, die in einer Kapuze den Hinterkopf verhüllen. Spiegelnde Brillen verdecken ihre Augen. Ihr Anblick bannt die Stampede zur Ruhe. Es ist nicht soziale Zivilität, die sie in Grüppchen herabfahren lässt – sondern Angst.

Als ich an ihnen vorbeischleiche, versuche ich durch das Brillenglas zu sehen, doch anstelle von Augen sehe ich nur mein eigenes zerzaustes Spiegelbild – ein roter, ausgemergelter Fuchs im Angesicht des Jägers.

Bewaffnete patrouillieren durch die Vorhalle. Madeleine ist nicht zu sehen. Schwer schlucke ich. Ist ihr etwas passiert? Auch Aron entdeckte ich nirgends. Doch Pedro steht zur Stelle, um Nahrung und Wasser auszuteilen.

»Hast du Aron gesehen?«, frage ich. »Madeleine?«

Müde blickt er auf. Das Lächeln, das sich automatisch auf seine Lippen schleichen will, weil er es gewohnt ist, verkümmert im Saatkorn. »Es geht Ihnen gut«, sagt er leise, als er mir eine Wasserflasche in die Hände drückt. »Sorgen Sie sich nicht um uns, Frau Kern. Wir sorgen uns um Sie.«

Ich fasse nach der Hand auf der meinen, streiche über die Härchen auf seinem Handrücken. Trauer nistet in seinen Augen. »Ist etwas passiert?«

Sein Blick zuckt. Hinten wird gedrängelt, ein Bewaffneter mahnt zur Ruhe. »Sie sind zu empathisch, Frau Kern.« Pedro drückt meine

Hand. Seine Augen schimmern. »Eine gemeinsame Freundin musste auf die Krankenstation. Sie hat es leider nicht geschafft.«

Mein Herz schlägt aufgeregt. »Madeleine?«

»Roberta.«

Die junge Afroamerikanerin mit den Rastas, die mich des Öfteren im Speisesaal bedient hat. Plötzlich wird die Bedrohung auf eine ganz andere Art real.

»Weiter!«, schnauzt jemand von hinten und drängt gegen mich. Meine Hände rutschen aus Pedros.

Verloren taumle ich an den durchsichtigen Außentüren vorbei, da entdecke ich einige Mitarbeiter, die beieinandersitzen. Darunter ist Aron. Er raucht, stützt die Stirn gegen die freie Hand. Ich will mich auf ihn zubewegen, um ihn um Nahrung zu bitten, da hebt er den Kopf und blickt auf das vermeintliche Meer hinaus. Seine Augen sind rot verquollen. Die Schultern seines Sitznachbarn zucken unter einem heftigen Heulkrampf. Madeleine liegt in den Armen einer anderen Mitarbeiterin.

Bobby ist nicht bei ihnen. Denn Bobby ist tot.

Wie viele Menschen werden folgen?

Der Schock über den Tod der Kellnerin sitzt mir tief in den Knochen, nagt dort wie Krebs. Dumpf lasse ich mich zurück zum Aufzug treiben, die Waffenläufe strenge Wegweiser, die kein Abweichen dulden.

Auf dem Zimmer zögere ich hinaus, die Nahrung zu mir zu nehmen. Was, wenn du dich damit besser fühlst?, fragt eine feine Stimme in meinem Hinterkopf. Was, wenn dadurch alles gleich viel weniger schrecklich wird? Hat sie dich nicht besser fühlen lassen? Erleichtert?

Willst du wieder träumen?

Abrupt stopfe ich mir die Ration in den Mund und würge sie hinunter, bevor ich es mir anders überlegen kann. Tatsächlich merke ich, wie sich etwas in mir verändert. Ich ziehe mich in meinen Wäscheberg zurück. Die Müdigkeit erfüllt mich satt. Einfach nur schlafen. Möglicherweise ist alles anders, wenn ich wieder aufwache.

Schwere drückt auf meine Brust und das Handtuch zieht sich über mir auf wie ein grauer Himmel. Da bin nur noch ich in meiner kleinen Höhle, wie ein Hase in seinem Bau, vom Winter umtobt. Doch es stört mich nicht länger. Ich habe keine Kinder, keinen Mann, um die ich mich sorgen müsste. Meine Mutter ist weit weg, ahne ich. Ich vermisse sie – genieße die aufblitzenden Erinnerungen von unseren gemeinsamen Urlauben mit Melancholie. Es liegt etwas Lustvolles im Leid.

Der Schlaf kommt als Erlösung und die Kälte in meinen Füßen und Händen weicht einer angenehmen Taubheit. Mein Atem fährt zwischen meinen Fingern hindurch, als ich davondämmere. Ich spüre ein Lächeln auf meinen Lippen, als das, was ich für Erinnerungen halte, zu Träumen wird. Das fahlrote Licht der Abendstimmung, das das Gesicht meiner Mutter kitzelt, die zur mir herabblickt. Das sichere Gefühl der Hand meines Vaters, ohne dass ich zu ihm sehen muss. Ich weiß einfach, dass er da ist.

Etwas greint an meiner Brust, und als ich an mir herabblicke, wiege ich ein Baby in meinem sommersprossenbesprenkelten Arm. Mit seinen kurzen Fingerchen mit den winzigen Fingernägeln klammert es sich an den Rand meines Kleides, seine rosige Wange schmiegt es an meine weiße Brust, sein Mündchen geöffnet wie eine erblühende Rose. Rotgoldenes Licht, das uns einhüllt; das Rauschen des Meeres, Wasser an meinen Knöcheln. Liebe, überall.

Ich will nie wieder aufwachen.

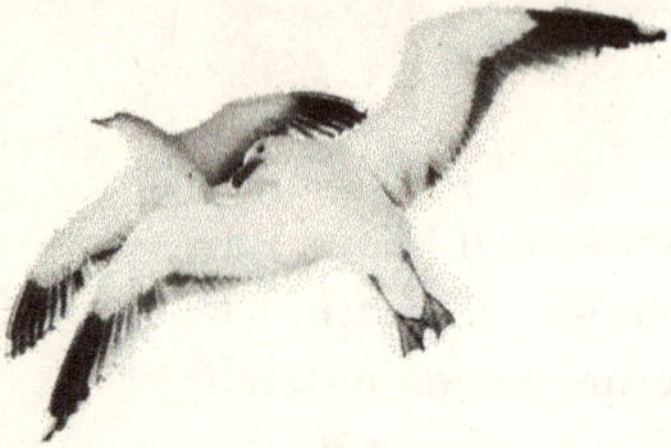

Kapitel 22

Jemand fasst nach meinem Bein. Stoff trennt die Berührung, trotzdem wache ich davon auf. Ich klebe am Traum fest. Die Kälte, die auf mich einströmt, macht, dass ich mich noch kleiner zusammenrolle – wie ein Embryo in der schützenden Gebärmutter.

Ich will mich der Dunkelheit ergeben, in ihr eintauchen wie in Schlacke. Ich spüre meine Hände und Füße nicht, vielleicht bin ich tatsächlich ein Würmchen.

»Alice«, flüstert jemand.

Der Druck verstärkt sich. Ich versuche, den Griff abzuschütteln. Mit einem Kribbeln meldet sich mein Fuß – es ist unangenehm schmerzhaft.

»Alice, wach auf!«

Es knistert, und obwohl ich zu müde bin, um die Augen zu öffnen, ist mir, als schöbe sich ein Schatten über mich. Möglicherweise ist es nur die Wärme eines anderen Menschen, die mich wie eine Aura streift.

Alice! Der Druck auf meinen bloßen Händen verursacht Schmerzen. Die Berührung brennt wie Feuer. Ich schreie auf und versuche den Eindringling fortzustoßen, doch die Bewegung ist schwach, meine Hände und Füße tun weh, ich spüre meine Nase nicht. Wie ein Feuerhauch trifft Atem auf mein Gesicht. »Alice«, sagt eine Männerstimme. »Ich bin's, Aron.«

»Lass mich!«, gelingt es mir hervorzustoßen, doch es klingt mehr wie ein Nuscheln. Meine Lider flattern, richtig öffnen wollen sie sich nicht.

»Es hat unter 32 Grad Fahreinheit«, sagt Aron. Ich habe keine Ahnung, was das bedeutet, ich verstehe sein Maßsystem nicht.

Er packt meine Hände, der Schmerz lässt mich blinzeln. Als er mir die Finger zu reiben beginnt, muss ich vor Schmerz die Zähne zusammenbeißen. Was passiert hier?

»Das tut weh«, wimmere ich und entziehe ihm meine Hände.

»Es tut mir leid, dass ich nicht eher an dich gedacht habe, Alice. Es war alles einfach …« Er bricht ab.

»Schon gut«, flüstere ich. »Ich möchte nur schlafen …«

Er schüttelt mich. »Nicht schlafen! Du hättest mich suchen sollen.« Klagender fügt er an: »Wieso hast du mich nicht gesucht?«

»Ich weiß von Roberta.« Meine Stimme klingt kaum lauter als ein Atemzug. Ich will davon nichts wissen. Einfach nur schlafen. Zurück in den rotgoldenen Sonnenuntergang.

Er packt erneut meine Hände, reibt sie, ohne dass ich mich dagegen zu wehren vermag. »Aron …! Das tut weh!«

»Du bist unterkühlt, Alice.«

Ich blinzle und merke, wie mir Tränen in die Augen steigen. Alles fühlt sich nach wie vor an, als wäre es in Watte gepackt. Es stört mich nicht einmal, dass ich in meinem Nest zwischen Dusche, Klo und Waschbecken geklemmt liege und Aron neben mir auf der Matratze kniet. Es sind die verdammten Schmerzen, die Tränen brennen lassen. Warum tun mir die Hände so weh?

»Es ist die Kälte«, erklärt Aron, ohne dass ich ihn gefragt hätte. Er umklammert meine Finger, bläst heißen Atem darauf. Es kribbelt, Schmerzen schießen durch meine Nerven wie Feuerwerksraketen. Meine Fingerspitzen fühlen sich an, als hätte ich sie verbrannt. Die Schmerzen zerren mich aus dem Schlaf, doch das dumpfe Gefühl in meinem Kopf bleibt. Ich merke gar nicht, wie ich halb in eine sitzende Position krieche und unter Arons Händedruck hin und her schwanke wie eine Puppe. Er pustet weiterhin auf meine Hände, ohne mich anzusehen. »Es tut mir leid«, sagt er. »Ich hätte auf dich achten sollen. Aber das ist noch nie passiert.«

»Das Wetter?«, presse ich fasrig hervor.

»Ja.« Kurz hält er in seiner Arbeit inne. »Das Wetter. Hilfe ist unterwegs.«

Ich dehne die Mundwinkel zur grotesken Version eines Lächelns. »Meine Hände«, flüstere ich, »meine Hände sind wie Feuer.« Er lässt los und ich sehe sie an. Es gelingt mir kaum, die Finger zu spreizen, sie sind rot und wirken an den Gelenken eigenartig verdickt. Aron bewegt sich und ich glaube, er will das Bad verlassen, stattdessen gräbt er zwischen der Wäsche nach meinen Füßen. »B-bitte …«

»Es muss sein.« Er beginnt, die Zehen abzurubbeln. Ich wünsche mich in die goldene Welt zurück, in der alles Urlaub ist. In den roten Sonnenuntergang, wo ich ein Kind habe und zugleich Kind bin. Doch die Kälte hat auch die goldene Welt lahmgelegt. Und meine Erinnerungen? Wer weiß, ob sie wahr sind.

Ich klemme die zitternden Hände unter die Achseln, doch mein gesamter Körper besitzt kaum noch Energie. Ich schwanke unter Arons Handbewegungen vor und zurück wie ein Wackeldackel. »Warum bist du hier?«

»Ich lasse dich doch nicht erfrieren!« Er meidet meinen Blick. Die Schmerzen treiben mir Tränen in die Augen, und ich schätze Aron als Mann ein, der fremde Tränen nicht erträgt. Ich reibe mir mit dem Handballen über die Lider. Meine Finger sind wie leblose, brennende Fortsätze, die meine Stirn streifen. Meine Nase schmerzt ebenfalls. Ich heule still vor mich hin. Irgendwann lässt der Schmerz in meinen Fingern nach. Kribbelnd kehrt das Gefühl zurück.

»Schon gut«, flüstere ich und fasse nach seinem Handgelenk. Er hält in der Arbeit inne. Erstmals sieht er auf. Ich löse seine Hände von meinen Füßen.

Er schluckt, sein Adamsapfel hebt und senkt sich deutlich. Dann lehnt er sich an die Duschwand. Eine Weile sitzen wir so da, während ich ungeschickt meine eigenen Füße reibe. Ich wünsche mir, dass er geht. Ich wünsche mir, dass er bleibt. Ich weiß nicht, was ich will. Genau wie ich mich nicht entscheiden kann, ob es besser gewesen wäre, die schwarze Tür zu durchschreiten.

Aus seiner Hemdtasche nestelt er eine zerknitterte Zigarette. Ich merke, dass er mehrere Schichten trägt wie viele andere, denen ich begegnet bin, bevor ich mich hier eingebunkert habe. Er klemmt sie sich zwischen die Lippen und zündet sie mit seinem metallenen Feuerzeug an. Sein Blick schweift über meine Höhle. »Warum bist du nicht zu Freunden gegangen?«

»Welche Freunde?«

Er reibt die Lippen übereinander. »Ich vergaß.«

»Was? Dass ich keine Freunde habe?«

»Sie sind nicht lange hier«, wechselt er abrupt in die Höflichkeitsform. »Es ist nicht Ihre Schuld.«

Er will mich auf Distanz halten. Und trotz meiner Pläne habe ich keine Kraft, die gläserne Mauer zu durchbrechen, die er vor sich aufzieht.

»Und wie lange bist du hier?«

»Lange.«

Ich senke den Kopf, das Haar fällt mir ins Gesicht. Keine Kraft.

Über den Rand des Waschbeckens streift er die Asche ab. »War es ein Fehler?«, krächze ich. »Dir zu vertrauen?«

Keine Antwort erwartet mich hinter dem Haarvorhang.

Ein Schluchzen erschüttert meine Schultern. »In welcher Welt befinden wir uns hier? Was passiert hier? Bin ich verrückt? Bist du ein Pfl…«

Ein gewaltiger Rumms würgt meine Worte ab. Es ist nicht nur das Geräusch, das durch Mark und Bein geht, sondern als schüttle uns etwas durch. Ich klatsche gegen die Toilette, die Duschtür scheppert und bricht, als Aron mit dem Hinterkopf dagegenknallt. Ein Überraschungslaut entkommt ihm.

»Aron!« Ich packe ihn am Ärmel und ziehe ihn von den Kunststoffscherben der Dusche. Sie haben Löcher in sein Hemd gerissen, er blutet. Hilflos taste ich über seine Schulter, über seinen Rücken. »Verdammte Scheiße!«, stößt er aus und sucht nach der Zigarette. Das Laken raucht, als er sie hervorzieht und hastig ins Waschbecken wirft.

»Sie bluten!«

Er ignoriert mich und stemmt sich in die Höhe. »Tut mir leid.«

»W-was war das?«

Er ist auf dem Weg zur Tür hinaus, und mit einem weiteren Schritt öffnet er die Fronttür. Ich folge ihm ungeschickt, stakse hinter ihm her wie ein neugeborenes Fohlen. Jeder Schritt schießt Blitze durch meine Fußsohlen. Auf dem Gang befinden sich andere Gäste, mehr und mehr Türen klappen auf, Fragen werden laut, Kinder schreien. »Mein Vater hat sich den Kopf gestoßen!«, ruft eine Frau aus ihrem Zimmer. »Er reagiert nicht mehr!« Aron läuft auf sie zu und verschwindet ins Zimmer.

Ich klammere mich an den Türrahmen. Als das Knacken von Lautsprechern ertönt, hebe ich den Blick. »Es gab soeben ein Erdbeben«, dröhnt Mr Carters Stimme durch den Korridor. »Bewahren Sie Ruhe. Falls es Verletzungen gab, melden Sie sich bei unseren Angestellten. Zur Sicherheit wird empfohlen, sich in der Nähe von Türen aufzuhalten. Stellen Sie sich darunter, falls es zu Nachbeben kommt.«

Ich habe noch nie ein Erdbeben erlebt – so habe ich mir das nicht vorgestellt. Es hat sich vielmehr so angefühlt, als wäre ein Traktor mit vollem Karacho in das Gebäude gefahren.

Der Aufzug klingelt, Mitarbeiter und Bewaffnete strömen daraus hervor. Ich suche nach Doktor Magyar, doch kann ihn nirgends entdecken. Eine ältere Dame trägt dafür einen Erste-Hilfe-Koffer bei sich. »Dorthin«, weise ich zu der Tür, hinter der Aron verschwunden ist. »Jemand hat sich den Kopf gestoßen. Aron … Herr Martin hat ebenfalls eine Platzwunde.«

Gegenüber geht die Tür auf. Mr Johnson stürzt hervor. Er trägt nur ein Unterhemd – ich vermute, er hat den Rest seiner Kleidung Frau und Sohn überlassen. Als die Mitarbeiter vorübereilen, packt er einen davon am Arm und hält ihn zurück. »Sie müssen nach meinem Timmy sehen! Er braucht einen Arzt!«

Der Mitarbeiter versucht ihn abzuschütteln. »Bitte gedulden Sie sich, wir arbeiten nach Priorität …!«

Mr Johnson packt fester zu. Er quetscht den Oberarm des anderen so fest, dass seine Knöchel aus der ohnehin wachsgelben Haut hervortreten. »Sie haben mir bereits tausendmal gesagt, dass ich mich gedulden soll!«, schreit er. Er schüttelt den Mann heftig. »Timmy wacht nicht mehr auf! Er wacht nicht mehr auf! Wir hören ihn nur röcheln. Er hustet nicht mal mehr!«

Es klickt bedrohlich. Die Bewaffneten legen ihre Waffen an. Ich ducke mich automatisch. Nur wenige harte Schritte, und sie haben Mr Johnson umrundet.

»Loslassen!«, schnappt einer von ihnen.

Mr Johnson perlen Tränen über die mittlerweile bärtigen Wangen. »Wir brauchen doch nur Hilfe.«

Plötzlich sitzt ein Waffenlauf an seiner Schläfe. »Los-lassen«, fordert einer der Securitys scharf.

Mr Johnson blinzelt. Dann lässt er los. Das Gewehr drückt ihn auf die Knie zu Boden.

»B-bitte ...«, entkommt ihm in einem Wimmern. Der Bewaffnete verstärkt den Druck, Mr Johnson verstummt.

Wir warten, lauschen bloß dem dumpfen Fußgetrappel der Mitarbeiter und Securitys. Mr Johnson und ich knien einander gegenüber und starren uns aus aufgerissenen Augen an. Irgendwo weint jemand. Mr Carters Stimme bittet blechern um Ruhe.

Dann kehren die Mitarbeiter aus dem Zimmer zurück. Im Gleichschritt marschieren sie zwischen uns vorbei. In einem Laken zwischen ihnen schaukelt eine Gestalt. Ich kann ihr Gesicht nicht erkennen, aber Schultern, Gesäß und Hinterkopf beulen sich durch den Stoff. Dort, wo sein Hinterkopf liegt, frisst sich Blut dunkel durch das Gewebe.

Steif komme ich in Bewegung. Als ich bei der Tür anlange, erklingt bereits das Bimmeln des Aufzugs. Der Mitarbeiterzug mit der stoffumwickelten Puppe wie ein toter Pharao, mitten hinein. Aron ist nicht unter ihnen.

Als sich die goldene Tür hinter ihnen schließt, wende ich den Kopf um. Aron steht auf dem Gang vor dem Zimmer, aus dem sie den Toten geborgen haben. Hinter ihm sinkt die Frau an den Türstock, mit der Stirn rutscht sie über den Rahmen, das hellbraune Haar gleitet daran nach oben, bis sie am Boden angelangt und es hinterhersackt.

Aron sieht durch mich hindurch. Seine Hände sind blutig. Von seinem Blut. Von dem des Mannes. Ich weiß es nicht.

Niemand kümmert sich um ihn. Denn er ist ein Pfleger, und Pfleger kümmern sich um uns, nicht umgekehrt.

Ich schleppe mich auf ihn zu, löse das Tuch von meinen Schultern, das ich wie einen Umhang um mich geschlungen habe. Ich lege es ihm um. Eine Sage aus meiner Heimat fällt mir dazu ein. Die Sage von Sankt Martin.

Es war ein langer und harter Winter, als St. Martin durch die Stadt von Amien ritt. Die meisten Menschen hatten sich in ihre Hütten und Häuser zurückgezogen und die Fenster fest verrammelt, um der Eiseskälte zu trotzen. Doch nicht alle waren so glücklich, ein Heim ihr Eigen nennen zu können. An eine Hausmauer gekrümmt, in kaum mehr als ein paar Fetzen gehüllt, kauerte ein armer Mann. Finger, Zehen, Nase, Wangen waren vor Kälte dunkel angelaufen. Mit gläsernem Blick verfolgte er den Heranreitenden. Der heilige Martin bemerkte, dass er keinerlei Hoffnung mehr in seinen Augen hatte – und tatsächlich machte sich der Frierende keine Mühe, um Hilfe zu betteln.

Martin trug wenig bei sich; seine Ration war aufgezehrt, das kalte Eisen an seiner Seite konnte nur verletzen, nicht heilen – doch sein Mantel hatte wilde Schlachten überstanden und wärmte seine Schultern.

Er hielt das Ross neben dem Armen und rutschte aus dem Sattel. Erschrocken zuckte der Mann zurück. Doch Martin löste den Mantel von seinen Schultern, zog das Schwert aus der Scheide und teilte ihn mit einem entschiedenen Schnitt entzwei. Eine Hälfte behielt er. Mit der anderen, leuchtend rot wie Blut, bückte er sich zu dem Bettler von Amien herab. Zärtlich legte er ihm den wärmenden Stoff um die Schultern.

»A-aber Herr!«, presste der Frierende heraus. »Die Menschen werden Euch nun verspotten, dass Ihr Euch keinen ganzen Mantel leisten könnt!«

»Dir zu helfen wiegt mehr als jeder Spott, der mich treffen kann«, sagte Martin.

Der Arme hob dankbar die Hand und strich ihm mit kaltem Finger ein segnendes Kreuz auf die Stirn.

Ich kann nicht sagen, woher ich die Legende auf einmal zu zitieren vermag. Sie ist ein Stück Brauchtum aus meiner Heimat, das mir ins Herz gepflanzt zu sein scheint und das ich besser rezitieren kann als die Erinnerungen an meine Herkunft. Also lege ich Aron das Laken um die Schulter. »Aron«, flüstere ich. »Aron Martin.« Und ich umarme ihn.

Plötzlich geht ein weiterer Ruck durch das gesamte Gebäude. Wir stolpern, es setzt uns auf die Knie. Schmerzen wandern meine Kniescheiben empor, klettern über den Ischias ins Rückgrat und schießen in den Nacken. Der Schmerz trifft auf den Knubbel, und alles wird heiß.

Übelkeit packt mich ganz unvermittelt. Blind kralle ich mich an Aron fest, alles rund um mich herum ist weiß. Es knackt in meinen Ohren.

»A-Aron!«, stoße ich aus.

Rundherum ertönen panische Schreie, jemand ruft auf Englisch nach seinem Sohn, irgendwoher erklingt Französisch. Ein eigenartiges Röhren ertönt, das seinen Ursprung weit weg hinter den zahlreichen Mauern und Wänden haben muss und trotzdem in den Ohren dröhnt. Es vibriert im Boden und meinen Knochen nach. »Aron, ich sehe nichts mehr!«

Ich vernehme seine Stimme, doch ich verstehe ihn nicht – er spricht Französisch. Franco-Kanadier, erinnere ich mich. Als ich nicht reagiere, packt er mich ebenfalls. Ich erschrecke, reiße die Augen weit auf, doch es bleibt weiß.

»Aaron«, flüstere ich. »Ich verstehe dich nicht. Ich spreche kein Französisch.«

Ein abgehacktes Stottern ertönt, das gequält verklingt. Sein Atem streift mich warm, da spüre ich seine Stirn an der meinen. Mit den Händen fahre ich an seinem Hemd herab, als ein erneutes Dröhnen durch die Anlage geht und wir erzittern. Ich spüre Nässe, warme Nässe – sein Blut. Und seine Stirn an der meinen.

Er sagt etwas zu mir. Seine Stimme zittert, bricht. Ich schluchze, weil ich nichts sehe, nichts verstehe. Mit den Händen kriecht er an meinem Hals empor, ich spüre seine Daumen, mit denen er die Linie meines Kiefers streichelt. Was er sagt, klingt wie eine Entschuldigung.

Mit seinen restlichen Fingern fährt er über meinen Nacken, die Wirbelsäule, berührt die losen Härchen.

»Pardonne-moi.« Er tastet hinter mein Ohr. Ich begreife gar nicht, was passiert, da drückt er heftig zu. Ein wahnsinniger Schmerz gleißt durch meinen Kopf, der alles heller macht, obwohl vor meinen Augen eine weiße Wand steht. Ich spüre, wie die Übelkeit überhandnimmt und sich Galle die Speiseröhre hocharbeitet. Sie drängt sich in meinen Mund und ich …

TEIL 3: DÉJÀ-VU

Kapitel 23

Endlich Urlaub.

Ich erwache in vollkommener Zufriedenheit, atme ein und aus. Meine Rippen schmerzen, als wären sie geprellt, doch es macht mir nichts aus. Mein Kopf ist wie in Watte gepackt, auf Arme und Beine drückt eine angenehme Schwere. Es fühlt sich an, als würde ich nach einer arbeitsreichen Woche an einem Sonntagvormittag aufwachen und könnte mich glücklich schätzen, ein wenig in der klebrigen Zwischenwelt von Traum und Wachsein zurückbleiben zu dürfen. Einfach nur daliegen.

Ich beobachte durch halb geöffnete Lider die schwankenden Vorhänge vor dem gekippten Fenster, hinter denen Himmel und Meer zu einer Einheit verschmelzen. Eine Möwe kreuzt den Fensterausschnitt, und mir ist, als wäre sie ein alter Freund, auf dessen Erscheinen ich mich verlassen kann.

Ich liege nur da und beobachte. Meine Erinnerung besteht aus Splittern. Sie fühlt sich an wie ein Traum, dessen Inhalt man nach einigen Minuten wieder vergisst und der einzig ein Gefühl zurücklässt. Ich liege bereits eine Weile schlaftrunken und selig, als jemand an die Tür klopft. »Zimmerservice!«

Da ich nicht antworte, öffnet sich die Tür. Ich sehe die Frau nicht an, die eintritt. »Oh, entschuldigen Sie, Frau Kern«, vernehme ich ihre Stimme. »Ich kann gern später wiederkommen.«

Ich fühle mich zu matt, als dass ich den Kopf drehen könnte. Ihre Schritte nähern sich zögerlich meinem Bett. »Alles in Ordnung mit Ihnen?«

Ich muss meine Zunge befeuchten, bevor ich zu sprechen vermag. Mein Mund ist wie ausgedörrt. »Alles wunderbar«, sage ich. Meine Stimme klingt gar nicht wie meine. Höher, kraftlos.

»Soll ich später wiederkommen?«

Das Gefühl in meinem Herzen verspricht mir, dass alles gut wird. Ich muss mich nur darauf einlassen. Meine gesamte Umgebung will das Beste für mich. Die Einzige, die nicht das Beste für mich will, bin ich selbst. Ich bin mein eigener Manipulator.

»Schon gut«, flüstere ich.

Als ich endlich aufstehe, fühlt es sich an, als würde ich mich selbst dabei beobachten. Wie ich zum Bad tappe, mir die Zähne putze, das Gesicht wasche. Ich merke den Chlorgeruch und -geschmack des Wassers kaum. Ich kleide mich vor der Frau um, die mein Bett macht. Sie ist hager und blond, mit einer gekrümmten Nase. Ein bisschen erinnert sie mich an einen Storch. Darüber muss ich lachen.

Beschämt wendet sie sich ab. Ob sie sich selbst schämt oder für mich, ist mir nicht klar – mich erfüllt eine herrliche Gleichgültigkeit. Sie schüttelt das Kissen aus, während ich meine Unterwäsche wechsle. Mein Koffer wartet vor dem Bett, die Sachen liegen gefaltet darin. Das Gefühl in mir drinnen macht, dass es mich nicht einmal stören würde, wenn die Welt über mir zusammenstürzt. Mir ist, als hätte ich alles erledigt und getan, was ein Mensch in seinem Leben erreichen kann. Wie die Buddhisten habe ich vollkommene Zufriedenheit erlernt. Ich befinde mich auf der höchsten Stufe der Erfüllung.

Wie im Traum laufe ich zum Ausgang. Und wie im Traum ist der Gedanke an die Hotelmitarbeiterin schon wieder verblasst, als ich die Tür hinter mir zuziehe.

»Frau Kern!« Die Rezeptionistin sieht auf. Trotz ihrer Jugend wirkt sie alt – erschöpft, verbraucht. Ich setze mein breitestes Lächeln auf. Es fühlt sich an, als bestünde mein Gesicht aus Brei, ich kann meinen Mund gar nicht mehr zusammenklappen. Etwas flüstert mir zu, dass ich sie kenne. Doch es ist zu anstrengend, den Gedanken festzuhalten. »S-Sie sehen …« Sie bricht ab. »Geht es Ihnen gut?«

»Ich fühle mich gut«, erwidere ich, »ja, großartig, wenn ich das so sagen darf.« Mein Blick gleitet über meine Umgebung. Ich kann nicht aufhören zu lächeln. Hier drinnen ist alles golden, draußen wartet strahlendes Blau. Alles ist ein Traum. Ein Traumurlaub.

»Möchten Sie heute an einer der sportlichen Gruppenaktivitäten teilnehmen?« Der Zettel mit dem Tagesangebot zittert in ihren Händen. Sogar ihre Finger wirken alt. Kurz kommt mir der Gedanke, dass ich sie nach ihrem Befinden fragen könnte, doch er vergeht wieder. Ich kann mich nicht um jeden kümmern. Schließlich bin ich hier Gast.

»Wieso nicht?« Ich kämpfe gegen das Gefühl an, dass mir die Lider im Stehen zufallen. Sie schiebt das Blatt zwischen meine Finger, widerstandslos lasse ich es mit mir geschehen.

Damit tappe ich hinüber zum Restaurantbereich. Die Stimme der jung-alten Frau verfolgt mich. »Alles Gute, Frau Kern!« Ich merke zwar, dass andere Menschen da sind, doch wie mit einem Tunnelblick bewege ich mich aufs Frühstücksbuffet zu. Ich habe einen solchen Hunger! Mir ist, als hätte ich seit Tagen nichts gegessen, und mir fällt beim besten Willen nicht ein, warum ich das tun sollte. Schinken und Käse türmen sich auf Platten. Eine Pyramide aus Würstchen ragt auf, Baked Beans blubbern in einem Kessel, ich greife mir einige knusprige Hash Browns. Pancakes mit Blaubeeren und Ahornsirup, Biscuits mit Sausage Gravy, Spiegelei mit knusprigem Speck. Ich raffe einen riesigen Haufen auf meinen Teller. Eine Kellnerin läuft mit einem Korb voller Donuts vorbei. »Frau Kern, Sie sehen erholt aus! Darf ich Ihnen etwas bringen?« Aus irgendeinem Grund erwarte ich Rastas schwingen zu sehen, doch ihr Auftritt revidiert meine Erwartung – eine Ostasiatin mit Pagenschnitt. Keine Ahnung, warum ich etwas anderes erwartet habe

»Einen Kaffee bitte.« Die Musik erklingt im Hintergrund und untermalt mein Leben. Ich balanciere den Essensturm an meinen Tisch. Auf seiner Spitze schaukelt ein Croissant, dessen Buttergeruch mir den Speichel im Mund zusammenlaufen lässt.

Die Kellnerin bringt mit einem freundlichen »Bitte schön« den Kaffee. Die Hände im Schoß, starre ich meinen Frühstücksteller an. Die Gespräche der benachbarten Tische branden an mir vorüber. Ich kann sie nicht aufnehmen, mein Kopf ist zu voll von dem wohligen Gefühl, sodass nichts mehr hineinpasst. Mir fällt auf, dass die Mitarbeiter allesamt übermüdet wirken; doch ehrlich, es ist nicht mein Problem. Vermutlich haben sie die ganze Nacht getanzt wie in Dirty Dancing. Und die Gäste? All ihre Bewegungen erscheinen sacht und weich. Sie lächeln. Ihre Stimmen sind gedämpft, ein sandiges Flüstern. Überhaupt sprechen nur wenige. Ich finde es angenehm.

Da, ein Croissant. Ich habe es ganz vergessen. Ich beiße davon ab, kaue und lächle in mich hinein.

Als ich zu meinem Zimmer zurückkehre, komme ich an der Rezeption mit der jung-alten Frau vorbei. Ich gebe den Zettel ab. Unsicher sieht sie mich an. »Möchten Sie an einer der Aktivitäten teilnehmen?«, fragt sie mich.

»Hm.« Mein Blick streift das Papier. »Bieten Sie Federball an?«

Die junge Frau meidet meinen Blick. »Nein … momentan nicht, tut mir leid.« Schwer schluckt sie. »Unser Trainer ist ausgefallen.«

»Schade«, murmle ich. »Ich hatte Lust darauf, weiß auch nicht wieso.« Damit lasse ich sie stehen.

Die Tage vergehen wie im Traum. Ich könnte nicht sagen, wie viele sich aneinanderreihen. Kurz frage ich mich, wie lange ich hier sein darf, auf dieser Urlaubsinsel, doch die Zeit wird von den Mitarbeitern des Hotels eingeteilt und vorgeplant, und ich begebe mich ganz in ihre Hände. Jeder Tag teilt sich in Frühstück, Snack und Abendessen, in Wach- und Schlafphasen auf. In Sport, Entspannung, Socializing, Kunstworkshops und kleine Fortbildungsseminare. Sie schlagen sie mir vor, und ich wehre mich nicht. Ich habe das Gefühl, sie wollen nur das Beste für mich, und verdränge die Gedanken, die das Gegenteil behaupten. In mein Gedankenglas kommen nur die schönsten Momente. Reine Wassertropfen, in denen sich das Licht in Regenbrogensprenkeln bricht. Keine einzige Träne mischt sich dazu.

Irgendwann spiele ich Badminton, ich kann mich gar nicht daran erinnern, mich dafür angemeldet zu haben. Überraschenderweise hält die Rezeptionistin den Kurs ab. Während eines Matches bricht sie unvermittelt zusammen und beginnt zu weinen. Ihre Knie scharren über den roten Gummi des Federballplatzes, sie krallt sich die alt-jungen Hände ins Gesicht. Andere Gäste versuchen sie zu beruhigen, doch es müssen andere Mitarbeiter kommen, die auf sie einsprechen. Wir stehen ratlos herum, während drei junge Männer sie vom Boden hochziehen. »Dion. Dion! Reiß dich zusammen!«, ruft einer und packt grob ihr Kinn. Ich habe noch nie so ein alt-junges Mädchen gesehen. Wie kam es dazu? Wir befinden uns auf der traumhaftesten Urlaubsinsel der gesamten Welt!

Mein Federballpartner, ein älterer Herr, tritt neben mich. Bedauern trieft aus seinen Mundwinkeln. »Das arme Kind«, sagt er, obwohl sie sicher die Zwanziger erreicht haben muss. »Nicht alle haben es so gut wie wir, nicht wahr?«

Ich stimme ihm zu.

Zwei der Mitarbeiter transportieren die junge Frau ab, die herzzerreißend schluchzt, was mir wirklich unangenehm ist. Es kratzt an Erinnerungen, von denen ich mir sicher bin, dass sie besser verborgen bleiben. Ich bin doch hier, um Unangenehmes zu vergessen. Und wie schon gesagt – Tränen haben nun wirklich keinen Platz in meinem Erinnerungsglas.

Einer der beiden Männer dreht sich an der Tür nochmals um und sieht in meine Richtung. Ich realisiere zunächst gar nicht, dass er mich verkniffen mustert. Seine Augen sind dunkel, genau wie sein zerzaustes Haar. Er hinkt beim Gehen. Es ist mir unangenehm, wie er mich ansieht – als erwarte er etwas von mir –, also wende ich mich rasch ab.

Unsere Aufmerksamkeit wird ohnedies von dem zurückgebliebenen Mitarbeiter gebündelt, der eifrig in die Hände klatscht. Sein breites Lächeln ist ansteckend. Haut und Augen sind von einer Farbe wie Ebenholz. Er winkt nach einem Schläger, schlägt einen Federball drei-, viermal in die Höhe und ruft einen Wettbewerb aus, wer es am längsten schafft. Rasch hat er uns abgelenkt. Ich bin froh, dass das weinende Mädchen fort ist. Die gute Laune und das weite Lächeln unseres neuen Trainers sind ansteckend.

An der Bar auf einer der oberen Stufen des Außengeländes warte ich auf meinen Nachmittagskaffee.

»Haben Sie gehört? Es soll einen Tanzabend geben.«

Ich wende mich an meine Nachbarin, die soeben einen Cocktail zugeschoben bekommt. Sie pflückt den Spieß heraus, der ein Ananasstück durchbohrt, und steckt sich dieses in den Mund. Ich kenne sie, glaube ich – ihre blonden Locken, den breitkrempigen, mondänen Hut.

»Ein Tanzabend?«, wiederhole ich.

Sie nickt, schaukelt mit den Hüften, um die sie ein transparentes Tuch gebunden hat. Eine Brise streift mein Gesicht, es ist so angenehm, ich würde am liebsten die Augen schließen und vor mich hin träumen. Doch sie spricht weiter. »Musik. Tanzen. Cocktails. Und das Beste: auch die Mitarbeiter kommen.« Sie beugt sich zu mir und schaukelt ihr Dekolleté, das erste Falten wirft. Ihre Augenbraue zuckt. »Da sind einige Schnuckel dabei!«

Ich verstehe nicht, was daran so außergewöhnlich sein soll, aber ich lächle und nicke. Der Mann an der Bar schiebt mir meine Kaffeetasse zu, die Schläfen meliert, das Hemd spannt ein wenig an seinem Bauch, zwei Muttermale sprenkeln seine Wange. Sie bewegen sich, wenn er lächelt und die Haut um seine Augen Falten wirft. Er kommt mir bekannt vor. Als ich lediglich zurücknicke, senkt er geknickt den Blick.

Schlechtes Gewissen will sich in meinem Magen festsetzen, doch ich verdränge es wie alle negativen Gefühle. Ich kann mich schließlich nicht an jeden Mitarbeiter erinnern. Das ist mein Urlaub, Herrgott noch mal, hier geht es um mich und meine Erholung!

Ich rücke mich auf meinem Hocker zurecht wie eine der Möwen, die es sich in ihrem Nest gemütlich macht, und widme meine fliehende Aufmerksamkeit wieder der Blonden. »Sie tanzen gern?«

Eifrig nickt sie. »Ich besuche hier die Zumba-Kurse mit meinen Freundinnen. Der Trainer ist herrlich. Stockschwul, wenn Sie mich fragen, aber ein Arsch zum Anbeißen. Sie sollten es mal probieren.«

Mild lächle ich. Regelmäßig spiele ich Federball, darin bin ich mittlerweile ganz passabel. Und ab und an höre ich mir Vorträge an.

»Besonders gut kann ich nicht tanzen«, gebe ich zu, als mir eine Erinnerung einfährt. Ein Ballsaal, Sacherwürstel mit Kren, aufgetakelte Menschen, prächtige Blumenarrangements, glitzernde Luster, rot-weiß-rote Fahnen, der Donauwalzer. »Ich habe zwar Standardtanz gelernt, daheim in Österreich … Wiener Walzer, glaube ich. Das ist wohl nicht dasselbe.«

»Österreich!«, ruft die Frau aus. »Wo die Kängurus herkommen?«

Ich lege die Stirn in Falten. »Sie meinen wohl Australien. Nein …« Ich muss selbst nachdenken, doch die Bilder fügen sich automatisch ein, was mich erleichtert. »Mozart, Freud … *The Sound of Music.*«

In ihrem Gesicht leuchtet Erkenntnis auf. »Ah! Das kenne ich selbstverständlich.« Sie zieht an ihrem Strohhalm. »Goldie.« Sie reicht mir die Hand. Daran glitzert ein goldenes Band. »Ich komme aus Kalifornien.«

Ich wundere mich ein wenig, warum sie so gut Deutsch spricht, doch frage nicht weiter nach. Stattdessen stelle ich mich vor.

»Wollen Sie sich nicht ein wenig zu mir und meinen Freundinnen setzen?«, fragt Goldie. »Wir sind eine ulkige Gruppe, das verspreche ich Ihnen.«

Ich möchte meine Bekanntschaft nicht kränken, also nehme ich meine Tasse und folge ihr. Ihre Freundinnen liegen neben dem Salzwasserpool und rekeln sich in ihrer Badekleidung. Goldie stellt mich ihnen vor, die Namen Beatrice und Ava fallen. Zögerlich stelle ich meine Badesachen neben einer vierten Liege ab.

Der Nachmittag verstreicht mit Gesprächen über das Gesäß des Bademeisters, die Ausstattung diverser anderer männlicher Angestellten und über den Herrn, der auf Goldies Etage wohnt und ständig heult, was allen ein Rätsel ist. Der Urlaub hier ist doch perfekt! Ich bleibe passive Mithörerin, schweife gelegentlich ab oder döse davon, was keine der drei zu stören scheint. Manchmal gucken sie zu mir, dann lächle ich. Das reicht. Hier kommt man mit so wenig aus. Ich liebe es.

Irgendwie sind wir wieder beim Hinterteil des Bademeisters angelangt; eine Schlange, die sich in den Schwanz beißt. Es stört mich nicht, auch wenn es mich persönlich nicht so sehr tangiert wie die anderen. Die Sonne spiegelt sich golden im Wasser der Pools, die Möwen schreien, die Geräusche der restlichen Urlaubsgäste vermischen sich zu einem angenehmen Hintergrundgeräusch. Die Kaffeetasse auf dem Bauch, fühle ich mich so richtig wohl. Alles ist golden wie die Sonne, die sich Richtung Horizont senkt.

»Ma'am?« Ein Schatten fällt quer über uns, schlank wie eine Weidenrute. Ein Mädchen, noch ein Teenager, in der Kleidung der Angestellten. »Ich soll Sie zum Zumba-Kurs holen.«

Die drei Damen schnattern und packen ihre Sachen zusammen. Das Mädchen wartet. Kurz gleitet sein Blick zu mir. Es zwinkert.

Goldie streckt die Hand aus und fasst mich am Arm. »Kommen Sie doch mit! Das wäre wunderbar!«

»Ein anderes Mal«, murmle ich. »Ich fühle mich etwas erschöpft.«

Die Damen steigen die ersten Stufen empor, um die Ebenen Richtung Hotel zu überwinden. Das Mädchen bleibt einen Augenblick lang stehen. Sein Blick zuckt zu mir, als erwarte es Trinkgeld, doch ich trage nie Geld bei mir – all inclusive eben. Schließlich löst sie sich von mir und trottet Goldie und den anderen hinterher. Ihr Kopf knickt am schlanken Hals nach vorn, deprimiert wie der einer toten Ente. Verstehe einer die Jugend. Möglicherweise spart sie bei diesem Ferienjob auf etwas Bestimmtes hin.

Irgendwann kehre ich auf mein Zimmer zurück. Abendessen und Tanzabend hätte ich just verschlafen, trötete mich nicht eine Ansage aus den Laken. »Meine Damen und Herren«, spricht ein Mann. Sein Ton klingt ungewöhnlich harsch für diese sanfte Atmosphäre. »Heute möchten wir allesamt ausgelassen miteinander feiern! Es ist ein tropisch heißer Abend, also werfen Sie sich in Ihre Kleider und Polo-Hemden, denn heute wird nach dem Abendessen kräftig das Tanzbein geschwungen. Damit wollen wir die tristen Gedanken verscheuchen ...« Der Mann spricht weiter, wobei ich ihm nicht länger folgen kann. Ich schlüpfe nur in mein Kleid, weil er mich dazu angewiesen hat. Es besitzt einen blassen Rosaton. Die blauen Perlenohrringe, von denen ich nicht weiß, woher ich sie habe, sehen hübsch aus dazu. Das Haar trage ich lang und offen. Wie Baby aus Dirty Dancing an ihrem letzten Abend gleite ich den Gang hinab.

Als ich darauf warte, dass sich die Türen der Aufzugskabine schließen, tritt hinter mir ein Paar ein. Er hat die Hemdsärmel über die feisten Arme hochgekrempelt und sich das Haar feucht zur Seite gekämmt. Sie hat sich Löckchen geföhnt und trägt ein Kleid, wirkt aufgeregt, beinahe nervös. Während der Abfahrt kratzt sie an der Haut ihres Daumennagels. »Ich habe das Gefühl, ich habe etwas vergessen, Andrew«, sagt sie.

Der Aufzug hält auf der unteren Etage.

»Mach dir doch nicht ständig Sorgen!« Die Aufzugstür öffnet sich mit einem Klingeln. Mit seiner behaarten Hand weist er über Türschwelle. »Mrs Johnson? Darf ich bitten?«

Sein Lächeln steckt sie an. Ich merke, dass er schwitzt – vermutlich ist es die Aufregung. Hintereinander schlendern wir Richtung Restaurant. Er verhält sich so zärtlich, so höflich – zieht ihr bemüht den Stuhl zurück, obwohl sie sich beide in ihren Vierzigern bis Fünfzigern befinden müssen. Als er sich setzt, tupft er sich die Stirn mit einem Taschentuch ab. Möglicherweise sind sie auf Hochzeitsreise?

Ihre liebevolle Art, miteinander umzugehen, bezaubert mich – und macht mich gleichzeitig traurig, denn sie macht mir klar, was ich vermisse. Am liebsten würde ich mich in ihre Nähe setzen, doch da ist Goldie mit ihrem aufgesteckten weizenblonden Haar, die mich zu ihrem Tisch winkt. Zunächst bleiben wir zu zweit, dann kommen ihre Freundinnen nach. Ich hatte sie ganz vergessen, sie haben keinen besonderen Eindruck bei mir hinterlassen.

Der Wein fließt in Strömen. Er stammt aus Goldies Heimat – üppiger Chardonnay mit cremiger Textur und Vanillenase, stoffiger Cabernet mit Holz, Namen wie Robert Mondavi oder Beringer fallen. Wir prosten einander zu, die Gläser klingeln, das Lachen wird lauter, die Stimmung ausgelassener. Ich merke, wie sich ein warmes Gefühl in meiner Magengegend ausbreitet. Ein Schwips schlendert heran.

Es macht mir nichts aus. Ich lasse mich gehen, ein Bein locker über das andere geschlagen, wippe mit der Sandale und lausche den Geschichten der drei Diven. Alles Gefühl, so wenig Inhalt. Ich lache aus vollem Herzen. Ich fühle mich frei. Frei von all den negativen Emotionen, die mich zurückgehalten haben.

Wir sind nicht die Einzigen, die befreit lachen. Andere Gäste sind ebenfalls trunken von Wein, von Musik, von der Stimmung. Sie überträgt sich Stück für Stück auf das überarbeitete Personal.

Nachdem der Nachtisch serviert wurde, löst sich dieses langsam von seinen Aufgaben, nur der Kellner mit den zwei Muttermalen bleibt hinter der Bar, um den flüssigen Nachschub zu gewährleisten. Musik wird lauter. Neben mir kichern die Damen, doch ich beobachte den schwitzenden Mr Johnson, der sich hölzern von seinem Sitzplatz erhebt und seiner Begleitung die Pratze hinhält. Schüchtern vertraut sie ihm ihre Hand an. Seite an Seite wandern sie zu der frei geräumten Fläche, wo sie die Arme umeinanderschlingen und zu tanzen beginnen.

Der Moment berührt mich tief in meinem Inneren. Hinter meinen Augen stechen Tränen, doch ich halte sie zurück. Keine Tränen in mein Erinnerungsglas. Nur im Morgenlicht schimmernde Tautropfen.

Er sieht sie so liebevoll an, als wären sie beide nicht älter als sechzehn Jahre und in der Blüte ihrer jungen Liebe.

»Miss Goldie?« Ein Gast in seinen Vierzigern hat sich von der anderen Seite an den Tisch herangeschlichen und deutet eine Verbeugung an. »Darf ich bitten?«

Auffordernd streckt er ihr die Hand hin. Goldie lächelt und kneift die Lider zusammen. Sie hat etwas von einer zufriedenen Katze, die sich über Aufmerksamkeit freut. Die beiden Freundinnen gackern. Goldie fühlt sich sichtlich geehrt – oder erleichtert –, dass sie so früh als Tanzpartnerin auserkoren wurde, und lässt sich abführen. Das Tuch um ihre Schultern flattert, als er sie mit einer Drehung in seine Arme rotiert. Ihre Freundinnen kichern beeindruckt.

»Das ist Goldie«, höre ich. Und: »Er hat die ganze Zeit ein Auge auf sie geworfen!«

Ein Kellner bringt mir ein Getränk. Er lächelt mir zu, die beiden Muttermale auf seiner Wange rücken ein Stück nach oben. »Für Sie«, sagt er. »Von dem Herrn an der Bar.«

Ich folge seinem Blick. An der Bar sitzt ein Mann mit dunklem Haar. Eine Zigarette klemmt zwischen seinen Fingern. Ich erwarte, dass er aufstehen und zu mir kommen wird, doch er prostet mir lediglich zu und wendet sich ab, sodass ich nur den Rücken mit dem schwarzen Hemd zu sehen bekomme. Ich bedanke mich stattdessen beim Kellner und nippe unsicher.

Hinter mir das Echo. »… sieht so aus, als hätte jemand einen Verehrer gefunden!«

Der ältere Herr stapft davon und nimmt Bestellungen auf einen Wink hin an.

Der Alkohol steigt mir zu Kopf, ich fühle leichten Schwindel und rutsche auf dem Stuhl tiefer wie in einem Sitzsack. Den Ellenbogen auf dem Tisch abgestützt, die Finger an der Schläfe, beobachte ich, wie sich der Raum unter der rhythmischen Musik zu verändern beginnt. Mehr und mehr Paare wandern auf die Tanzfläche. Es ist eigenartig, sie zu betrachten – als belauere man sie in ihren intimsten gemeinsamen Momenten. Das Lächeln, das sie teilen, die innigen Blicke, das sachte Streicheln, das Fingerspiel verknoteter Hände – all das ist nicht für fremde Augen gedacht, sondern gleicht vielmehr einem Liebesspiel. Doch je mehr Alkohol fließt, desto weniger achten sie auf das Tun der anderen.

Zunächst denke ich, es handelt sich nur um Gäste, doch dann merke ich, dass ich mich irre. Das Mädchen, das den Arm um den Hals eines jungen Mannes geschlungen hält und die Wange an sein Schlüsselbein schmiegt, hat mir heute das Frühstück gebracht. Im Gegensatz zu dem Paar, das die Tanzfläche eröffnet hat, halten beide die Augen geschlossen. Ihre körperliche Nähe lässt sie zu einer Person verschmelzen. Ich merke, dass die junge Frau weint. Sein Hemd saugt ihre Tränen auf. Ich frage mich wieso, doch die Stimmung passt zum Lied. Es ist fröhlich und sehnsüchtig zugleich.

Melancholie zupft an den Adern, die zu meinem Herzen führen. Mein Haupt lastet schwer an meiner gekrümmten Hand. Ich habe das Gefühl, als wäre hier etwas im Gange, was mein Kopf nicht zu fassen vermag.

Meine Atemzüge vertiefen sich, das Luftholen fällt mir schwer. Ich reibe mir die Brust. Negative Emotionen wühlen sich an die Oberfläche, die ich wie all meine Erinnerungen vor dem Urlaub zu verdrängen versuche. Die Tränen der jungen Frau berühren mich, lösen etwas in mir aus.

»Alles in Ordnung?« Sanft berührt mich eine Hand. Die braunhaarige Freundin von Goldie sieht mich an. Sie hat sich bereits vorgestellt, doch ich fand es nie wichtig, mir ihren Namen zu merken. Sie ist kleiner und rundlicher, weniger hübsch als Goldie, und lässt das jeden wissen, indem sie Goldies Auftreten und deren Beliebtheit bei Männern herausstreicht.

»Alles gut«, krächze ich und reibe mir die Rippen. »Nur ein kleines Stechen.«

Einen Augenblick lang ruht ihre Hand auf meinem Unterarm, ganz warm, und ich bin dankbar dafür. Wann habe ich das letzte Mal menschliche Nähe gespürt? »Ich werde mir ein Glas Wasser holen.«

Ich stemme mich in die Höhe und gehe Richtung Bar, merke, wie ich leichte Schlangenlinien ziehe. Den Mann hinter der Bar bitte ich um ein Glas Wasser.

Er nickt und dreht sich zum Wasserhahn.

Ein Geruch streift mich, der etwas in mir wachklingelt. Ein Gedanke bemüht sich, an die Oberfläche zu drängen, doch er bleibt ein Schatten. Kurz schließe ich die Augen und streiche mir durch die Stirnfransen, die Musik hüllt mich ein wie ein Duft.

»Guten Abend.«

Meine Lider flattern, ich drehe den Kopf. Der Mann, der mir einen Drink spendiert hat, sitzt neben mir. Ich habe ihn ganz vergessen. Oder nicht?

In meinem Kopf kratzt es. Kenne ich ihn?

Ich fühle mich bemüßigt, mich persönlich bei ihm für den Drink zu bedanken, doch er bläst nur den Zigarettenrauch über die Theke. Vor ihm drängen sich die Stummel zahlreicher handgerollter Zigaretten auf einer Untertasse. Sein Profil gefällt mir, allerdings mag ich Raucher nicht. Gefühle graben sich hoch, doch sie sind mit unangenehmen Gedanken verbunden, daher würge ich sie ab. Unvermittelt fröstelt es mich. Ich schlinge die Arme ineinander. Die feinen Härchen stellen sich auf.

»Guten Abend«, sage ich daher nur, nehme von dem Barmann das Glas entgegen und gehe wieder. Obwohl ich mich nicht umdrehe, merke ich, dass er mir hinterhersieht.

»Möchtest du nicht mit ihm tanzen?«, empfängt mich die Braunhaarige an unserem Platz. Goldie hat mittlerweile die Tanzpartner ausgetauscht und berauscht sich an den wechselnden Partnern wie an den Rhythmen.

»Mit wem? Dem Mann an der Bar?«

Sie nickt.

Ihre Freundin stupst sie an. »Wer nicht will, der hat schon …«, kichert sie.

Beatrice schmunzelt, doch ihr Blick wirkt unsicher. Sie ist die Art Frau, die fürchtet, nie zu einem Tanz aufgefordert und stets allein an einem Tisch zurückgelassen zu werden. Sehnsüchtig sieht sie zur Bar. Möglicherweise träumt sie davon, dass dieser Mann ihr ein Getränk schickt. »Er sieht zu dir«, flüstert sie.

Ich fühle mich geschmeichelt. Und der Alkohol macht, dass ich leichtsinnig werde. Beatrice hat recht. Ich möchte mit ihm tanzen, obwohl er nach Zigarettenrauch riecht. Einen Abend lang, nur einen, würde ich gern den Funken von dem spüren, was das Paar von meiner Etage verbindet. Und er hat mir einen Drink spendiert, also hat er wohl ebenfalls Interesse. Können die Chancen besser stehen?

Abrupt erhebe ich mich.

»O Gott!« Beatrice sitzt aufrecht. »Du fragst ihn?«

Entschieden nicke ich. Ich fühle mich zu alt, um wie auf dem Schulhof darauf zu warten, dass mich ein Typ zum Schulball einlädt. Also werde ich es tun.

Mit weiten Schritten laufe ich zur Bar und schiebe mich neben ihn an den Tresen. Mein Haar schwankt über die Schulter, als ich ihn ansehe. Ich strecke ihm meine Hand hin. Als er verwirrt aufsieht, hält er eine neue Zigarette. Ich klaube diese aus seinen Fingern und drücke sie auf dem Teller aus. »Keine Ausreden«, sage ich. »Sie sind doch nicht zum Schmollen hier, sondern zum Feiern, nicht wahr?«

Der Moment, in dem er mich ansieht, zieht sich so lange, dass mein Herz schneller klopft. Mache ich mich lächerlich? Plötzlich reicht er mir die Hand. Sie duftet nach Tabak, doch aus irgendeinem Grund stört es mich nicht. Ich verbinde den Duft mit etwas Bekanntem. In meinem Magen prickelt es.

Er sagt nichts. Seine Augen sind dunkel, sein Blick schwermütig. Sommersprossen überziehen meine Finger, die auf seinen gebräunten ruhen. Er rutscht vom Hocker. Nun führt er mich zwischen den Tischen hindurch zur Tanzfläche.

Erleichtert atme ich durch. Dieser Abend mit Musik und Alkohol macht uns wohl leichtsinnig.

Als er den Arm hebt, manövriert er mich in eine Pirouette. Im nächsten Augenblick sinke ich gegen seinen anderen Arm. Meine Hand lege ich an seine Schulter, ertaste den Mann darunter.

Ich habe keine Ahnung, was ich tun soll. Bruchteile meiner Schultanzbildung bei einem gewissen Herrn Elmayer setzen sich zu einem Puzzle zusammen, doch da bewegen sich bereits meine Füße im Takt. Vor-Wiegeschritt, Rück-Wiegeschritt ... Mein Blick will zu meinen Füßen gleiten, um zu sehen, was diese tun. Mein Tanzpartner zieht mich an seine Brust und schneidet mir den Blick ab. Ich muss mich von der Musik leiten lassen, von seinen Bewegungen. Ich habe keine Ahnung, ob ich mich komplett lächerlich mache, doch sein Gesicht bleibt unberührt. Er wirkt höchstens erschöpft. Ich runzle die Stirn.

»Wissen Sie, wer ich bin?«, fragt er unvermittelt.

Ertappt füge ich die Lippen aneinander. »Ich ...«, versuche ich mich herauszuwinden. Der Satz zerfranst kurz nach dem Start.

Das erste Mal lächelt er, doch es wirkt schmerzlich. Seine Finger schließt er fester um meine. »Schon gut«, sagt er.

»Es tut mir leid ...« Um die Scham zu überwinden, versuche ich den Nebel in meinem Kopf zu durchdringen. Negative Emotionen steigen in mir auf, die Erinnerung an Kälte klettert in mir hoch. Ich bin versucht, ihn loszulassen und zum Tisch zu fliehen. Kenne ich ihn von zu Hause? Aus Österreich? Von früher? Von davor? Was ist passiert? Hier möchte ich doch alles zurücklassen – die Arbeit, die Anstrengung, die negativen Gedanken ...!

Sein Geruch lullt mich ein. Meine Gedanken rotieren, ohne dass sie sich festzukletten vermögen. Mit der Zungenspitze fahre ich über meine Lippen, während uns die Musik trägt. Er bemerkt meine Anspannung, denn seine Bewegungen werden langsamer. »Alice?« In seiner Stimme klingt Sorge nach. »Was ist mit dir?«

Abrupt hebe ich den Kopf und starre ihm in die Augen. Meine Hand schwebt in der seinen, mit der anderen gleite ich an seinem Oberarm herab, bis sie von seiner Armbeuge gefangen wird. »Woher kennen wir einander?«, flüstere ich. »Von zu Hause?«

Sein Adamsapfel hebt und senkt sich, als er schluckt. »Das ist dein Zuhause, Alice.«

Ich blinzle. »Wie bitte?«

Sein Blick wird fortgedrängt, als wäre meiner ein gleich gepolter Magnet. »Entschuldigen Sie«, sagt er. »Ich rede nur Unsinn. Ich wollte Sie nicht stören. Ich …« Diesmal ist es sein Satz, der bricht.

Er zieht die Hand zurück. Ohne seine Unterstützung schwebt sie nicht länger, sondern sackt herab. Er nickt mir zu. »Schönen Abend.« Damit wendet er sich ab und tritt die Flucht an. Geschickt manövriert er sich zwischen den sich wiegenden Paaren hindurch.

Kapitel 24

»Warten Sie!«

Mein Körper setzt sich wie von selbst in Bewegung, als wüsste er etwas, was meinem Kopf verborgen bleibt. Der Mann schreitet auf langen Beinen wendig davon. Wenig später verlässt er bereits den Restaurantbereich. Ich schlüpfe ihm hinterher.

In der Vorhalle ist es abgedunkelt, nur am kreisrunden Tresen leuchtet eine Neonröhre, die ihn wie eine goldgelbe Welle einfasst. Die Schritte meines Tanzpartners hallen durch den hohen Raum. »Warten Sie!«, rufe ich ihm hinterher, doch er strebt auf die Schwenktüren zu. Schon ist er durch. Die Türflügel wippen vor und zurück.

Meine eigenen Schritte klopfen wie ein Stakkato, als ich ihm hinterherlaufe. Ich stoße durch die wankenden Türen, die mich zu ohrfeigen drohen, und drossle mein Tempo, als ich mich in fremder Umgebung wiederfinde. Gefliester Boden, Stahlschränke und Tische. Die Küche zieht sich so lang, dass sie sich in der Dunkelheit verliert. Nur ein Notlicht malt eine Linie auf den Boden. In der Ferne streift ein Schatten darüber hinweg. Eine Aufzugstür schiebt sich auf. Dahinter wartet die leuchtende Kabine. Mein Tanzpartner steigt ein.

Ich laufe. In der Dunkelheit stoße ich gegen eine Kante, die mir die Luft aus der Lunge stößt. Ohne richtig Atem zu holen, renne ich weiter, der Leuchtstreifen am Boden der gold'ne Ariadne-Faden, der mich führt. Mein Tanzpartner bleibt ein Scherenschnitt vor dem grellen Licht der Aufzugskabine. Ich stürze durch den schmaler werdenden Spalt, bevor sich die Tür hinter mir schließt, und pralle gegen den Mann. Er dreht sich um. »Alice …!«

»Woher kennen Sie mich?« Ich packe ihn an den Unterarmen. »Wo sind wir einander zuvor begegnet?«

Er schüttelt den Kopf, die dunklen Haare rutschen in seine Stirn. »Bitte, Alice, du … Sie dürfen nicht … Gäste dürfen nicht in diesen Bereich.«

Meine Daumen drücke ich in die Haut seiner Unterarme. Ich spüre seinen Puls. »Ich habe das Gefühl, Sie zu kennen! Und Sie kennen mich! Also sagen Sie doch!«

Seine Finger schnappen zu, er hält mich gefangen. »Alice«, spricht er vorsichtig. »Sind Sie glücklich?«

»W-was …?«

»Sind Sie glücklich hier?«

»J-ja«, erwidere ich. »Selbstverständlich. Wieso fragen Sie?«

Die Tür hat sich geschlossen, doch der Aufzug bleibt ohne Regung. Aus der Ferne dröhnt die Musik heran.

Der Mann zieht mich an sich. Als hätte ich darauf die ganze Zeit gewartet, schmiege ich mich an ihn. Er riecht nach Zigaretten, Seife und sich selbst. Erleichtert atme ich ein. Es fühlt sich an wie nach Hause kommen. Einen Augenblick, vielleicht viele, stehen wir so da, bis er seine Hand unter meine fädelt. Zu dem Flüstern der Musik tanzen wir. Es ist kaum mehr als ein Wippen. Mein Ohr liegt an seiner Brust, mit meiner Schläfe streife ich das Schlüsselbein.

Er riecht so gut. Der Tabakgeruch stört mich nicht länger. Er gehört zu ihm wie der individuelle Duft, der seiner Haut anhaftet. Plötzlich ist es mir egal, wo oder wie wir einander begegnet sind. Der vorsichtige Tanz ist das Einzige, was zählt. Ich lebe den Moment. Atme ihn. Sein Herz pocht an meinem Ohr. Unsere Finger verflechten sich ineinander. Meine andere Hand lege ich um seine Taille. Ich ertaste den Rücken darunter, fahre die Wirbelsäule entlang, die Muskeln, die sie einfassen. Unvermittelt zuckt er zusammen.

»Was ist los?«, erschrecke ich und löse mein Ohr von seiner Brust. Das Pochen seines Herzens hallt in meinem Kopf nach.

»Nichts«, stößt er aus. »Bloß eine Verletzung. Ich bin gestürzt.« Er zieht mich zurück in die Umarmung, und ich lasse es mit mir geschehen. Meine Lider flattern und schließen sich zur Ruhe. Um mich ist dunkler Frieden, durchdrungen von entfernter Musik. Unsere Regungen verschmelzen zu einer. Die negativen Gefühle schälen sich von mir ab wie vertrocknete Blätter. Mit dem Daumen streiche ich über seinen Handballen. Ich kenne ihn, und gleichzeitig kenne ich ihn nicht.

Ich bleibe in dem Raum dazwischen hängen und wiege mich vor mich hin, eingehüllt von seiner Wärme und seinem Duft.

»Du solltest wirklich gehen«, flüstert er.

»Wieso?«

»Es könnte jemand kommen.«

»Mh-mh.«

Wir wiegen uns weiter. Die Musik trägt uns, ein Lied fließt in das nächste über. Sein Kinn lehnt an meinem Haupt, mit der Wange streift er über meine Schläfe, ein bisschen kratzig vom nachwachsenden Bart. Mich überkommt der Gedanke, ihn zu küssen, doch die Trägheit unseres Tanzes hält mich davon ab; die Furcht, ich könnte die Vollkommenheit des Augenblicks zerstören. Ich habe Angst, zu unterbrechen, was uns hier stumm begleitet. Also bleibe ich. In seinen Armen. Und er in meinen. Der heilige Sankt Martin. Ich weiß nicht, woher der Gedanke stammt. Martin? Ist das sein Name?

Plötzlich rüttelt der Boden unter uns. Wir stolpern, er stößt rückwärts gegen die Wand. Mich überwältigt das Gefühl, ich hätte diesen Augenblick bereits einmal erlebt. Vor Schmerzen stöhnt er auf. Seine Verletzung, erinnere ich mich. Ein Bild flimmert vor meinem inneren Auge, als er sich aus den Scherben in einem Badezimmer klaubt. Ich komme nicht dazu, mich an den Gedanken festzuklammern.

»Verdammt.« Er stößt sich von der Kabinenwand ab und starrt auf die Knopfanzeige. »Wir fahren zu den Mitarbeiterquartieren.«

Ich gleite die Wand entlang in die Ecke. Etwas an seinem Verhalten macht mir Angst. Es ist schon möglich, dass Mitarbeiter nichts mit Gästen anfangen sollen ... aber ist es tatsächlich so dramatisch, dass wir miteinander im Aufzug gesehen werden? Mein Herz klopft wie wild und verrät mir: Ja. Drama ist angesagt.

Angespannt starrt er auf den Punkt neben den Aufzugsknöpfen. Abrupt halten wir. Die nächste Sekunde verstreicht zäh wie Minuten. Die Tür gleitet auf und lässt zwei Mitarbeiter ein.

Mein Tanzpartner – Martin? – packt mich am Handgelenk, zieht mich an sich und drängt mit mir im Arm an ihnen vorbei aus dem Aufzug. Er ist ein mittelalterlicher Schild, der meinen Anblick von ihnen abschirmt. Bestimmend schlingt er den Arm um meine Schulter und zwingt mich voran. Ich höre, wie sein Atem scharf pfeift, spüre seine stramme Haltung an meiner Seite, wie er fester zudrückt, damit ich mit ihm Schritt halte. Die silbernen Aufzugstüren gleiten zusammen, doch die Geräusche werden nicht leiser. Ein Gespräch mäandert uns entgegen, genau wie deren Inhaber, die soeben um die Ecke einer T-Kreuzung biegen. Dieser Gang kommt mir bekannt vor, doch ich komme nicht darauf, woher. Mein Sichtfeld ist leicht verzerrt, der Alkohol tut sein Übriges. Wir streben voran, die Menschen wandern heran.

Mit einem Ruck dreht sich Martin zur Tür, presst die Hand unter die Klinke, und die Tür öffnet sich mit einem Klicken. Vorwärts stolpere ich hindurch. Kurz streift das Ganglicht meinen Rücken wie die Scheinwerfer eines vorbeiziehenden Autos, dann schließt sich hinter mir die Tür mit einem Klicken.

Das Zimmer sieht genauso aus wie meines. Wäre nicht sein Geruch, die zerwühlte Bettwäsche, die zusammengeknüllte Kleidung und der Aschenbecher am Fensterbrett, ich könnte sein Zimmer von meinem nicht unterscheiden.

Auf dem Absatz drehe ich mich um. Er lehnt mit beiden Händen an der Tür, löst sich nur zögerlich, um sich zu mir umzudrehen. »Es tut mir leid«, sagt er. »Beziehungen … jeglicher Art … zwischen Angestellten und Gästen sind strengstens untersagt.« Seine Pausen drücken mehr aus als seine Worte.

Meine Augenbraue rückt ein Stück in die Höhe. »Jeglicher Art?«, wiederhole ich. Mein Mundwinkel zuckt. »Also dürfen wir nicht reden? Nicht tanzen?«

Er stößt die Luft durch die Nase, es klingt wie ein Lachen. Seine Lippen verziehen sich. Der Anblick bringt mein Herz zum Galoppieren. Er drückt sich von der Tür fort und tritt auf mich zu. Mit seinem Lächeln erinnert er mich an einen Fuchs, der sich an Beute anschleicht. Ich spüre, wie meine Wangen und Ohren zu prickeln beginnen und die Hitze sich tief in meinen Magen bettet. Die Aufregung macht mich zittrig. Mein erster Instinkt wäre, beides als etwas Negatives einzustufen und dieser Situation zu entfliehen, doch ich erwarte sein Näherkommen mit flatternder Freude. »Die meisten Gäste reden ohnehin nicht viel mit uns. Für sie sind wir austauschbar.«

Das Lächeln fällt mir von den Lippen, als ich merke, dass ich seinen Namen noch immer nicht weiß. »M-Martin?«, würge ich hervor.

Enttäuschung flackert über sein Gesicht, doch er fasst sich rasch. »Aron. Aron Martin.«

Ich könnte mich ohrfeigen. »Es tut mir so leid«, sage ich bekümmert, meine Stimme wandert eine Oktave nach oben. »Ich weiß nicht, wie ich …« Wann hat er mir seinen Namen verraten? Woher kennen wir einander? Warum fühlt sich unser Zusammentreffen so bekannt an, die Energie zwischen uns so knisternd, als hätte sich über lange Zeit etwas aufgebaut?

Ach, hör doch auf, Alice … Alle wollen nur dein Bestes, die Einzige, die es nicht will, bist du selbst.

Meine Gedanken werden von seiner Hand abgelenkt, mit der er sanft meine fasst. »Sei nicht traurig, Alice. Hier vergisst jeder sein früheres Leben. Das einzig Wichtige ist doch, dass es dir gut geht.«

Ich blicke auf die Hand in der meinen, die Adern, die unter der Haut dahinführen, und denke über die eigenartige Wahl seiner Formulierung nach. Gleichzeitig fühlt sich alles weich und wie in Watte gefasst an, meine Umgebung schwankt vom Alkohol wie auf hoher See. Ich spüre die Energie zwischen uns wie eine warme Aura. Unsere Finger verknoten sich erneut, und ich betrachte sie wie ein Wunder. »Du solltest jetzt wirklich gehen«, ertönt seine Stimme über mir. »Ich bringe dich zu deinem Aufzug.« Seine Hand, seine Füße, nichts von seinem Körper folgt dem eigenen Befehl. Wir stehen nur da und streicheln die Finger des jeweils anderen, und jede Berührung sendet Funken durch meine Haut. Ich vernehme seine tiefen Atemzüge und muss lächeln. Natürlich möchte ich nicht, dass er Ärger kriegt. Aber alles an ihm schreit danach, dass er will, dass ich bleibe – nur sein Mund sagt etwas anderes. *Leichtsinn, dein Name ist Alice.*

Ich fasse unsere verflochtenen Hände mit der zweiten, hebe sie an, lege sie an meine Wange. Er streicht mit dem Daumen über meinen Wangenknochen, und als ich aufblicke, sieht er mich eigenartig liebevoll an, als würden wir uns bereits ewig kennen. Mit den Fingern fährt er meine Wange entlang, streichelt die Linie meines Kiefers, den Hals. Mir ist, als wäre dies schon einmal passiert, und irgendwie doch nicht. Ein Schauer klettert mir den Rücken hinab, ängstlich, wohlig. Ich spüre die Erwartung in meinen Augen ruhen, als wir uns nur ansehen. Ich habe den Tanz eröffnet. Er muss ihn fortsetzen. Es ist sein Risiko, nicht meins. Ich bin hier nur Gast. Für mich steht nichts auf dem Spiel. Auch wenn es sich anders anfühlt.

Ungeduld ballt sich in meinem Magen. Ich bin versucht, mich ein Stück auf die Zehen zu katapultieren. Da bricht er den Bann zwischen uns und küsst mich.

Die Lippen geschlossen, ruhen unsere Münder einen Augenblick aufeinander. Mit der anderen Hand umfasst er ebenfalls meine Wange, zieht mich an sich, und ich schwebe wie von selbst auf die Zehenspitzen wie ein aufsteigender Schwan. Vorsichtig öffne ich den Mund einen Spalt, meine Zunge schleicht heraus, ich stupse seine Lippen an, testend wie eine Schlange. Ich fühle mich so unsagbar böse, ihn in Versuchung zu führen, doch ich will ihn umarmen, ihn küssen, ihn berühren, und in diesem Augenblick ist mir egal, was für ihn auf dem Spiel steht. Er soll mich festhalten und überall Küsse verteilen. Und als ich ihn so necke, bricht sein Mund auf und lässt mich ein.

Er schmeckt ganz anders, als ich es mir vorgestellt habe. Meinen ganzen Körper überziehen wohlige Schauer. Alles prickelt, mein Mund, meine Haut, mein Magen, meine Schenkel. Er packt mich fester und ich packe ihn. Wir schwanken, gefangen in unserer hervorlodernden Gier. Ich grabe die Finger in sein Hemd, über seine Arme, als wolle ich es in Streifen reißen und von seinem Leib schälen. Mit der anderen Hand streiche ich über seinen Rücken und wünsche mir nichts sehnlicher, als nackte Haut zu spüren, bis ich auf ein Hindernis stoße. Er zuckt zusammen und unsere Münder lösen sich mit einem Zischen, in dem ihm die Luft entweicht.

Ich erinnere mich an seine Verletzung. »E-entschuldige«, stottere ich. Zwischen uns klafft ein Abstand, ich hasse nichts mehr als die kalte Luft, die uns trennt, und würde mich am liebsten wieder an ihn schmiegen, doch traue mich nicht. Ich vermisse seinen Mund in dem Augenblick, in dem er sich nicht mehr auf meinem befindet.

»Schon gut«, brummt er. »Es ist nur noch nicht ganz verheilt.«

»Was ist passiert?«, fühle ich mich bemüßigt zu fragen, auch wenn ich vor Ungeduld zapple.

Statt einer Antwort schließt er endlich den Abstand zwischen uns. Wir kletten uns aneinander, unsere Münder suchen nach dem jeweils anderen, und wir wanken einen Schritt, zwei durch das Zimmer, hin zu dem zerwühlten Bett.

»Bist du sicher, dass …?«, keucht er, doch ich habe wirklich keine Lust zu reden, sondern möchte den verdammten Stoff zwischen uns loswerden. Also fummle ich an seinen Hemdknöpfen, während ich hunderttausend heiße Küsse auf seinen Mund verteile. Ich spüre seine Hände an meiner Hüfte, er streicht genüsslich nach hinten über den Po und rafft mein Kleid.

Stoff und Haut. Ich stoße mit den Waden gegen das Bett, und weil es genauso ist wie meins, traue ich mich, mich rücklings fallen zu lassen und ziehe ihn mit mir. Sein Gewicht drückt mich in die Matratze, es ist eine angenehme Schwere, die mich kurz festnagelt, während ich ihm das Hemd von den Schultern streife. Er trägt einen Verband, den ich ausspare, um ihm keine Schmerzen zu bereiten, doch jeden Flecken freie Haut nutze ich, um ihn anzufassen, und verteile Küsse auf seiner Brust. Sein Atem ist schwer und rasselt. Ich schlinge meine Beine um seine Hüfte und merke, dass seine Leibesmitte genauso glüht wie meine. »Ich will mit dir schlafen«, flüstere ich und hebe entgegenkommend das Becken an, als er das Kleid an mir hochstreift, über meinen Bauch, über meine Brüste – fort damit. Ich ziehe es von meinem Haar und schleudere es quer durchs Zimmer, schüttle meine Sandalen ab. Er kriecht über mich, sein Kinn kratzt mein Schlüsselbein entlang, dazwischen verteilt er heiße Küsse; seine Zunge, die eine Spur zu meinen Brüsten zieht. Das Pulsieren zwischen meinen Beinen wird schmerzhaft, als er meine Brustwarze küsst und dabei seine Hände meine Taille hinabstreifen lässt. Seine Finger verfangen sich an meinem Slip. Einen Augenblick lang löst sich der Druck seines Körpergewichts, als er die Unterwäsche von mir abzieht.

Ich nutze die Distanz dazu, den Gürtel seiner Hose zu öffnen, die Schnalle klappert willkommen heißend.

Ich fummle in seine Hose, ertaste sein heißes Glied, das sich mir entgegenwölbt. Mein Händedruck lässt ihn aufstöhnen, die Augen geschlossen, folgt er nur seinem Instinkt und beugt mir die Hüfte entgegen. Es interessiert mich nicht länger, dass er noch die Hose trägt, sondern ich kralle die freie Hand unter den Bund und schiebe seinen Hintern an mich heran. Ich möchte ihn in mir spüren, mit ihm verschmelzen, mich an ihm reiben, ihn außer Kontrolle bringen. Sein Atem streift meinen Nacken, seine Locken kitzeln meine Wange. Ich schlinge meine Beine um ihn, drücke ihn an mich. Seine Küsse sind wie Schmetterlinge an meinem Hals, an meinem Kiefer, an meinem Kinn. Unsere Lippen treffen einander und brechen zu einem innigen Kuss entzwei. Und als unsere Zungen einander umschlängeln, beginnt die Schifffahrt, die uns die Wellen empor und wieder hinab treibt.

Seine Atemzüge branden tief an mich heran, im Takt des Auf und Abs. Immer wieder küssen wir uns, reiben die Körper aneinander wie zwei sich liebende Schlangen, die keinen Zentimeter getrennt sein wollen. Von Fremden werden wir in gemeinsamer Erfüllung zu Liebenden.

Kapitel 25

Sein Atem streicht über meinen Hals, er stützt sich mit den Armen ab, mit den Fingern fährt er durch mein gelöstes Haar. Blinzelnd sehe ich in sein Gesicht, das verschwommen vor mir auftaucht. Vor lauter Gefühl ist es mir, als würde alles golden leuchten.

Mit geschlossenen Augen sucht er nach mir, verteilt winzige Küsse auf meinem Gesicht. Lautlos lache ich, und alles in und an mir fühlt sich an, als würde es flattern wie hunderttausend Kolibris. Sein Bart kitzelt, ich entspanne meine Beine und entlasse ihn. In befriedigter Trunkenheit realisiere ich, wie schön er ist, als er neben mir auf die Matratze sackt und sich erst mal das Haar aus der Stirn streichen muss.

Aron. Aron Martin. Wie konnte ich seinen Namen vergessen? Seine Augen, seinen Blick? Mir ist, als sähe ich alles durch einen Schleier, ich hebe die Hand und berühre seine Lippen. Die Berührung lässt ihn die Lider aufschlagen. Er lächelt, befreit. Schon ein Wunder, was Sex möglich macht. Aber kompliziert macht er auch alles, so steht es in jedem Buch geschrieben. Doch momentan möchte ich mich mit dieser Komplikation nicht auseinandersetzen. Ich will ihn einfach nur ansehen, und mit der Art, mit der er mich betrachtet, erkenne ich – erhoffe ich –, dass es ihm genauso geht.

Wir müssen beide lachen. Er fällt auf den Rücken, eine Locke in der Stirn, und schließt erneut die Augen, auf seine Lippen dieser Augenblick der Glückseligkeit gebannt. Ein glucksendes Lachen schüttelt aus seiner Brust, und es steckt mich an. Seine Hand sucht nach der meinen. So liegen wir, Seite an Seite, auf dem Rücken und starren gegen die Decke, als wäre sie der Sternenhimmel.

Irgendwann fühle ich mich dazu gedrängt, etwas zu sagen. Mit der Zungenspitze fahre ich über die Unterlippe. »Normalerweise tue ich so etwas nicht.«

»Selbst wenn«, sagt er, »wäre es deine Sache.« Seine Antwort überrascht mich. Was meint er damit? War das für ihn ganz normal? Bin ich eine Frau von vielen? Ist Sex für ihn so etwas wie Federball, eine Art sportliche Beschäftigung zwischendurch? Es sollte mich nicht stören – ich kenne ihn schließlich kaum –, doch ich kann nicht verhindern, dass die Gedanken in meinen Eingeweiden rumoren.

Ich sehe fort.

»Menschen verurteilen Frauen wie Goldie«, fügt er an. Der Themenwechsel lockt meinen Blick zurück. Außerdem hält er noch immer meine Hand. Ich beobachte ihn, wie er gegen die Decke starrt. »Egal ob Männer oder Frauen. Weil sie attraktiv ist, vielleicht. Weil sie sich freizügig gibt. Weil sie keinen Hehl daraus macht, dass sie Männer mag und Sex.«

Meine Stirn legt sich in Falten. Das Gespräch nimmt eine eigenartige Dynamik. Warum spricht der Kerl, mit dem ich gerade geschlafen habe, just über Goldie? Wollte er …

»War das Getränk für sie gedacht?«

Überrascht sieht er mich an. »Wie? Nein! Ich …« Er bricht ab. »Vergiss es.«

Ich spüre, dass ich ihn davon abgehalten habe, etwas zu sagen, das ihm wichtig war. Ich drücke seine Hand. »Sprich weiter.« Ich ziehe die Knie an und schmiege mich an ihn, lehne die Stirn an seine bloße Schulter. »Bitte.«

Sein Adamsapfel zuckt, sein ernster Blick haftet an der Zimmerdecke. »Sie war verheiratet, weißt du? Ihr Mann war … nun, sagen wir mal so, sie hätte jemand Attraktiveren haben können, einen Jüngeren. Aber die beiden haben sich geliebt. Wollten Kinder haben; hat nie geklappt. Er starb vor ein paar Jahren, war ziemlich viel älter als sie. Das sieht niemand mehr. Weiß niemand. Sie alle zerreißen sich das Maul, obwohl sie sie nicht kennen. Frauen sollen tun können, was sie wollen. Schlafen, mit wem sie möchten. Du kannst schlafen, mit wem du willst. Ich verurteile dich nicht. Das ist alles, was ich sagen wollte.« Er seufzt. »Ich sollte besser den Mund halten.«

»Ich mag, was aus deinem Mund kommt«, sage ich, stemme mich auf dem Unterarm empor und verpasse ihm einen Kuss. Mit der Hand fummelt er nach meinem Haar, streicht hindurch. Schließlich komme ich auf seiner Brust zu liegen, lausche seinem Herzschlag. Er rafft das Laken über mich, damit ich nicht friere. Süß.

»Bitte sprich Goldie nicht darauf an, falls du dich später daran erinnerst …«, sagt er und bricht ab.

Ich hebe den Kopf, mein Haar schwebt zwischen uns wie ein rotblonder Vorhang. »Falls ich mich daran erinnere? Was meinst du damit?«

Er wirkt ertappt, hält in der kämmenden Bewegung inne. Er schluckt. »Ich …« Er entzieht sich mir, setzt sich auf. Er reibt sich über das Gesicht.

»Was meinst du damit?«, hake ich nach.

»Nichts, Alice. Es ist nur … alle hier … sie wollen sich entspannen, vergessen, sie wollen …«

Ich fasse nach seiner Schulter. Er zuckt unter der Berührung zusammen. Unvermittelt packt er den Hosenbund, zieht ihn hoch und beginnt, die Hose zuzuknöpfen. »Das war ein Fehler …«

»W-wie?«

»Es gibt Regeln hier. Wir haben uns daran zu halten. Sie existieren aus einem Grund.«

»Ich verstehe nicht …!« Ich möchte nach ihm fassen, doch er steht auf, sodass ich ins Leere grapsche. Was passiert hier? Habe ich etwas Falsches gesagt? »Bestrafst du mich, weil ich Fragen stelle?«

Er reißt den Kopf herum. Seine Reaktion ist total eigenartig. Ist er … schockiert? Verzweifelt blicke ich ihn an, raffe das Laken in meinem Schoß, ziehe es mir über die Brust. Vor einem Moment war ich gelöst und glücklich. Jetzt fühle ich mich schmutzig und weiß nicht, woher das Gefühl stammt. Ich spüre Tränen hinter meinen Augen stechen, reibe mit dem Handballen darüber. Dann raffe ich die Decke und suche nach meinem Kleid.

»Alice …«, sagt er dunkel und streckt mir die Hand entgegen, doch er berührt mich nicht, als hielte ihn etwas davon ab. »Es tut mir leid.«

Endlich habe ich es gefunden und beeile mich, hineinzuschlüpfen. Die Träger verhaken sich in meinen Haaren. Ich rutsche dennoch vom Bettrand und ziehe es grob über Brust und Schenkel, meine Unterhose suche ich gar nicht erst. »Du wolltest, dass ich mich nicht schämen muss«, presse ich hervor. »Glückwunsch, es ist dir trotzdem gelungen.« Ich stapfe zu den Sandalen, die auf dem Boden verstreut liegen – eins, zwei, ich sammle sie auf.

»Alice!«, er eilt mir hinterher. Als ich bei der Tür bin, holt er mich ein. Mit seinem Körper verdeckt er die Türklinke. »Bitte! Es liegt nicht an deinen Fragen! Es liegt …« Er ringt um Worte. »Es liegt an meinen Antworten.«

»Ja«, erwidere ich brüsk. »Du verheimlichst mir doch etwas!«

Er sieht verzweifelt aus, weicht meinem Blick aus. Sein Hinterkopf knallt gegen das Türblatt, als er sich zurücklehnt. »Das Schlimmste ist, du wirst es morgen ohnehin vergessen haben«, sagt er.

Ich stoße ein bitteres Lachen aus. »Darauf würde ich keine Wette abschließen!« Ich dränge ihn von der Tür fort, und er lässt es mit sich geschehen. Mit einem Schritt bin ich draußen und haste zum Aufzug, die Sandalen schaukeln an meinen Fingern. Ich bin so wütend! Und so gekränkt! Wieso spricht er so mit mir? Es wäre wirklich besser gewesen, er hätte den Mund gehalten …

Ich höre Schritte hinter mir, fühle mich verfolgt, drücke zornig auf den Pfeil, als ich bei der Aufzugstür angelange. Sie gleitet vor mir auf, als Aron neben mir auftaucht. Ich wünsche mir, er würde etwas sagen, was das hier repariert, doch ehrlich gesagt fällt mir selbst kein Satz ein, der das vermag.

Stattdessen beugt er sich schweigend vor, während ich einsteige, und drückt einen der Aufzugsknöpfe. Die Beschriftung fehlt. Ich hätte keine Ahnung, wo ich hinmuss.

Bedauern verknotet seine Brauen. »Es tut mir wirklich leid, Alice«, sagt er. Er hängt noch etwas an. Ich verstehe es nicht, da sich die Tür fauchend vor ihm schließt.

Kapitel 26

Ich wache auf.

Endlich Urlaub.

Kapitel 27

Ich sitze mit Goldie und den anderen am Pool, als ich merke, dass mich ein Mann beobachtet. Der Kleidung nach handelt es sich um einen der Mitarbeiter, der mit einem Kollegen an der Bar Getränke ausschenkt. Währenddessen wandert sein Blick wiederholt in meine Richtung.

Goldies dunkelhaarige Freundin holt sich etwas zu trinken. Ich beobachte den Barmann dabei, wie er ihr einen Kaffee runterlässt. Kaum balanciert sie die Tasse zurück an ihren Platz, sieht er wieder zu mir. Als er merkt, dass ich seinen Blick erwidere, wendet er sich ab.

Ich runzle die Stirn.

»Was'n los?« Goldie legt ihre Hand auf meinen Unterarm. An einem Finger glänzt ein dünnes goldenes Band. Ihre Hände sind nicht mehr ganz jung. Goldie bemüht sich, jedes Anzeichen des fortschreitenden Alters zu verdecken, so gut es ihr möglich ist. Sie drapiert die durchscheinenden Tücher so um ihre Rundungen, dass es ihr stets zum Vorteil gereicht. Über den Rand der Sonnenbrille hinweg sucht sie meinen Blickkontakt. »Spielst du Guckguck mit dem Knaben hinter der Bar?«

Ich bin versucht, ihr genervt den Arm zu entziehen. Nur weil Goldie zu keinem männlichen Angebot Nein sagen kann, heißt das nicht, dass selbiges für mich gilt. Etwas hält mich jedoch ab. Ein flüchtiger Gedanke, dass bitch-shaming eindeutig schlimmer ist als promiskuitives Verhalten. Vielleicht flirtet sie einfach gern und hat gern Sex. Vielleicht hat sie den Richtigen noch nicht gefunden – oder verloren, flüstert eine Stimme in meinem Hinterkopf. Wer weiß schon hinter die Stirn anderer zu blicken?

»Keine Ahnung. Er starrt immer wieder so komisch rüber.«

Sie tätschelt meinen Arm, ihr Ring ein kühler Widerstand. »Weil du ein hübsches Mädel bist, Süße!«

Bei dem Wort Mädel muss ich lachen. Ich bin zu alt, ein Mädchen zu sein. Nachdenklich schweift mein Blick zur Bar. Erneut sieht der Typ fort und schraubt stattdessen an einer Flasche herum.

Abrupt setze ich mich auf, fädle die Beine von der Liege und marschiere zur Bar. Er wischt die Arbeitsplatte ab, wendet mir den Rücken zu. Sein Kollege beobachtet meine Ankunft mit höher rückenden Augenbrauen. »Oh-oh ...«

Vor dem Bartresen bleibe ich stehen. Der Typ dreht sich um und erschrickt.

»Kann ich etwas für Sie tun?«, frage ich spitz.

»Wie?«

»Sie starren ständig herüber. Habe ich etwas im Gesicht?«

Im ersten Augenblick sagt er gar nichts. Ich bin zufrieden, dass ich ihn überrascht habe, und überlege, ob ich mit diesem Triumph einen grandiosen Abgang hinlegen soll, als er doch antwortet. »Eine Nase?«

Ich kippe den Kopf zur Seite. »Der war schlecht.«

»Ich wusste nicht, dass schauen verboten ist.«

»Eine solche Aussage kann wahrhaft nur von einem Mann stammen.«

»Haben Sie sich hierherbemüht, um mich in meinem Schauverhalten zu maßregeln?«

Sein Kollege duckt sich zur Seite, um einem versehentlichen Streifschuss zu entgehen.

»Wenn man Fremde so dreist anstarrt wie Sie, dann ja.«

Er schraubt einen Shaker zu. »Sind Sie die Blick-Polizei? Würden Sie mir dann gnädigst verraten, wohin ich schauen darf und wohin nicht?« Er hebt das Kinn. »Wenn Ihnen Ihr Gesicht nicht passt ...« Er zuckt mit den Achseln. Sein Blick streift meinen Busen.

Ich spüre, wie mir die Hitze in die Wangen schießt. So eine Dreistigkeit! »Sie sind unmöglich ...!«, stoße ich hervor. »Ich werde mich über Sie beschweren, Herr ...«

»Aron. Aron Martin.«

Ich zucke zurück. Kenne ich den Namen? Kenne ich ihn?

»Noch etwas?«, setzt er hinterher.

Ich schlucke eine Erwiderung hinunter. »Die Blick-Polizei sagt Ihnen, dass das da …«, ich weise von Kopf bis Fuß, »… für Sie tabu ist.«

Sein rechter Mundwinkel schraubt sich hoch. Er poliert ein Glas und schweigt, doch manchmal sagen Blicke mehr als tausend Worte. Und verdammt, warum flattert es in meinem Magen, als hätte jemand ein Glas mit tausend Schmetterlingen geöffnet?

Erbost will ich mich abwenden, als in der Nähe Rufe laut werden. Eine Angestellte, ein junges Mädchen mit braunem Dutt, sperrt einem Paar den Weg über die Stufen ab. »Wo ist er?«, schreit sie. »Wo ist Timothy?«

»Oh, Scheiße«, stößt der Blick-Delinquent aus und stellt das Glas ab. Auch sein Kollege setzt sich in Bewegung.

Das Mädchen, ich schätze es um die fünfzehn Jahre alt, packt die perplexe Frau an den Schultern und schüttelt sie. »Wo ist er? Wo ist mein Bruder?«

»Was soll das!«, schnauzt der Mann und packt das Mädchen am Handgelenk, als die Ältere einen Ausfallschritt nach hinten macht und über die Stufe stolpert. Badegäste stürzen ihr entgegen und fangen ihren Fall ab.

»Wir kennen keinen Timothy!«, ruft sie verzweifelt, als sie wieder auf die Beine gelangt.

Das Mädchen zerrt an seinem Griff. Auf ihren Wangen schimmern vergossene Tränen. »Lass mich los, Papa!«

»Papa? Ich glaub, ich werd nicht mehr …!«

Die beiden Barmänner sind heran, packen das Kind links und rechts. »Bist du verrückt?«, schnauzt der eine. »Du weißt genau, dass das verboten ist!«

Das Mädchen scheint ihn gar nicht zu hören. »Mama! Papa!«

Verwirrt sieht die Frau auf, die von den restlichen Urlaubsgästen auf die Beine gehievt wird.

Das Mädchen heult: »Wo ist Timmy?«

»Bitte entschuldigen Sie«, ruft der eine Barmann laut. Er zwingt sie herum, doch sie windet sich gegen seinen Griff. Der andere, mit dem ich gestritten habe, stellt sich zwischen Mädchen und zornesrötetem Urlaubsgast, der die Hand drohend zur Faust gehoben hält. »Was soll das?«, blafft er. »Wir haben doch nicht teuer für diesen Urlaub gezahlt, um uns von Verrückten attackieren zu lassen!«

»Bitte entschuldigen Sie. Jacqueline hat zuletzt Ihre Familie verloren. Wir bitten um Verständnis …« Er drängt sie einige Stufen empor. Das Mädchen heult und windet sich im Griff des anderen.

»Ich werde mich beschweren!«, wettert der Partner der Angegriffenen. »Darauf können Sie einen lassen!«

Es ist seine Frau, die seinen angespannten Arm abfängt. »Lass es, Andrew«, fleht sie. »Hast du nicht gehört? Das Kind hat seine Familie verloren.«

»Das ist noch lange kein Grund …!«

Sie umfasst seine Faust mit ihren Händen. »Sieh mich an.«

»Du hättest die Treppe runterstürzen können!«

»Sieh mich an, Andrew.«

Widerwillig guckt er sie an. Sie tätschelt seine Wange. »Alles ist gut. Komm …« Sie zieht ihn zur Seite, auf die entgegengesetzte Plattform, spricht ruhig auf ihn ein. Streichelt dabei seine Hand. Er ist ein zornerfüllter Riese, der neben ihr her stapft.

Etwas an der ganzen Szenerie beunruhigt mich.

»Alles in Ordnung?« Goldie taucht an meiner Seite auf. »Das ist ja eine Hollywood-Produktion heute!«

Schleppend nicke ich und beobachte, wie die Mitarbeiter verschwinden. Keiner von ihnen sieht zurück. So viel zur Blick-Polizei.

Ich kaue auf der Unterlippe herum und frage mich, warum mich das alles so berührt, obwohl ich keinen der Beteiligten näher kenne.

Meine Stimmung bleibt während des restlichen Tages gedämpft. Ich bemühe mich, sie abzustreifen wie einen Mantel, doch es gelingt mir nicht. Meine Freundinnen versuchen mich beim Abendessen abzulenken. Sie haben den Zwischenfall bereits wieder vergessen.

Ich wünschte mir, ich könnte so unbeschwert lachen wie sie, doch das Grübeln bleibt. Ich kann mich dafür selbst nicht leiden. Warum bin ich nicht einfach glücklich wie all die anderen? Sogar das Ehepaar hat sich beruhigt, sitzt einander gegenüber beim Tisch und hält über das Tischtuch hinweg Händchen. Wenn selbst die Betroffenen den Zwischenfall abstreifen können, warum hängt er um meinen Hals wie eine Eisenkugel?

Goldie geht auf einen Spaziergang mit einem Mann, den sie am Pool getroffen hat. Die anderen beiden bewundern sie dafür und ziehen sich später auf ihre Zimmer zurück.

Der Speiseraum leert sich nach und nach, bis ich einsam zurückbleibe und durch die Glastür aufs kobaltblaue Meer hinausstarre, das in der Nachtstimmung gegen die Inselklippen stößt, als wolle es diese verschlucken. Meine Gedanken wandern davon, möchten im angenehmen Urlaubsnebel verschwinden, doch etwas führt sie zurück. Es macht mich traurig, dass ich nicht vergessen kann wie die anderen.

»Frau Kern?«, spricht mich jemand an. »Sie sind die Letzte. Wir würden dann gern fertig aufräumen.«

Ich blicke über die Schulter auf. Aus dem ersten Instinkt heraus will ich den Kellner weiterwinken wie jeden anderen, doch er kommt mir bekannt vor. Wie war das? Blick-Polizei? Und sein Name?

»Entschuldigen Sie«, sage ich. »Ich war heute unhöflich zu Ihnen. Ich hatte wohl einen schlechten Tag.«

Er hebt die Augenbraue. »Eigenartig. Ich dachte, von den Gästen hätte niemand einen schlechten Tag.«

Ich weiß nicht wieso, aber seine Aussage entringt mir ein Lachen. Ich greife nach dem Weinglas, leere es mit einem letzten Schluck und mühe mich dann in die Höhe. Mit einer Verabschiedung verlasse ich das Restaurant und durchquere die abgedunkelte Vorhalle. Ich drücke den Knopf neben der Aufzugstür und warte auf die Ankunft der Kabine. Als ich einsteige, erklingen Schritte hinter mir. »Warten Sie! Alice!«

Der Kellner/Barmann/Blick-Delinquent streckt den Arm mit meiner Weste über die Schwelle, sodass sich die schließenden Türen nochmals öffnen. »Sie haben die hier liegen lassen.«

Verdattert nehme ich das Kleidungsstück entgegen. Eine Weile schweben unsere Arme so, während wir beide den Stoff berühren. Etwas an seinem Blick rührt mich in meinem Inneren. Er scheint es misszuverstehen, denn er wendet sich ab; muss trotzdem dabei grinsen. »Verzeihung. Die Blick-Polizei. Ich vergaß.«

Ich pfeffre das Kleidungsstück hinter mich – und küsse ihn.

Kapitel 28

Endlich Urlaub.

Etwas stimmt nicht mit meiner Nachbarin.

Heute Abend habe ich sie auf dem Gang rumoren gehört. Als ich die Tür öffnete, wanderte sie in der Dunkelheit herum. Kaum fragte ich sie, was sie hier tue, wirkte sie überrascht, und meinte, sie suche nach etwas – wisse allerdings nicht wonach. Vielleicht schlafwandelt sie?

Endlich Urlaub.

Ich habe einen Mann kennengelernt. Seinen Namen habe ich bereits wieder vergessen, doch er ist Kellner hier im Urlaubsresort und wir sind abends nach dem Abendessen noch eine Weile beisammengesessen. Er ist Raucher, was ich nicht sonderlich mag. Etwas an ihm erinnert mich an eine verflossene Liebe. Ich mag sein Lächeln. Wir haben uns über meinen Aufenthalt unterhalten. Er hat gefragt, ob ich hier glücklich sei. Ich freue mich, ihn morgen wiederzusehen.

Endlich Urlaub.

Ich kann nicht schlafen. Meine Zimmernachbarin weint so laut, dass ich es durch die Wände höre. Ich habe gegenüber angeklopft, ein Mann kam und hat sich entschuldigt. Er weiß nicht, was mit ihr los sei. Er sagt, sie weiß es selbst nicht. Möglicherweise leidet sie an Depressionen. Ich kenne das, möchte allerdings nicht darüber nachdenken. Nicht hier, im Urlaub. Ich hoffe, sie ist bald leiser.

Endlich Urlaub.

Ich hatte einen verdammten One-Night-Stand mit einem der Kellner! Ernsthaft jetzt, was ist in mich gefahren? Alle anderen waren bereits auf die Zimmer gegangen, er fragte mich, ob ich etwas trinken möchte, und plötzlich haben wir Sex auf dem Restauranttisch! Was ist nur los mit mir?

Endlich Urlaub.

Ich frage mich, ob Goldie mal verheiratet war. Manchmal, wenn sie mit den Gedanken woanders ist, spielt sie mit dem Ring an ihrem Finger. Ich habe sie darauf angesprochen, doch sie hat lachend abgewunken. Möglicherweise schwindelt sie, um vor den anderen ihr Gesicht zu wahren. Sie liebt ihre Rolle als Männerliebhaberin.

Endlich Urlaub.

Total eigenartig. Heute beim Badminton ist eine der anderen Teilnehmerinnen gestürzt und hat sich die Achillessehne gezerrt. Da hat unsere Trainerin sie *Maman* gerufen und ist zu ihr geeilt. Da hat sie erst ihren Fauxpas gemerkt. Die ist vielleicht rot geworden! Hat gestammelt und sich entschuldigt.

Die Gestürzte hat nur gelacht und abgewunken. Es wäre doch schön, wenn sich jemand um sie kümmere. Nur Mutter wäre sie keine, das hätte sich nie ergeben.

Das Ding, das die Federball-Einheiten leitet, hat fast zu weinen begonnen. Möglicherweise hat sie etwas Schreckliches mit ihrer eigenen Mutter erlebt. Ich wollte mich nach ihrem Befinden erkundigen, allerdings konnte ich sie den ganzen Tag nicht mehr finden. An der Rezeption stand jedenfalls nur ihre stinkige Vorgesetzte mit dem

Gesicht wie eine Million Tage Regenwetter. So, wie sie sich bewegt, erinnert sie mich an eine Krabbe.

Endlich Urlaub.

Eigentlich habe ich heute einen Mann kennengelernt, der perfekt für mich wäre. Er ist sportlich, etwas älter, erinnert mich an einen Italiener. Eigenartigerweise war beim Abendessen kein Platz mehr frei, also mussten wir zusammensitzen. Wir hatten einen netten Abend – wäre nicht der Kellner gewesen!

Der hat vielleicht eine Laune gehabt und uns die Teller vor die Nase gepfeffert. Keith hat darüber nur gelacht, ich habe mich sehr geärgert. Ich werde mich morgen über das Verhalten des Kellners beschweren. Ich muss mir den Namen merken.

Aron, Aron Martin.

Endlich Urlaub.

Endlich Urlaub.

Endlich Urlaub …

Kapitel 29

Als ich frühmorgens aus der Aufzugskabine steige, treffe ich Keith auf dem Weg zum Restaurant. Er trägt eine kurze Hose und Flipflops, was ihm mit seinen muskulösen Waden gut steht, und er begrüßt mich mit einem gedehnten »Alice!«. Dabei umfasst er sacht meinen Ellenbogen.

Ich muss lächeln, dass er mich auf diese Weise zu einem gemeinsamen Tisch leitet. Sein Ton ist unverbindlich, so wie alles an ihm; auch wenn ich zugeben muss, dass ich mich in ihn verguckt habe. Nicht viele Menschen hinterlassen bei mir Eindruck. Die meisten verblassen wie in einem Traum, als schöbe sich ein zarter Vorhang davor, der sie ihrer Wichtigkeit beraubt.

Keith leitet mich zu einem Tisch nahe der Fensterfront. Er weiß mittlerweile, dass ich gern dort sitze und aufs Meer hinausblicke. Eine Kellnerin kommt und bringt uns den Kaffee, genau wie wir ihn gern haben – ich eine Melange, er einen Latte Macchiato. Als ich die Tasse an meine Lippen hebe, steigt mir der Geruch unangenehm in die Nase, als könne ich Kaffee plötzlich nicht mehr leiden. Ich reibe mir den Magen, mir wird leicht übel bei dem Gedanken, ihn zu trinken. Stattdessen schiebe ich die Tasse lediglich zur Seite.

Wir unterhalten uns über das gute Wetter, Keith erzählt, dass er heute wieder Bahnen schwimmen möchte. Verträumt spielt er mit seinem Daumen mit einer goldbraunen Locke, die muskulösen Hände hinter dem Haupt verschränkt. Seine breite Brust lässt ihn sportlich wirken.

»Du gefällst mir, Alice«, sagt er irgendwann. Ich weiß nicht einmal, worauf er sich bezieht. Trotzdem lächle ich.

Als die Kellnerin das Geschirr abräumt, beugt er sich mit dem abendlichen Menüplan zu mir. »Wollen wir gemeinsam aussuchen?«

Ich habe zwar keine wahnsinnige Lust, mich jetzt schon damit auseinanderzusetzen – der Tag erscheint mir vorgeplant genug –, doch ihm zuliebe entscheiden wir uns für ein Menü. Roastbeef, hauchdünn geschnitten, mit Sauce Tartar, gefüllter Kürbis mit Schafskäse und Pinienkernen, Ricotta-Tarte mit Himbeeren. Es fühlt sich bereits sehr pärchenhaft an, wie wir uns verhalten. Mein Instinkt wäre, mich nicht binden zu wollen, doch es ist ein Urlaubsflirt. Es ist ja nicht so, als müssten wir gleich heiraten und Kinder kriegen!

Als Keith mit der asiatisch-stämmigen Kellnerin plaudert, trage ich unsere Menükarten zum Pult beim Restauranteingang, um diese abzugeben. Der dunkelhaarige Mitarbeiter hebt die Augenbrauen, nimmt sie jedoch schweigend entgegen und führt sie in den Schlitz ein. Ich könnte es dabei belassen, doch sein Blick irritiert mich.

»Was ist?«, frage ich nach. »Stimmt etwas nicht? Haben wir es falsch ausgefüllt?«

»Nein, alles wunderbar«, presst er hervor und beeilt sich, den Zettel nachzustopfen, als könne er mich dann schneller loswerden.

Sein Verhalten verwirrt mich. Er kommt mir vage bekannt vor, doch genau sagen, woher ich ihn kenne, kann ich nicht. Ich beobachte, wie er den Zettel zerknittert. »Ist alles in Ordnung mit Ihnen?«

»Alles wunderbar, vielen Dank.«

»Das sagten Sie bereits.«

»Es ist ein Satz, den ich gern verwende«, kommentiert er mürrisch. Kurz streift mich sein Blick – eisig, dunkel.

»Ähm …«, stammle ich und ziehe den Kopf zurück. »Habe ich Ihnen etwas getan?« Ich könnte mich beim besten Willen nicht erinnern, doch möchte das klären. Natürlich ist es möglich, dass der Typ einfach nur ein Arschloch ist. Nicht jeder ist wie Keith – personifizierte gute Laune und Sonnenschein.

»Nein. Alles wunderbar.«

Ich hole Luft und versuche, diese verhalten auszustoßen. Just als ich mich umdrehen und gehen will – manchen Menschen ist nicht zu helfen –, scharrt lautstark ein Stuhl über den Boden.

Der Kellner und ich blicken über die Schulter. Mitten im Raum steht der Mann, der mit seiner Partnerin gegenüber von mir wohnt. Sonst sehe ich ihn als gemütlichen Teddybären. Plötzlich wirkt er bedrohlich – groß und massig, wie er ist, hält er die Arme angespannt und die Hände zu Fäusten geballt. Sein Gesicht ist ganz rot angelaufen. Er starrt auf seine Partnerin herab, die mit hängendem Kopf am Tisch sitzt, ihr Frühstücksteller unberührt. Haben sie Streit?

Ein Schauer klettert mir über Arme und Beine, denn er erinnert mich an einen Braunbären, der einen Wanderer am Rande seines Territoriums erblickt. Hat er genug von ihr? Der starre Blick, die geweiteten Augen – er macht mir Angst.

Ich weiche zurück und stoße dabei gegen den Kellner.

Die Gespräche der Anwesenden verstummen. Ich spanne das Bein an, um loszusprinten, gleich werden Emotionen aus ihm herausplatzen und ich fürchte um die Gesundheit seiner Frau.

Da reißt er den Mund auf. »Wo sind meine Kinder?«

Ich halte im Schritt inne.

»Rose, wo sind unsere Kinder?«

Mit verquollenen Augen sieht sie zu ihm auf und schluchzt verwirrt. Plötzlich hebt er die geballten Fäuste vor sich. Ich will auf die beiden zusetzen, doch der Kellner packt mich am Arm und hält mich zurück.

Der Mann knallt seine Fäuste auf die Tischfläche, das Geschirr klirrt. »Wo – sind – Jackie und Timmy?!« Seine Stimme ist so laut! Er brüllt wahrhaft wie ein Bär.

Regung kommt in den restlichen Raum – allerdings nicht unter die Gäste, die verdattert und ängstlich rübergucken, sondern unter die Mitarbeiter. Einzig die Hand an meinem Oberarm bleibt starr. Ich ziehe daran, doch sie gibt mich nicht frei.

Angestellte strömen herbei. Die Kellnerin berührt den Mann an der Schulter, doch er stößt sie weg. Sie schwankt. »Wo sind meine

Kinder?«, brüllt er. Seine Aggression richtet sich nun gegen die Mitarbeiter. »Was haben Sie mit meiner Tochter und meinem Sohn gemacht?«

Zwei Kellner packen ihn rechts und links und reden auf ihn ein. Was sie sagen, vergeht in seinem Wüten. Er schlägt um sich, stößt gegen den Tisch, Tischtuch und Geschirr schlittern zur Seite, beginnen zu stürzen, und das Gewicht zieht den Rest hinterdrein. Die Frau quietscht und schrammt mit dem Stuhl zurück. Im Hintergrund klatschen sich Goldie und ihre Freundinnen schockiert die Hände vors Gesicht.

Er schreit immer wieder dieselben Worte, »Wo sind meine Kinder? Was habt ihr mit ihnen gemacht? Bringt mir meine Kinder zurück!«, und windet sich zwischen den Angestellten. An mir vorbei laufen weitere Leute, einige davon in weißer Küchenkleidung, und umrunden den Mann wie einen Ertrinkenden.

Aus dem Versuch, ihn aus dem Raum zu zerren, wird eine Rangelei, und plötzlich landet seine Faust im Gesicht eines Küchenhelfers. Die Nase knackt, Blut spritzt.

»Komm«, sagt der Mann hinter mir und zerrt an meinem Arm. Mein Herz rast, der Puls dröhnt in meinen Augen. Ich kann nicht anders als hinzustarren, während der Bär sich in den Armen der schwarz-weißen Männer windet, stößt, schlägt, flucht, und repetitiv nach seinen Kindern ruft. Seine Frau sagt nichts, weint nur, als wäre sie in ihrem eigenen Körper gefangen.

Der Kellner zieht mich zurück. Mit einem Ruck lösen sich meine Füße vom Boden und ich stolpere, habe gar keine andere Chance, als ihm zu folgen. Er zerrt mich in die Vorhalle, wo eine Dame mittleren Alters mit bestimmtem Schritt herannaht.

»Lassen Sie mich!«, herrsche ich und ziehe an seinem Griff.

»Du musst das nicht sehen.«

»Was heißt das, ich muss das nicht sehen? Was ist hier los? Was ist mit dem Mann? Was …?« Mein Herz rast, mir ist schwindelig. Bilder blitzen vor meinem inneren Auge auf. Ein Mädchen mit gelangweiltem Blick, Beine wie ein Reh. Ein Junge, dessen Gesicht hinter einem Comicheft verschwindet. Was passiert hier?

»Warum sucht der Mann seine Kinder? Hat er Kinder? Wo sind seine Kinder? Wo sind ...« Wo sind Jacqueline und Timothy? Warum kommen mir diese Namen in den Sinn? Was ist nur los? Das Adrenalin, das durch meine Adern tobt, verändert etwas in meinem Körper. Ich merke, wie die angenehme Wolkenschicht zerreißt und Bildern Platz macht, die ich gar nicht sehen will.

Verbissen drückt der Mann den Knopf neben der Aufzugstür. Zischend stoße ich die Luft zwischen den Zähnen hindurch und vergrabe den Kopf zwischen den Händen. Ich habe das Gefühl, mein Schädel würde explodieren, als führe eine Dampfwalze hindurch, als ...

Mit einem *Pling!* hält die Kabine auf unserer Ebene an. Der Kellner stößt mich hinein. »Geh auf dein Zimmer!« Er drückt den Knopf und die Tür gleitet zu.

Tränen strömen über mein Gesicht, wie Feuer tobt der Schmerz in meinem Kopf. Hysterisch drücke ich den Aufzugsknopf, doch er fährt hoch, öffnet sich erst, als ich auf meiner Etage bin. Ich versuche wieder nach unten zu fahren, aber der Aufzug bleibt still. Als wolle jemand verhindern, dass ich zurückkehre. Ich drücke und drücke – nichts passiert. Frustriert schreie ich auf und trete gegen die Wand. Meine Zehen knacken. Fluchend hinke ich zu meinem Zimmer.

Vor Schmerzen ist mir so schlecht, dass ich zur Toilette stürze und mich übergeben muss. Mein Frühstück arbeitet sich empor und ergießt sich breiig in die Schüssel.

Ich habe solche Kopfschmerzen! Woher kommen diese Bilder? Auf allen vieren krieche ich zu meinem Bett, meine Knie scharren schmerzhaft über den Teppichboden, bis ich mich an der Matratze emporziehen und mich unter die Decke schieben kann. Schluchzend ziehe ich mir das Laken über den Kopf. Mein Schädel dröhnt. Sie können mich nicht für den Rest meines Lebens aus dem Erdgeschoss aussperren.

... für den Rest meines Lebens? Wie lange werde ich denn hierbleiben?

Das Haar klebt in meinem Gesicht, ich schirme mich vor der Sonne ab, die durch mein Fenster gleißt, und warte, bis die Dunkelheit das Schneiden hinter meinen Schläfen zu einem Pulsieren abklingen lässt.

Kapitel 30

Endlich Urlaub.

Ich erwache mit dröhnenden Kopfschmerzen. Der Mond steht als silbriger Pinselstrich am Nachthimmel, Myriaden von Sternen sprenkeln sein samtenes Schwarz. Zu einem anderen Zeitpunkt hätte mich der Anblick verzückt, doch momentan kann ich ihn genauso wenig genießen wie das Raunen des Meeres.

Ich merke, dass meine Nase verstopft ist und einzelne Haare in meinem Gesicht kleben, als hätte ich geweint. Egal wie sehr ich mich bemühe, mich an die letzten Stunden zu erinnern, alles bleibt hinter einer Nebelwand verborgen. Je länger ich darin grabe, desto stärker werden die Kopfschmerzen.

Mir ist verdammt übel. Ich wanke ins Badezimmer. Mit der Hand streiche ich die Wand entlang, dennoch schlurfe ich gebückt, den anderen Arm vor dem Magen verkrampft.

Vor der Schüssel gehe ich in die Knie und versuche, mich zu erleichtern, doch außer etwas Speichel kommt nichts. Also wasche ich mir den Mund, klappe den Klodeckel herunter und setze mich eine Weile darauf, die Stirn in der Hand vergraben. Atmen fällt mir schwer, ich reibe mir die Rippen. In meinem Busen herrscht ein eigenartiger Zug.

Die Übelkeit ebbt nicht ab, die Schmerzen werden stärker, meine Verzweiflung wächst. Als ich es nicht mehr zu ertragen glaube, beschließe ich, nach dem Arzt zu fragen.

Schwerfällig rapple ich mich in die Höhe und verlasse das Zimmer. Mir ist, als klappten mir die Korridorwände entgegen, doch ich bin es, die Schlangenlinien zieht. Wie in Trance gelange ich zur Aufzugskabine. Ich taste nach den Knöpfen und drücke apathisch den untersten. Mit der Stirn lehne ich mich gegen die spiegelglatte Goldwand.

Das Vibrieren der herabfahrenden Kabine steigt mir durch Haut und Knochen. Endlich stoppen wir. Ich trete hinaus und möchte zur Rezeption eilen, doch alles harrt in nächtlicher Ruhe – bloß die Leuchtleiste schlingt sich als glühende Welle um den kreisrunden Tresen. Ich gehe trotzdem hin, taste die Tischfläche ab, suche nach einem Knopf, einer Klingel – etwas, um jemanden aus dem Bett läuten zu können. Doch ich grapsche nur über eine spiegelglatt polierte Oberfläche.

Ich presse die Lider zusammen, reibe mir die Schläfen. Der Schmerz sitzt tief in meinem Hirn. An dem Tresen rutsche ich hinab und kauere dort.

Ein sachtes *Wupp-wupp* erklingt. »Hallo?«

Ich hebe den Kopf. Vor den schwenkenden Küchentüren naht eine Angestellte heran. Sie entdeckt mich an der Rezeption und hastet zu mir. »Frau Kern? Sind Sie das?«

»M-mir ist so schlecht«, presse ich hervor. »Können Sie den Arzt rufen?«

Sie fasst nach meinen Händen, hilft mir hoch. »Zuerst bringe ich Sie aufs Zimmer zurück«, sagt sie. »Dann hole ich Doktor Magyar.«

Später sitzt neben mir der ältere Herr mit quer über die Halbglatze gekämmtem Haar, misst meinen Blutdruck und nimmt mir eine Blutprobe ab.

»Sie haben hier ein Labor?«, frage ich schwach. »Oder müssen Sie es zur Analyse woanders hinbringen?«

»Wir sind durch unsere Lage so abgeschieden, es ist Vorschrift«, erwidert er. Er zieht die Nadel aus meiner Armbeuge und drückt ein Pad dagegen, bevor er mit seinen Latexhandschuhhänden ein Pflaster darüberfummelt. »Ihren Symptomen nach zu urteilen, haben Sie einen Migräneanfall«, sagt er und erhebt sich vom Bettrand, sodass ich mich wieder hinlegen kann. »Helfen die Schmerzmittel?«

Ich nicke. Selbst diese sachte Regung verursacht neue Schmerzen.

»Wir müssen Sie schleunigst kurieren«, sagt er mit einem sanftmütigen Lächeln. »Damit Sie wieder essen können und zu Kräften kommen.« Er hat die Art Augen, deren innere Winkel höher stehen als die äußeren. Obwohl er Arzt ist, wirkt er auf mich wie jemand, der in der Schule gepiesackt worden ist und sich daher mit seiner Meinung bis heute zurückhält.

Fahrig streicht er sich durchs schüttere Haar. Aus seinem Arztkoffer zieht er orangefarbene Döschen hervor, kneift die Lider zusammen, um den Aufdruck zu lesen, und schüttelt Pillen in seine Handfläche, um drei davon auf meinem Nachtkästchen neben die Bücher zu legen. »Warten Sie ein paar Minuten, dann nehmen Sie eine. Versuchen Sie zu schlafen, und wenn Sie aufwachen, nehmen Sie die nächste.« Er schreibt die Anleitung auf einen Zettel und legt ihn neben die Tabletten.

Gegen Migräne, steht darauf geschrieben. Eine nach dem Aufwachen, eine vor dem Schlafengehen. Seine Schrift ist krakelig, als würde er sie nicht oft benutzen. »Kann ich noch etwas für Sie tun?«, hakt er nach.

»Nein danke, Doktor Magyar«, flüstere ich und ziehe die Decke über die Schultern.

»Dann ruhen Sie fein, ich sehe morgen nach Ihnen.« Damit wandert er ab und schließt die Tür leise hinter sich.

Ich möchte nur ein paar Minuten die Augen schließen, um das Nachtlicht abzuschirmen, bevor ich die Tablette nehme, doch ich dämmere bereits davon.

Als ich aufwache, küsst die Sonne den Horizont adieu und die Vorhänge bauschen sich unter einer hereinziehenden Brise. Meine Finger wandern wie von selbst zu meinen Schläfen und ich reibe diese im Nachhall von Schmerzen, die sich nicht aus meinen Hirnwindungen verabschieden wollen. Nach und nach kratze ich mich aus dem Bett, wanke ins Bad und putze mir die Zähne. Die Zahnpasta schmeckt eigenartig, ich spüre, wie mein Magen krampft und sich etwas entledigen möchte, was er nicht enthält. Also spucke ich rasch aus und spüle den Schaum davon.

Der Gedanke an Essen oder Kaffee macht es schlimmer. Ich mühe mich ins Bett zurück, die Hand am Bauch, und lausche dem Kreischen der Möwe, die einen Strich über den Himmel zieht. Es fühlt sich an wie ein alter Freund, der mich begrüßt.

Ich frage mich, ob irgendjemand mich vermissen würde, wenn ich nicht zum Frühstück erscheine – die Damen und Herren an der Rezeption, Keith oder Goldie.

Lustigerweise drängt sich ein Gesicht vor mein inneres Auge, mit dunklen Augen und einem berückenden Lächeln. Plötzlich fällt mir sein Name ein. Aron. Aron Martin.

Sankt Martin.

Der Schleier, der sich in meinen Schädel gebettet hat wie über einen Friedhof, wird durchlässig. Dazwischen ragen Ausschnitte von Erinnerungen auf wie in Trümmern liegende Grabsteine.

Ich wühle in den Gräbern der versteckten Erinnerungen und versuche, Zusammenhänge zwischen den kärglichen Leichenresten zu entdecken, die ich dort finde. Doch das einzig Beständige ist sein Gesicht, mal lächelnd, mal nicht, und plötzlich steigt mir die Frage in den Kopf: Bist du glücklich?

Mit dieser Frage stehe ich auf. Nach wie vor trage ich die Kleidung vom Vortag, kümmere mich nicht um den Koffer, sondern marschiere mit zerwühltem Haar daran vorbei zur Tür. Am Gang sperrt soeben jemand die gegenüberliegende Tür auf. Ein ganz junger Mann, dessen Körper die schlaksigen Reste der Jugend anhaften. Schüchtern lächelt er mir zu. Das kurz geschorene Haar, die olivgrünen Augen, die sinnlichen Lippen – er ist möglicherweise Spanier oder Südamerikaner. Verhalten grüßt er mich und verschwindet in sein Zimmer. Die vorigen Urlaubsgäste müssen abgereist sein.

Ich stapfe geradewegs zur Rezeption. Dort wartet eine junge Frau. Madeleine, verrät der zertrümmerte Grabdeckel meines Erinnerungsfriedhofs.

Sie sieht so alt aus. So kaputt. Von der jungen Dame, die ihre Arbeit mit Freude verrichtet hat, ist wenig zurückgeblieben. »Frau Kern?« Sie bemüht sich um ein klägliches Lächeln. »Möchten Sie sich das Angebot für die heutigen Tagesaktivitäten ansehen?«

»Madeleine?«

Sie wirkt überrascht, als ich ihren Namen ausspreche. Abgehackt nickt sie.

»Wie lautet Ihr Familienname?«

Ihr Mund steht offen, ein Stottern entringt sich ihr. »D-dion, Ma'am. Wieso fragen Sie?«

»Nur so.«

Céline. Céline Dion. Maman. Sie spielen jeden Tag zusammen Federball.

Ich spurte durch die Vorhalle ins Restaurant.

Keith wartet auf mich. Neben der Glaswand erhebt er sich von einem Tisch und winkt mir zu. Doch ich kann nur auf die Stelle starren, wo einst der Mann mit seiner Frau saß. Der Tisch steht leer.

Mr und Mrs Johnson. Rose und Andrew. Das Paar mit den verlorenen Kindern – Jackie und Timothy. Sind sie abgereist?

»Alice!« Keith winkt mir zu. Ein fragender Ausdruck tritt auf sein Gesicht. Warum gehe ich nicht zu ihm?

Weil ich die ganze Zeit nie ihn gesucht habe; sondern einen anderen Mann, der sich in den Schatten verbirgt. »Kaffee wie immer?«, fragt die Kellnerin, als sie einen Berg Geschirr an mir vorbeibalanciert. Sie hat eine andere ersetzt. Bobby. Bobby, die während des Kälteeinbruchs gestorben ist.

Ich packe sie am Ellenbogen, der Turm aus Tassen wankt gefährlich. »Haben Sie Aron gesehen?« Unter dem anwesenden Personal kann ich ihn nicht entdecken.

»Aron? Der hat heute Vormittag frei. Wieso?«

Ohne Antwort rotiere ich im Halbkreis und spurte zurück in die Vorhalle.

»Alice!«, hallt mir Keiths Stimme hinterher. Ich frage mich nicht länger, wie wir zusammengefunden haben. Sie haben das eingefädelt.

Bist du glücklich, Alice?

Ich trample durch die Vorhalle. Es interessiert niemanden, bis die Rezeptionistin merkt, dass ich nicht auf den Aufzug, sondern die Küchentür zuhalte. »Frau Kern? Wo gehen Sie hin?«, ruft sie mir hinterher. Da stoße ich schon durch die Klappen und ramme einen Angestellten um, der mit Körben die Küche verlassen will. »Oh,

Pardon …«, würgt er hervor. Es liegt in ihrer Natur, sich zu entschuldigen, schließlich sind sie die Mitarbeiter und wir die Gäste. Brötchen purzeln aus den Behältnissen und rollen über den Boden.

Ich marschiere an ihm vorüber.

»Junge Frau …!«, ruft jemand aus. Hinter den blitzblank geputzten Oberflächen kommen Angestellte in Bewegung. »Hier ist der Zugang ausschließlich Mitarbeitern des Hotels gestattet!«

Ihre Worte haften mir nicht an. Aus dem Augenwinkel bemerke ich, wie sie um die Apparaturen biegen, ihre Gestalten verwischen im Lauf. Ich hingegen folge nur dem goldleuchtenden Strich auf dem Fußboden. Hin zur Tür. Hin zum Aufzug. Drücke den Knopf, der keine Beschriftung trägt. Ich weiß trotzdem, wo er mich hinbringt.

»Frau Kern …!« Ein Kellner spurtet herbei, sein Bauch im zu engen Hemd wippt bei jedem Schritt. Zwei Muttermale sprenkeln seine Wange. Pedro. »Bitte halten Sie …!« Fauchend gleiten die Aufzugstüren vor seinem verdutzten Gesicht zusammen.

Mit einem Ruck erhebt sich die Kabine und trägt mich empor.

Auf den ersten Blick erscheint der Gang wie jeder andere. Weiter hinten verzweigt er sich, und der Gedanke, wohin diese Abzweigung führt, verknotet mir den Hals. Die Hand am rumorenden Magen setze ich einen Fuß vor, und noch einen. Der Teppichboden dämpft meine Schritte. Da merke ich, dass sich hinter mir der Aufzug schließen will. Rasch löse ich einen Schuh von meinem Fuß und klemme ihn zwischen die Türen, die daraufhin wieder aufspringen. Ich hoffe, dass sie mir so nicht folgen können.

Achtsam gehe ich den Korridor entlang. Auf den Türen finde ich Zimmernummern, die keinen Hinweis darauf geben, was dahinter liegt.

Hinter mir schnaubt der Aufzug, als er sich schließen will und wiederholt gegen Widerstand stößt. Das hätten sie wohl nicht vermutet, die guten Hotelmitarbeiter. Ihr Zugriff auf mich gestoppt durch nichts als einen verdammten Schuh.

Je näher ich der Kreuzung komme, desto angespannter werde ich. Die Schmerzen schneiden durch meinen Kopf, hinter meinem Ohr fühlt es sich eigenartig heiß an.

Nur ein Stückchen trennt mich vom Quergang, als mich eine Stimme innehalten lässt.

»Alice.«

Langsam drehe ich mich um, es fühlt sich zäh an wie alter Kaugummi. Eine der Türen steht offen. Mitten auf dem Gang steht Aron. Hinter ihm klappen die goldenen Aufzugstüren auf und zu, als wollten sie ihn fressen.

»Was machst du … Was machen Sie hier?«

Bilder blitzen in meinem Inneren auf, unsere verknoteten Leiber, heiße Küsse, das Fauchen unserer Atemzüge. Ich blinzle. Die Schmerzen in meinem Kopf sind nicht vergleichbar mit jenen, die mein Herz zusammenquetschen. »Ist das nicht ein wenig förmlich dafür, dass wir mehrmals miteinander geschlafen haben?«

Sein Mund klappt auf, er starrt. Jäh sieht er fort. Seine Arme kriechen vor der Brust zusammen, abwehrend verschränkt er sie. Er schluckt, wirkt, als wolle er sich verteidigen, doch sagt dann doch nichts.

»Wie konntest du …!«, zische ich. Mein Zeigefinger verselbstständigt sich, zuckt in die Höhe wie eine Schlange.

»Du bist zu mir gekommen, Alice – nicht umgekehrt.«

Ein abgehacktes Lachen entkommt mir. »Wirklich? Du hängst das jetzt mir an? Der Frau, die sich keinen verdammten Tag …«, ich verschlucke mich fast an den Worten, »… keinen verdammten Tag lang an dich erinnern kann?«

Er kämpft damit, mich anzusehen. Trotz seiner natürlichen Bräune wirkt er blass. »Das ist nicht meine Schuld …«, murmelt er. »Ich … ich …«

»Ich … ich was?«, schreie ich. »Was für eine Ausrede könnte es um Himmels willen geben, die dein Tun rechtfertigt?«

Sein Blick schimmert. »Ich bin nur ein Angestellter«, druckst er herum. Seine Arme lösen sich voneinander. »Ich habe keine Wahl.«

Die Dreistigkeit seiner Aussage drückt mir Tränen aus den Augen. Stumm blinzle ich ihn an. Dann rotiere ich im Halbkreis und stapfe los. Meine Füße tragen mich auf die Kreuzung zu, ich biege rechts ab. Dort hinten, ganz weit hinten – eine schwarze Tür.

»Alice!«, hallt mir Arons Stimme hinterher. Kurze später erklingen seine Schritte. Mich überkommt ein Déjà-vu, wie ich mit Madeleine

Arm in Arm hier entlanggehe, einen Koffer an meiner Hand. Hinter mir seine Stimme. *Frau Kern!*

Er packt mich und zieht mich zurück. »Lass das!«, ruft er aus. »Bitte! Ich weiß nicht, was sie mit dir tun werden! Du hast bereits alle Möglichkeiten durchgespielt!«

Ich habe keine Ahnung, wovon er redet. »Lass. Mich. Los!« Ich winde mich in seinen Armen. Er hält mich fest, so fest. Ich fühle mich wie eine Gefangene, versuche ihn fortzustoßen, mein Kopf schlägt gegen sein Kinn, seine Zähne klappern, der Laut ist schmerzhaft. Doch meine eigenen Schmerzen rasen in meinem Kopf. »Ich gehe da durch! Ich gehe da durch!«, schreie ich immer wieder.

»Still!«

»Ich bleibe nie wieder still! Ich habe dir vertraut. Bin beim ersten Mal nicht durch die Tür gegangen. Habe dein Essen genommen. Dann hast du mich einfach vergessen, und ich wäre fast erfroren! Und dann … dann hast du meinen Knopf gedrückt! Du hast ihn einfach gedrückt und mich wieder zu einem Zombie gemacht!«

»Du warst unglücklich! Ich wollte dich wach halten, weil ich mich dir verbunden gefühlt habe. Es war selbstsüchtig von mir. Entweder man ist wach oder man träumt – du kannst nicht in beiden Welten gleichzeitig leben.«

Ich entkomme seinen Armen nicht, seine Worte treiben an mir vorbei, ohne dass ich sie in der Rage greifen kann. Aus Ermangelung beiße ich zu. Meine Zähne graben sich in seine Schulter.

Er flucht und lässt los. Mit einem Sprung setze ich zurück, die Arme zur Abwehr gehoben, mein Haar wild und zerzaust funkle ich ihn an, die Zähne gefletscht. »Fass mich nicht an!«

Er schluchzt. Nicht wegen des Bisses, der hat nicht einmal ein Loch im Hemd hinterlassen. Mit der Schulter stützt er sich gegen die gegenüberliegende Wand und fährt sich durchs wellige Haar.

Ich realisiere, dass ich frei bin – und endlich gehen kann, zur schwarzen Tür, auf der das Wort Anlegestelle geschrieben steht.

Kapitel 31

Sein Schluchzen verfolgt mich. Ich verstehe ihn nicht. Nicht ich habe ihn gebrochen, sondern er mich. Schwarz hebt sich das Rechteck von den kahlen Wänden ab. Wie ein scharfkantiges Loch. Ein Loch, das darauf gewartet hat, mich zu verschlucken.

Noch vor einiger Zeit hat es mir Angst gemacht. Nun erfüllt mich sein Anblick mit der Hoffnung auf Freiheit.

Ich lege an Tempo zu, bemerke, wie sich meine Füße wie im Galopp vom Teppichboden lösen. Plötzlich laufe ich mit schwingenden Armen wie ein Kind, das über eine Wiese eilt. Ein Lachen entkommt mir.

Auf einmal stehe ich davor. Mein Blick gleitet den schwarzen Lack empor. Ein Schild, das darauf verweist, dass dahinter die Anlegestelle für die Boote liegen soll. Was auch immer diese Tür verbirgt – dieser Ort wird mir zeigen, wie wir hierhergelangt sind.

Ich greife nach dem Türknauf. Kühl legt sich das Metall an meine Handfläche. Einen Augenblick lang erwarte ich eine Abwehrregung – einen elektrischen Schlag möglicherweise. Nichts passiert. Ich schlinge die Finger darum und drehe.

Es klickt.

Die Tür zeigt sich widerspenstig. Ihr Gewicht drückt gegen mich. Ich stemme meinen Körper dagegen. Ächzend schwingt sie ein Stück auf. Dahinter wartet Dunkelheit. Weiter hinten jedoch wird die flache Schwärze von künstlichem Licht durchbrochen.

Was, wenn du tatsächlich nichts anderes findest als eine Anlegestelle?, schießt es mir durch den Kopf. *Raubst du dann ein Boot und versuchst, die Insel zu verlassen? Du, die du noch nie ein Boot gelenkt hat?*

Unsinn!, schimpfe ich mit mir selbst. *Du hast es gesehen, das weiße Reich. In dem kommen keine Boote vor, keine Schiffe. Nichts, was dich über das Meer hierhergebracht hat.*

Ich drücke gegen den Widerstand und schreite über die Schwelle.

Mein Atem pfeift unangenehm laut durch die Finsternis. Mit den Händen streife ich pechschwarze Wände. Ich folge dem kühlen Licht in der Ferne, das durch einen Durchgang fällt.

Ertappt bleibe ich stehen. Mein Sichtfeld flackert wie bei einem gestörten Bildschirm. Ein Surren ertönt im Inneren meines Ohres. Ein rebellisches Piepen. Und vollkommen irre – ein rotes Licht leuchtet in meinem Blickfeld auf. Ein Nummerncode blinkt.

Überfordert zwinkere ich. Es dauert einen Moment, in dem ich nur meinen Blick schweifen lasse, bis ich zuordnen kann, was ich auf dem Korridor dahinter erkenne.

Ich trete in eine Art Gang, dessen Wände aus gläsernen Tanks bestehen. In den Aquarien zu meiner Rechten schwanken Algen wie widerspenstiges Haar. Hinter den Scheiben zu meiner Linken drängen sich Gewächse wie bleiche Knollen; ihre Wurzelfäden kleben am Glas und verschwinden in einer Art Kies.

Ich kneife die Augen zusammen. Vorsichtig trete ich näher. Obwohl bis auf ein Surren und ein gelegentliches Glucksen keine Geräusche zu hören sind, bin ich um Stille bemüht wie ein Mäuschen, das die Katze auf der Lauer erwartet.

Ich fahre mit der Hand über die Scheibe. Der Inhalt quetscht sich auf der anderen Seite dagegen. Die Knollen erinnern mich entfernt an … Champignons.

»Das ist unsere Nahrung.«

Ich fahre herum.

Aron steht im Zugang. Er fummelt eine Zigarette hervor. Seine Augen sind selbst im bleichen Licht der Tanks gerötet. Er stopft sich das Ende zwischen die Lippen, mit einem Klicken schnalzt die Flamme aus seinem Feuerzeug.

»Was?«

Er zieht, lässt dabei das Feuerzeug verschwinden.

»Die Pilze. Sie dienen als Proteinquelle und werden zusätzlich mit Vitaminen und Nährstoffen angereichert. Die Paste, die aus ihnen hergestellt wird, ist die Basis unserer Ernährung.«

»Das hier … das essen wir?«

Er sieht mich ernst an. »Wenn wir erst ankommen, soll daraus noch ganz anderes hergestellt werden. Baustoffe, soviel ich weiß. Möbel.«

»Ankommen?« Ich komme mir vor wie ein Papagei.

Er weicht meinem Blick wie auch meiner Frage aus, sieht hinüber zu den Algentanks, in denen das grüne Haar schwankt. »Algen und Cyanobakterien produzieren den Sauerstoff, den wir und die Pilze zum Leben brauchen. Die Pilze liefern uns Proteine.« Er schlägt mit der Faust gegen die Wand neben dem Zugang.

Ich reiße das Kinn empor, als über uns Kacheln zum Leben aufflackern. Weitere Durchgänge werden sichtbar. Dahinter wabert dasselbe schummrige Licht, das die Algentanks erleuchtet.

Aron tritt heran, klopft gegen die Scheibe. »So simple Lebensformen, im Gegensatz zu uns. Und doch sind sie der einzige Grund, wieso wir überlebt haben.«

»I-ich verstehe nicht …«, stottere ich. Meine Hand kriecht an meine Brust, ich reibe über die Stelle, an der mein Herz lautstark pocht.

Aron senkt den Blick. Er zieht an der Zigarette. Der Rauch treibt an den Tanks vorüber. Er lehnt sich dagegen, legt den Kopf zurück, schließt die Augen. Ein trauriges Lächeln dehnt seine Lippen. »Ich habe mich in dich verliebt, Alice.«

Das plötzliche Geständnis stößt mich zurück. Ich pralle gegen die Scheibe. Aus dem Augenwinkel sieht es so aus, als wollten mich die Wurzelfäden einweben.

»Es tut mir leid«, fügt er an.

»Wolltest du mich behalten?«, frage ich leise. »Hast du mich deswegen nicht durch die Tür gehen lassen?«

Er schweigt einen Augenblick lang. »Nein. Nein, das war es nicht. Selbstverständlich habe ich mich dir verbunden gefühlt. Du hast Fragen gestellt. Dinge gesehen, die anderen verborgen bleiben …

Es hätte mich nicht derart überraschen sollen. Sie haben uns ja davor gewarnt.«

»Gewarnt? Vor mir?«

»Davor, dass das Programm bei dir nichts bringt. Dass du es trotz Implantat durchschaust.«

Ich blinzle. *Das Programm. Implantat.*

Ich fasse hinter mein Ohr, ertaste den Knubbel unter der Haut. Für viele andere vermutlich nichts anderes als eine Warze oder ein Muttermal. Ein Knötchen unter der Haut. Sie alle akzeptieren es als Teil ihres Selbst – so wie sie alles als Teil ihres Weltbilds akzeptieren.

Wir alle sind im Urlaub.

Für immer.

Entspann dich. Lehn dich zurück. Denk nicht zu viel darüber nach. Selbst dann, wenn deine Kinder verschwinden.

Aron lächelt. Fast wirkt er stolz. Stolz ... auf mich?

Er streckt den freien Arm nach mir aus. Auffordernd hält er mir die Hand hin.

Zögerlich folge ich seinem Vorbild. Ich schließe die Finger um die seinen, da bemerke ich, dass er etwas hält. Sein Feuerzeug. Er schiebt es zwischen meine Finger.

Ich hebe es an, drehe es, sodass sich das Licht in der Oberfläche bricht. Eine Gravur, erinnere ich mich.

KERN Industries.

Der Anblick meines eigenen Familiennamens entlockt mir ein Blinzeln. »Was soll das?«

»Das ist der Name der Firma, für die wir arbeiten. Der Name der Firma, der wir all das hier verdanken. Der Name der Frau, die dieses Projekt gestartet hat.«

Meine Stirn verkrampft sich zu Falten.

»Nicht du, Alice. Eine deiner Vorfahrinnen. Laut den Berechnungen meiner Kolleginnen wohl deine Ururururgroßmutter.«

Ich sehe ihn an. Mein Mund öffnet sich, doch außer dem Zittern meiner Unterlippe tut sich nichts.

»Das alles hier«, er weist um sich. »Das alles hier ist das Erbe von Dr. Julia Kern.«

»Was willst du mir damit sagen, Aron?«

Er öffnet den Mund, um etwas zu erwidern, als Schritte die glucksende Finsternis durchbrechen. Wir reißen die Köpfe herum.

Aron stürzt vor und packt mich am Handgelenk. Bei mir setzt der Fluchtinstinkt ein. Ich rotiere herum, um die Flucht anzutreten.

»Stehen bleiben!«, ruft jemand.

Schatten verwischen.

Aron läuft ebenfalls. Innerhalb kürzester Zeit ist er es, der mich hinter sich herzerrt.

»Bleiben Sie stehen! Martin! Ich befehle Ihnen, stehen zu blei…!«

Vor uns ein reckt sich ein Tor empor, ungleich größer als die Türen, die ich bisher gesehen habe. Einem aufgeklappten Schlund gleich heißt es uns willkommen. Dahinter blitzen Bildschirme und Computeranlagen auf.

»Bleiben Sie stehen!«

Ein Schuss erklingt.

Der Knall hallt von den Wänden wider. Ein Krachen ertönt. Glas splittert. Vor uns stürzt eine Wasserwoge aus dem Tank.

Aron drängt mich zur Seite. Eine stinkende Welle voller Splitter schlägt gegen uns. Eiskalt schlägt sie auf mich ein, ich taumle. Wir wanken, doch laufen weiter wie zappelnde Fische.

»Das war ein Warnschuss!«

Aron zerrt an mir. Ich habe das Gefühl, mein Arm kugelt aus. Vor uns, das Tor. Doch was passiert, wenn wir uns dahinter retten? Was hilft es? Wohin können wir gehen? Wohin fliehen? Gibt es ein Schiff, das uns von hier fortbringen kann?

Peng!

Der Schuss hat verfehlt.

Oder?

Kein Klirren folgt. Kein Splittern von Aquarienwänden. Kein Wasser, das auf den Boden klatscht.

Ugh.

Aron gerät neben mir ins Stolpern. Seine Beine verhaken sich ineinander. Geistesabwesend löst er die Hand von meinem Arm. Und stürzt.

Ich könnte weiterrennen. Durch das Tor, das verheißungsvoll offen steht. Ein Tor, das mich in die Freiheit führt?

Ich schlittere über den Boden, meine Knie radieren über den Grund. Sie sind feucht, als ich zurückkrieche.

»Aron!«, rufe ich aus. Das Hemd an seinem Rücken verfärbt sich rot. Ich hoffe, dass es die alte Verletzung ist, deren Nähte aufgerissen sind, doch die Form gleicht einem dunkelroten Loch.

Ich packe ihn an den Schultern. »Aron!« Ich wiederhole seinen Namen wie ein Echo, werde dabei lauter statt leiser.

Gestalten rennen auf mich zu, ihre Schritte knirschen durch die Scherben. Sie halten Schusswaffen vor sich gestreckt.

»Hände hoch!«, ruft jemand.

»Wir wollen die Waffe nicht zum Einsatz bringen, Frau Kern!«

Ich schließe nur weinend meine Arme um Aron. Der Blutfleck breitet sich warm unter mir aus. Ich höre sein Herz träge pochen. Presse mein Ohr gegen seinen Rücken, lausche dem langsamer werdenden Takt, der seinen ausdünnenden Lebensfaden bildet.

»Aron«, schluchze ich. »Ich liebe dich auch.«

Kapitel 32

Ich werde abgeschleppt wie ein kaputter Wagen. Meine Fersen quietschen über den Boden, überall nasse Schuhabdrücke, in die sich Arons Blut mischt. Menschen in den schwarz-weißen Uniformen der Mitarbeiter, andere in Plastikeinteilern, die bei jedem Schritt knittern. Bevor sie mich aus dem Gang zerren, sehe ich noch, wie sich einige um den bewusstlosen Aron bücken.

Sie hüllen ihn ein, verdecken seine Gestalt. Und dann ist er verschwunden – wie von Pilzen überwuchert.

Die Leute zerren mich in einen abgetrennten Raum, der keinerlei Möbel enthält. Grob stoßen sie mich hinein. An keines der Gesichter werde ich mich später erinnern, auch nicht daran, ob es sich um Männer oder Frauen handelt. Ihre Mienen verwischen zu einem Einheitsbrei. Als wären sie farblose Roboter.

In der hintersten Ecke krümme ich mich zusammen, umschließe meine Knie und weine. Meine Tränen tränken warm den Stoff. Die Bilder der letzten Stunden schießen mir durch den Kopf, erleuchten mein Inneres wie ein fürchterliches Gewitter. Ich kann Aron nicht aus dem Kopf bekommen, der auf dem Bauch liegt, der Blutfleck, der sich unter meiner Wange ausbreitet – und ehrlich, ich will es auch nicht. Das Bild seines Ablebens vor mir zu haben; das Leid, mit dem diese Erinnerung mein Herz zusammenquetscht, ist besser, als ihn zu vergessen.

Ich klammere mich an diesen Augenblick, versuche mir noch so jede Kleinigkeit einzuprägen, das Gefühl vom nassen Stoff unter meinen Fingern, das Kitzeln seiner Haare an meiner Wange, das Heben seiner Brust bei jedem schwerfälligen Atemzug. Sein Geruch. Er. Seife. Zigaretten. Meine Lippen, die über die Hemdfalten zittern und seinen Namen freigeben. Als wollten sie ihn damit erlösen.

Mein Kopf dröhnt, als wolle er explodieren. Ich erinnere mich daran, was Doktor Magyar gesagt hat. Migräne. Tatsächlich ist es mein Verstand, der gegen den Einfluss des Implantats rebelliert. Es bemüht sich nach besten Möglichkeiten, meinen Verstand auszutricksen, ihn mit falschen Erinnerungen zu überschreiben. Trotz der Schmerzen klammere ich mich an jede davon fest, grabe in den Trümmern des Erinnerungsfriedhofes, kratze mir auf den Gruftplatten die Finger wund. *Aron, Aron, Aron* … Gewaltsam zeichne ich die Linien seines Gesichts vor meinem inneren Auge nach. Ich fülle mein Erinnerungsglas mit hunderttausend Motten, die sein Gesicht auf den Flügeln tragen. Mir ist, als glühten Fäden hinter meinem Ohr und bohrten sich in meinen Schädel. Meine Übelkeit drückt meinen Magen zusammen, doch außer Galle gibt es nichts, was er auf meine Zunge drücken kann.

Mit einem Knall wird die Tür aufgeschlagen. Durch den Schwall meines strähnigen Haars ist mir, als sehe ich einen Roboter mit drei leuchtenden Augen – doch es ist nur Mr Carter, über dessen Haupt eine Taschenlampe gehalten wird und deren Restlicht sich in seinen Brillengläsern reflektiert. Kurz darauf flackert neben dem Notlicht noch ein anderes auf. Die schwarze Gruft taucht in Grau und Weiß ein. Das Material, die Formen – ich befinde mich wieder in der weißen Welt. Gegen die Grelle anzwinkernd, warte ich darauf, dass sich wieder Bilder des Hotels darüberlegen, doch außer dem roten Nummerncode wird nichts angezeigt.

»Frau Kern«, spricht mich Mr Carter an. Die Männer hinter ihm tragen die Kunststoff-Einteiler.

Ich blinzle aus verquollenen Augen und reibe mir die trockenen Lippen. »Mr Carter.«

Ich weiß nicht, was ich mir erhoffe. Statt allem, was ich mir hätte ausmalen können, bekomme ich einen tiefen Atemzug serviert, den er in einem Seufzen ausstößt. Zu meiner Überraschung wirkt er geknickt. Das habe ich nicht erwartet. Nicht bei einem Mann mit seinen harten Gesichtszügen. »Ich fürchte, das war nun wirklich die letzte Chance für Sie.«

Seine Worte stehen im Kontrast zu dem Mitleid in seiner Miene. Ich ziehe den Kopf zurück und schlage damit gegen die Wand. Was meint er damit?

Mein Blick gleitet zu den Männern, die sich hinter ihm ansammeln. Sie sind bewaffnet. Ziemlich große Dinger, finde ich, keine Pistolen, sondern Halbautomatikgewehre. Erinnerungen an die Zeit während der Kältewelle flackern auf, legen sich wie Déjà-vus über die jetzige Situation. Nur dass diesmal der Feind nicht die Kälte ist – sondern ich.

»Werden Sie sich widerspenstig zeigen, oder folgen Sie mir gesittet?«, fragt Carter.

»Was ist mit Aron?«

»Mr Martin wurde auf die Krankenstation gebracht.«

Vor Aufregung entkommt mir ein Schluckauf. Carter verzieht keine Miene.

»Ist er …?«

Seine Augenbraue kriecht in die Höhe.

»Lebt er?«

Augenblicke verstreichen, bevor Carter mich erlöst. »Das sind Betäubungswaffen, Frau Kern«, erklärt er und klatscht auf eines der Kaliber, die die Männer hinter ihm halten. »Wir versuchen hier, alle am Leben zu halten.« Er streckt mir die Hand auffordernd entgegen, obwohl er viel zu weit entfernt steht, als dass ich sie ergreifen könnte. »Also, kommen Sie?«

»Wohin?«

»In mein Büro. Ich möchte Ihnen eine Videoaufnahme zeigen. Da es sich dabei allerdings um streng vertrauliche Dokumente handelt, kann ich sie nicht in Ihr Interface einspielen.«

»Eine Videoaufnahme? Wovon?«

Seine Mundwinkel heben sich an, doch belustigt wirkt er dabei nicht. »Von Ihnen, Frau Kern. Von Ihnen.«

Kapitel 33

Ich stelle mir die Frage, ob Mr Carter über die Funktion der Waffen lügt. Immer wieder gucke ich zu den Gewehren, die in den Armen der Wächter im Schritt schwanken, doch meine Kenntnisse reichen nicht, um den Wahrheitsgehalt zu überprüfen.

Die Wachen flankieren mich vorn und hinten. Die Härchen an meinen Armen stellen sich auf, ich bemühe mich, Schritt zu halten. Ihr rhythmisches Stampfen hallt durch die Korridore.

Mr Carter läuft vorweg, führt uns zum Aufzug. Die Türen gleiten auf, als wir uns nähern. Er steigt ein, die Wachen drängen mich durch gezielte Bewegungen hinterher.

Mr Carter tritt zu einem in der Wand eingelassenen Bildschirm. Er beugt sich heran, möglicherweise um etwas zu lesen, doch dann legt er den Kopf zur Seite. Er hält das Ohr in die Nähe – das Ohr, hinter dem bei mir ebenfalls der Knubbel sitzt. Wie hat Aron gesagt? Sitzt dort der Chip?

Der Screen jubiliert. Im nächsten Augenblick setzt sich die Aufzugskabine in Bewegung.

Ich hebe den Blick, als erwarte ich zu sehen, wohin wir fahren; doch bloß unsere verkehrten Gestalten spiegeln sich in der Kunststoffdecke. Erneut drängt sich mir die Frage auf, ob Carter lügt. Lebt Aron? Oder haben sie ihn erschossen? Und könnte ich mit der Wahrheit leben, wenn Zweiteres stimmt?

»Kann ich ihn sehen?«, frage ich leise.

»Wen?«

»Aron.«

Mr Carter presst die Lippen zusammen. »Das alles ist nicht so einfach, wie Sie sich das vorstellen, Frau Kern.«

Ich schlucke. »Was soll daran nicht einfach sein?«

»Bitte gedulden Sie sich, bis Sie das Video gesehen haben.« Damit wendet er sich ab.

Die Angst drückt auf meine Brust. Wahrheit oder Lüge? Leben oder Tod?

Der Aufzug hält, die Türen gehen auf. Einer der Wächter tritt hinaus, die Waffe quer vor der Brust. Für sie bin ich ein Wildtier, das von der Flucht abgehalten werden muss.

Carter lässt mir den Vortritt. Zögerlich trete ich in sein Büro. Es ist nicht der Raum, in dem wir zuletzt miteinander gesprochen haben. Überall stehen und hängen Bildschirme, sogar an den Wänden. Programme flirren darüber, die mir nichts sagen. Andere spielen Videoaufnahmen ab. Eine davon erkenne ich augenblicklich: Es handelt sich um eine Live-Aufnahme unseres Speisesaals. Oberflächlich scheint Ruhe eingekehrt zu sein.

Erst als ich mich nähere, bemerke ich die besorgten Gesichter, wie die Gäste die Köpfe aneinanderlehnen und tuscheln, die aufgestachelten Gesten der Angestellten. Jemand steht am Tresen und diskutiert mit einem Mitarbeiter, seine Körpersprache wirkt aufgebracht.

Die Bildschirme zeigen auch andere Speisesäle. Jenen der Familien, den ich einmal besucht habe, aber auch einen, in dem sich hauptsächlich junge Leute in den frühen Zwanzigern zum späten Frühstück treffen. Ein anderer Screen zeigt einen Speisesaal, gefüllt mit älteren Menschen mit ergrautem Haar, einige von ihnen schleppen sich mit Gehhilfen zum Frühstücksbuffet.

»Frau Kern?«, lenkt Mr Carter meine Aufmerksamkeit auf sich. Er tritt hinter einen ausladenden, u-förmigen Schreibtisch, der ebenfalls mit Bildschirmen zugepflastert ist. Zusammengefasste Kabelstränge winden sich wie Adern zu Boden und verlaufen sich dort in Löchern.

Mit einer fächernden Handbewegung weist Carter mich an, mich zu setzen. Ein Stuhl auf der gegenüberliegenden Seite steht bereit. Er besteht aus einem mir unbekannten Material – roh, mit unregelmäßiger Oberfläche, als wäre er aus Pappmaché gekleistert. Es behagt mir nicht, mich darauf zu setzen.

Carter bemerkt mein Zögern. »Sie müssen keine Angst haben. Es handelt sich um einen Prototyp – einen Vorläufer für Möbel, die wir später bauen werden.«

Ich berühre das Möbelstück, erwarte, dass sich das weißgraue Material weich anfühlen wird, doch es ist hart und trocken. Der Stuhl scharrt unter meinem Händedruck zurück. Fest ist der Rohstoff, aber auch überraschend leicht. »Was ist das?«

»Ein Prototyp aus Myzelien – aus Pilzfäden. Das Möbelstück wurde in einem Backprozess finalisiert und härtet so aus. Es ist uns somit möglich, Bauelemente zu züchten, wie zum Beispiel Ziegelsteine, Möbel für den Alltag, möglicherweise sogar ganze daraus gewachsene Gebäude – und das zu relativ niedrigen Energiekosten.«

Mein Kopf schmerzt, meine Gedanken schwirren. Nichts ergibt länger Sinn für mich.

»Setzen Sie sich«, wiederholt Carter. »Ich bitte Sie.«

Zögerlich lasse ich mich auf dem Myzelien-Stuhl nieder. Er fühlt sich eigenartig an, stabil und leicht wie Pappe. »Was soll das alles hier ...«

Carters Hand wandert zu einer Tastatur. Geübt huscht er mit seinen Fingern darüber. »Erlauben Sie?«, fragt er, doch es klingt mehr wie eine Ansage. »Dass ich auf Ihr Human Computer Interface zugreife?«

»Auf was?«, frage ich schwach.

»Ihren Brainlink. Den Modchip.« Er tippt sich hinters Ohr, doch eine Hand verharrt auf der Tastatur. »Ich nehme an, dass Sie momentan mit Bildstörungen zu kämpfen haben. Das liegt daran, dass dieser Ort nicht für eine Bildüberlagerung ausprogrammiert ist.«

Ich blinzle, doch der rote Zahlencode bleibt.

Carter nimmt mein Schweigen als Bestätigung. Er hackt auf die Tasten ein. Kurze Zeit später erlischt die Ziffernreihe.

»Better now?«

»Sie sprechen nun Englisch«, erwiderte ich. Jedes Wort kostet mich Mühe.

»Oh, pardon me«, schnauft Carter. Seine Hand saust über die Tastatur. »Wie ist es jetzt?«

Ich nicke, doch es fühlt sich an, als müsste ich gegen einen Widerstand kämpfen. »Sie geben es also zu?«, presse ich hervor. »Dass Sie uns chippen, uns beeinflussen, manipulieren? Uns diese Welt vorspielen?«

Mr Carter hebt die Augenbrauen. Im Hintergrund flirren die Bildschirme. »Wir chippen hier nicht *andere*, Frau Kern. Wir chippen *uns alle.* Diese Erfindung hat uns eine Vielzahl an Möglichkeiten verschafft. Die Sprache des jeweils anderen zu übersetzen oder sogar sukzessiv zu erlernen. Künstliche Erinnerungen zu produzieren. Die Erinnerung an Orte, Traditionen, Bücher, Ausbildungen und kulturelle Eigenheiten, die wir nie kennengelernt haben – die vielleicht gar nicht mehr existieren. Ich«, er tippt sich hinters Ohr, »... besitze diesen Chip genau wie Sie. Der einzige Unterschied zwischen meinem Brain-Link und dem Ihren ist ...«

»Dass Sie davon wissen.«

Zuerst nickt er. Dann hebt er die Schultern. »Frau Kern, ich werde Ihnen jetzt ein Video einspielen.«

»Einspielen?«

»Einspielen, nicht vorspielen, sie haben ganz richtig gehört. Es ist ein Video, das wir vor einigen Wochen aufgenommen haben. Am 27. Dezember 186 neuer Zeitrechnung, um korrekt zu sein.«

»W-wie bitte?«

»Oder im Jahr 2236 n.Chr., wie es Ihrer kulturellen Erinnerung entsprechen sollte.«

Ich lausche meinem eigenen Herzschlag. *Poch. Poch. Poch. Sie wollen mich doch verarschen,* würde ich am liebsten schreien.

»Mr Carter«, mühe ich hervor. Ich habe mir nie die Frage gestellt, *wann* ich bin – immer nur, *wo* ich bin. »Wenn das hier die Zukunft ist, *wo* sind wir hier dann?«

Wieder dieses Seufzen. Als hätte Mr Carter das bereits einmal erlebt. Oder viele Male. Er kratzt sich am Hals, wippt ein Viertel auf seinem Drehstuhl herum. Sein Blick fällt hinüber zu einer gekrümmten Wand. Ganz dunkel liegt sie da. Sie ist die einzige Mauer, die nicht mit Bildschirmen zugekleistert ist. »Ich wollte Ihnen zwar zuerst das Video zeigen, aber wie Sie meinen …« Er rollt ein Stück zurück, erhebt sich und tritt zu der Krümmung heran. »Bitte erschrecken Sie nicht.« Er drückt einen Schalter.

Wie ein Vorhang vor einer Kinoleinwand teilt sich die Wand entzwei und entblößt eine gewaltige Fensterscheibe. Und dahinter?

Dahinter blitzen Myriaden von Sternen vor einem pechschwarzen Firmament.

Kapitel 34

Einige Herzschläge verstreichen, in denen ich bloß in die satte Schwärze blicke. Der Anblick ist jenem ähnlich, den ich des Nachts in der goldenen Welt des Hotels aus dem Fenster erlebe. Dennoch ahne ich, dass diese Aussicht von anderer Substanz ist.

Ich stehe auf, der Pilz-Stuhl knarrt. Lautlos gehe ich zu der Scheibe. Ich lege die Hände dran. Beißend kalt fühlt sich der transparente Kunststoff darunter an. Mein Atem zeichnet einen Beschlag auf die Wand, die mich von draußen trennt. Es handelt sich nicht länger um ein Bild, eine Fotografie – eine Einschaltung. Wenn ich durch diese Scheibe fassen würde, könnte ich die Tiefe des Weltalls spüren. Zwischen den Sternen hindurchgreifen. Tausend glühende Sonnen würden mir die Haut verkohlen. Das *Nichts* die Wärme aus den Knochen ziehen. Ich würde durch Galaxien fassen, bis die letzten Sterne eines expandierenden Universums sich in der Leere verirren.

Das ist natürlich Unsinn. In diesem Augenblick, als ich hinaussehe, meine Hand vor meinen Augen, ist es mir wirklich, als wäre es möglich. Das ist hier das Weltall. Das ist der Welt*raum.*

»Wieso zeigen Sie mir den Himmel?«, frage ich leise.

»Ich zeige Ihnen nicht den Himmel, Frau Kern. Ich zeige Ihnen das Weltall. Sie fragten mich, wo wir uns befinden. Nun – das ist die Antwort.«

Mein Blick löst sich vom Sternenfirmament. »Wir befinden uns … im Weltall.«

Carter nickt. Recht rasch sogar, als wäre ihm die Tragweite seiner Worte nicht bewusst. Oder diese Antwort gehört zu seiner Selbstverständlichkeit. Er müht sich zurück hinter seinen Schreibtisch, sackt auf seinen Stuhl zurück. Dort verschränkt er die Finger wie der Geschäftsführer, für den er sich immer ausgegeben hat. »Ich habe Sie bereits einmal hier willkommen geheißen, doch ich tue es gern noch einmal, um des Friedens willen. Frau Kern …«

»… herzlich willkommen auf der Washington, Frau Kern. Es ist uns eine Ehre, Sie begrüßen zu dürfen.«

»Eine Ehre?« Alice Kerns Finger liegen schlaff zwischen den meinen. Sie erwidert meinen Händedruck bloß pro forma. »Wieso das?«

»Nun …« Überrascht ziehe ich die Hand zurück. Mein Gegenüber wirkt abgekämpft und müde. Das rote Haar zu einem nachlässigen Knoten gebunden, die Uniform der Europeia *tragend, sieht die Frau nicht gerade aus, wie man sich offiziellen Staatsbesuch erwartet. Immerhin ist sie eine* Kern. *Die Nachfahrin der Frau, die das Kulturprogramm entwickelt hat. Das Programm, das mehrere Kolonien parallel am Laufen hält! Und das erfolgreich seit mehr als hundertachtzig Jahren!*

Trotz der Augenringe, die ihr Sommersprossengesicht zeichnen – Sommersprossen, etwas, was man unter künstlichem Licht nicht mehr allzu oft sieht –, kommt Regung in ihre Augenbraue. Sie wartet auf meine Antwort.

Unwohl schlucke ich, reibe mir die Hände. Ich bin Colonel – Colonel Carter –, und mich sollte eine kleine Frau nicht ins Schwitzen bringen.

»Nun«, zögere ich eine Antwort hinaus. »Es passiert nicht oft, dass es zum Austausch von Personen zwischen zwei Raumstationen kommt. Während der gesamten Fahrt der Washington beschränkt sich der physische Kontakt mit anderen Stationen auf vier Male.«

»Ja«, spricht sie dumpf. »Solche Extrawürste gibt es für andere nicht.«

Nein. Nein, gibt es nicht.

Ich weise sie an, sich auf den Stuhl gegenüber von meinem zu setzen; hoffe, dass sie nicht merkt, wie meine Hände zittern.

Sie tritt zu dem Sessel, eine Strähne rutscht ihr in die Stirn, als sie ihn näher mustert. »Was ist das?«, fragt sie.

»Ein erstes Testobjekt«, erwidere ich stolz und bin froh, mich auf meine Sitzfläche fallen lassen zu können. »Wir haben Bauelemente aus Myzelien getestet; aus …«

»Pilzfäden«, ergänzt sie.

»Künstliche Erinnerungen?«, hake ich nach. Ein Großteil der Schulbildung wird während des Heranwachsens nach und nach eingespielt. So rasch wie in dem Uraltfilm Matrix funktioniert es nicht – der übrigens zur nordamerikanischen Allgemeinbildung gehört, was ich im Angesicht der Tatsache, wo wir uns befinden, ziemlich ironisch finde. Zumindest benötigt man keine Stimulation von außen. Klassische Schulklassen fallen somit weg. Im Urlaubsszenario hätten wir sonst ziemlich viel Erklärungsbedarf.

Sie schüttelt den Kopf. »Ich habe mich während meiner Wachperiode darüber eingelesen.« Sie schiebt ein Bein über das andere, legt eine Hand auf die zweite. Dadurch wird sie so schmal, als würde sie sich zusammenfalten, bis sie verschwindet.

Damit ist sie kein untypischer Anblick für mich – doch er schmerzt mich allemal. Nicht dass ich es zeigen darf. Etwa ein Drittel der Pflegerinnen und Pfleger beschließt im Laufe seines Lebens, dass sie genügend Dienst an der Gemeinschaft geleistet haben. Durchschnittsalter des wachen Personals: zweiundvierzig.

Manche hören einfach auf zu essen. Andere erhängen sich. So viele andere Möglichkeiten des Suizids bleiben an Bord nicht. Ressourcen sind limitiert. Daher wenden sich manche vertrauensvoll an mich. Bitten mich um Beendigung ihres Lebens. Ihres Lebens und Leidens.

Diese Gespräche gehören mitunter zu den schwierigsten meines Daseins. Ich gehöre zu den ältesten Pflegern an Bord. Nicht umsonst wurde ich der offizielle Mayor der George Washington. *Weil ich mit meinem Dasein umzugehen weiß. Mit ihrer aller Dasein. Zu wissen, dass ihrer – unser – Lebenszweck allein darin besteht, die Menschheit als Konglomerat heil und bei psychischer Gesundheit an einen anderen Punkt des Universums zu bringen, und das über Generationen hinweg – manche müssen es ertragen, zum Wohle der anderen.*

Alice Kern sieht aus wie eine Pflegerin, die um die Spritze bittet. Ihre Augen erfüllt eine Müdigkeit, die Schlaf nicht vertreiben kann. Sie wirkt verbraucht, trotz ihres relativ jungen Alters.

Ich linse auf den Bildschirm. 02.04.2201. Einunddreißig Jahre. Mal sehen, ob sie ihren zweiunddreißigsten Geburtstag erleben wird.

»Habe ich das richtig verstanden?«, hake ich ein, um ein Gespräch zu starten. »Sie sind bereits einmal aufgewacht und wieder in den Traumzustand versetzt worden?«

Müde nickt sie.

»Wollen Sie mir davon erzählen?« Dabei weiß ich ganz genau, was passiert ist. Der Commandante der Europeia hat mir einen Bericht gesendet. Aber ich möchte die Geschichte aus ihrem Mund hören.

Schwach zuckt sie mit den Schultern. »Die übliche Geschichte. Ich wurde auf der Europeia geboren. Im Rahmen des Traumprogramms, natürlich.« Zynisch hebt sie ihren Mundwinkel. »Ich war ständig im Urlaub mit meinen Eltern.«

Unwohl reibe ich die Lippen übereinander.

»Es war eine schöne Kindheit, verstehen Sie mich nicht falsch. Und meine Eltern waren sehr interessiert. Das sind nicht alle. Selbst im Traumprogramm haben sie mir viel beigebracht. Sie waren immer neugierig. Das Lernen setzte auch in unserer sogenannten Freizeit nie aus. Für uns …«, sie hebt eine Hand, reibt Daumen an Zeigefinger, »… wurden sogar eigene Bücher abseits der Klassiker-Listen eingespielt, die das Programm bietet, um das kulturelle Erbe der einzelnen Länder zu erhalten.«

Dezent wippe ich auf dem Drehstuhl hin und her. Gleichzeitig kann ich mich an ihr nicht sattsehen. Nicht weil sie schön ist, sondern weil ich in ihrem Gesicht die Züge ihrer Vorfahrin herauszulesen versuche, die das Traumprogramm gemeinsam mit ihrem Partner erschaffen hat.

»Mein Vater war um einiges älter als meine Mutter. Ein Wunder, dass sie sich überhaupt kennengelernt haben. Sie lebten in unterschiedlichen Stockwerken, aßen in unterschiedlichen Speisesälen, wurden für unterschiedliche Decks und Aktivitäten eingeteilt. Er hatte sogar schon mal Frau und Familie, doch der Sohn ist aufgewacht, und trotz der Überspielungen hat die Ehe nicht gehalten, weswegen die Partnerschaft dann via Programm getrennt wurde.

Seine erste Frau wurde ihm nahegelegt. Meine Mutter nicht. Daher mag ich es, zu glauben, dass ihre Liebe echt war.« Ein schmerzliches Lächeln kriecht auf ihre Lippen. »Er starb an einem Herzinfarkt. Uns *impfte man das Vergessen ein. Meiner Mutter ordnete man einen neuen Mann zu.«*

»Aber Sie witterten trotz Überspielung einen Fehler«, resümiere ich aus der Zusammenfassung, die ich vom Commandante gelesen hatte. »Also sind Sie wieder aufgewacht?«

»Noch nicht.« Ihr Blick verliert sich, irgendwo zwischen den Bildschirmen meines Schreibtisches. »Ich hatte wohl bereits Ahnungen. Sie haben mich unter stärkere Medikamente gesetzt. Mir einen Partner zugeteilt.« Ihre Lippen bewegen sich, doch sie kaut an den nächsten Worten herum. »Ich habe ihn nie geliebt. Schwanger wurde ich trotzdem.«

Obwohl ich weiß, was kommt, spanne ich mich an. Doch sie sagt nichts mehr. Ihre Hand kriecht zu ihrer Brust, sie reibt sich die Rippen über dem Herzen. »… Sie bekamen das Kind?«

Mit einem Ruck hebt sie den Blick. Er geht mir durch Mark und Knochen. Ich erwarte, dass sie zu weinen beginnt, doch keine Tränen sammeln sich in ihren Augenwinkeln. »Selbstverständlich«, sagt sie zynisch. »Das ist doch meine Pflicht als Frau.«

Ich schweige.

Abwehrend verschränkt sie die Arme und lehnt sich zurück. »Dann bin ich aufgewacht.«

Ich weiß, was das bedeutet. »Ihnen wurde das Kind weggenommen. Weil kein Kind …«

»… im Wachzustand aufwachsen darf. Ja. Ich habe sie angebettelt, mich ein zweites Mal in den Traumzustand zu versetzen. Auch wenn das Kind nicht geplant war – nicht von mir –, so habe ich es geliebt. Der Vater war lange nicht mehr im Spiel, aber ich war eine gute Mutter. Ich habe Sophie alles gegeben, was sie gebraucht hat.«

»Das habe ich nie infrage gestellt.«

Gereizt zuckt ihr Nasenflügel. »Andere haben das.«

»Wie lange waren Sie als Pflegerin im Wachzustand?«

»Ich weiß es nicht mehr genau. Ein paar Wochen. Ich habe den Commandante angefleht, mich wieder in den Traumzustand zu versetzen und mir Sophie zurückzugeben. Schlussendlich habe ich die Kern-Karte gespielt.« Mit fächernden Händen weist sie um sich. »Ich bin nicht stolz darauf, aber es hat geklappt. Sie haben mich wieder in den Traumzustand versetzt.«

»Und dann …?«, frage ich vorsichtig.

Nun schimmern ihre Augen deutlich, doch sie beißt die Zähne so fest aufeinander, dass Wut aus ihrem Gesicht springt. »Sie wissen, was dann passiert ist«, presst sie hervor.

Ich weiß es, doch sehe sie lange an.

»Sie ist gestorben«, krächzt sie schließlich.

Ertrunken, laut den Informationen des Commandante.

»Sie haben natürlich versucht zu verstecken, dass es sie jemals gab. Genau wie sie mir die Erinnerungen meiner Mutter nehmen wollten. Es hat nicht funktioniert.« Sie hebt die Hände und wirkt erstmals hilflos. »Es hat nie geklappt.«

»Sie sind erneut aufgewacht.«

»Sieht wohl so aus.«

Ich schmiege die Lippen aneinander, reibe mir über das Kinn. Meine Bartstoppeln kratzen an meinen Fingern. »Was dann?«

Wieder dieses hilflose Achselzucken.

»Sie wissen, dass die Wahrscheinlichkeit, erneut aufzuwachen, bei jemandem, der bereits einmal der alternativen Realität entkommen ist, ungleich höher ist.«

Sie nickt. »Siebenundsechzig Prozent beim ersten Mal. Dreiundneunzig Prozent beim zweiten Mal. Man hat mich informiert.«

»Was haben Sie daraus für sich gelernt?«

Ihr Blick irrt kurz davon, rüber zur Scheibe, hinter der sich das All erstreckt. Irgendwo dort draußen liegt die Erde – oder das, was von ihr übrig ist –, über hundertachtzig Jahre entfernt. Und irgendwo, weit voraus, nicht Hunderte, sondern Tausende Jahre in der Zukunft, das neue Zuhause. »Ich weiß nicht. Es war nicht meine Idee, hierherzukommen.«

»Wessen Idee war es dann?«

»Der Commandante fragte mich, was ich nun machen möchte. Ob er mich ins Pflegerprogramm rückgliedern solle. Ich sagte Nein. Nicht weil ich keinen Dienst an der Menschheit verrichten will, sondern …«

Sie verliert sich. Nicht einfach ihr Blick, ihre ganze Gestalt. Sie zieht die Schultern nach vorn, wird dadurch noch schmaler, bald ist sie nur noch ein Strich in meinem Büro, und dann wird sie gar nicht mehr sein.

»Weil Sie das Wachsein nicht ertragen?«

»Ich ertrage es nicht, zu sehen, was wir sind, Commandante – ich meine, Mayor. Bitte entschuldigen Sie.« Sie zögert, streicht sich über die Sommersprossennase.

Die üblichen in der Raumfahrt verwendeten Begriffe wie Commander passten nicht auf die neue Funktion, die die Leiterinnen und Leiter der Raumschiffe innehatten. Die Männer und Frauen in Carters Position kümmerten sich nicht um das Schiff, sondern um seine Bewohner. Deswegen nannte man ihn auf der George Washington *Mayor – Bürgermeister.*

»Ich verstehe Sie.«

»Tun Sie das?«

»Ich habe mit zahlreichen Personen gesprochen, die dieselben depressiven Erscheinungen aufweisen wie Sie, Frau Kern. Sie sind kein Einzelfall. Es ist schwer, die Erkenntnis zu ertragen, dass unser Leben nur ein Zwischenschritt ist. Ein Zwischenschritt zwischen dem Abflug auf der Erde und der Ankunft auf unserer neuen Heimat.« Er nickt. »Für Frauen ist es besonders schwer«, fügt er hinzu.

Sie umfasst sich selbst. »Weil wir nur Brutstätten sind? Die der Erhaltung der Menschheit dienen?«, fragt sie hart.

»Ich verstehe, warum Sie sich so fühlen. Ich möchte dennoch betonen, dass sich das KERN-Programm genau mit diesem Problem beschäftigt hat. Es ist eine Bemühung, den Menschen hier ein einigermaßen normales Leben bieten zu können.«

»Den Schein eines normalen Lebens.«

»Sie wissen von den anderen Programmen, nehme ich an. Oder besser gesagt – der Abwesenheit von selbigen. Als das Ende auf der Erde nahte, baute die gesamte Welt an Raumfähren. Und sie waren nicht die ersten, die aufbrachen. Ein halbes Jahrhundert zuvor brach die U.S. Eagle *auf. Ohne Programm. Die Erscheinungen, wie Sie sie erleben, traten dort in Massen auf. Zwar war der Mensch so weit, die körperlichen Beschwerden durch Jahre der Raumfahrt zu mindern – niemand hat jedoch geahnt, was es für eine Mannschaft bedeutete, zu wissen, dass sie zu ihren Lebzeiten nie ankommen würden. Nur zu leben, um anderen ein Leben zu ermöglichen. In ferner Zukunft. Irgendwann.«*

Alice Kern presst die Lippen zusammen.

»Es kam zu Massensuiziden. Und Ausschreitungen. Daher führte man eine strikte Hierarchie ein. Es kam zu Gewalt, Vergewaltigungen. Die

Gesellschaft veränderte sich bereits in der ersten Generation. Die Kinder aus der zweiten Generation nannte man auf der Erde bereits Savages. Und in der dritten Generation brach der Kontakt ab.

Wir wissen nicht, was mit diesem Schiff passiert ist. Ob es von einem Meteoriten getroffen wurde; ob die damals nicht so fortschrittliche Technik versagte. Oder aber die Menschen sich in der neuen Umgebung derart veränderten, dass etwas Neues herauskam. Etwas, das einen Rückschritt in der menschlichen Evolution darstellt.«

Sie legt den Kopf zurück, misst mich aus verengten Augen. »Möglicherweise hätten wir mit der Erde sterben sollen.«

Ich verschränke die Hände vor mir. »Möglicherweise«, sage ich. Auch diese Worte höre ich nicht zum ersten Mal. »Und mit Verlaub – der Großteil der Menschheit ist es. Daher bemühe ich mich doch darum, das Positive zu sehen. Ich nenne es die lichte Seite des Mondes. Es gab nicht viele Menschen, denen die Möglichkeit geschenkt wurde, unserer Spezies eine zweite Existenz zu ermöglichen. Wir haben eine Aufgabe. Und diese erfüllt mich mit Ehrfurcht. Ich diene dem Programm aus Überzeugung, Frau Kern. Ich wünschte, Sie könnten das ebenfalls sehen.«

Ihr Blick gleitet hinüber zum Fenster, tastet den Sternenteppich ab. »Wer weiß, ob wir überhaupt ankommen. Wer weiß, ob die Berechnungen richtig sind. Wer weiß, was wir dort vorfinden. Wer weiß ...«

»Niemand weiß das. Ich bete zu Gott und ich hoffe.«

Ihr Mundwinkel zuckt. »Ihr Amerikaner und euer Gott.«

Ich lache leise. »Passen Sie besser auf, zu wem Sie das sagen. Einige hier nehmen ihren Gott ziemlich ernst.« Ich lehne mich zurück, wippe auf dem Drehsessel hin und her. »Deswegen sind Sie doch hier, nicht wahr? Weil Sie sich ein weiteres Mal ins Programm eingliedern lassen wollen?« Unglaubliche Mühen und Ressourcen wurden eingesetzt, um sie von einem Schiff aufs andere zu bringen. Und dann die Aufregung, die entstand, als das Shuttle andockte – wir nannten es ein Erdbeben. Dennoch drohten dadurch einige Träumer aufzuwachen. So etwas muss man den Menschen auf einer vermeintlichen Südseeinsel mal erklären.

Sie nickt langsam. Erleichtert stoße ich die Luft aus. »Ich habe es nicht ertragen, zu wissen, was wir sind. Meine Mutter zu sehen. Zu wissen, was mit Sophie passiert ist. Nicht, als ich wach war. Und nicht, als ich geträumt habe. Ich erkannte meine Mutter immer wieder; obwohl sie das

Programm angepasst und uns getrennt hatten. Und Sophie? Ich habe sie gesucht – bewusst und unbewusst. Es hört einfach nicht auf.« Sie stützt den Kopf in die Hände. »Und ich wünsche mir nichts seliger, als dass der Schmerz endlich aufhört.«

Ich schmiege die Lippen aufeinander. »Denken Sie, die neue Umgebung gibt Ihnen eine neue Chance als Träumerin?«

Sie nickt.

»Und was werden Sie tun, sollten Sie erneut aufwachen?«

Sie löst den Blick von der Scheibe, als klebe dieser daran fest.

Eine Weile schweigt sie. Bloß ihre rotblonden Wimpern schlagen über den Augen auf und nieder. So müde, als wäre sie eben erst erwacht.

Kapitel 35

Ich sehe mich selbst in einer Videoaufnahme. Und gleichzeitig bin ich ein anderer Mensch. Obwohl dieses andere Ich das Gesicht zur Kamera dreht, hält es den Blick gesenkt. Es fällt mir schwer zu akzeptieren, dass das ich sein soll. Möglicherweise handelt es sich um einen weiteren Programmtrick?

Sie erinnert mich an ein eng zusammengeschnürtes Paket, die Schultern nach vorn gesackt, mit dem Daumennagel zupft sie sich die Nagelhaut wund. Und das soll ich sein? Vor wenigen Wochen?

Das Bild erstarrt in den Bewegungen. Ich höre Carter sprechen. »Ich kann Ihnen Ihre Erinnerungen zurückgeben. Sie besitzen sie noch, Frau Kern, Sie werden nur vom Programm blockiert gehalten. Es dauert allerdings eine Zeit lang, die Wall abzubauen. Alles andere würde Ihr Hirn überfordern. Bevor ich eine Rückkopplung einleite, möchte ich jedoch, dass Sie sich zuerst das Video ansehen. Es wurde auf Ihren Auftrag hin angefertigt. Sind Sie bereit?«

Ich nicke. Zu mehr bin ich nach den letzten Erzählungen nicht fähig. Die Einspielung vor meinem inneren Auge verschwindet nicht. Wer hätte gedacht, dass der Modchip, der nach Carters Aussage eigentlich fürs Telefonieren und eine ständige Internetverbindung erfunden worden war, später derart in die Wahrnehmung von Menschen würde eingreifen können?

Das Bild setzt sich erneut in Bewegung. *Kratz-kratz-kratz …* ihr Daumennagel schabt an der Nagelhaut. Ihr Blick rutscht empor, plötzlich sehe ich mir selbst in die Augen. Misstrauen steht in meinem/ihren Blick geschrieben. Wie ein lauerndes Tier.

»Sind Sie bereit?«, fragt Carter, und ich will erneut nicken, als ich merke, dass seine Stimme von der Videoeinspielung stammt. »Es läuft, Sie können starten.«

Mein Gegenüber schmiegt die Lippen aneinander. Sie räuspert sich, diese fremde Alice. »Mein Name ist Alice Kern«, sagt sie. »Ich bin Bordmitglied der *Europeia* auf Überfahrt zum Expoplaneten *Neue Heimat.* Ich habe mein bisheriges Leben im Rahmen des KERN-Programms auf der *Europeia* verbracht, Kultureinspielung Österreich mit Erinnerungssatz des Heimatorts meiner Vorfahren, Baden bei Wien.« Eine Strähne rutscht vor ihre Augen, sie streicht sie sich hinters Ohr. Sie. Ich. »Ich befinde mich in der besonderen Situation, einen Bordwechsel von der Europeia auf die George Washington vollzogen zu haben, um ein drittes Mal in das Traumprogramm eingegliedert zu werden. Der Ortswechsel soll mir helfen, bekannte Gesichter zu vermeiden und nicht wieder aufzuwachen.« Sie verschränkt die Finger vor sich. Sie. Ich. »Falls es der sozialen Eingliederung hilft, stimme ich der Nutzung eines Sozialisierungsprogramms zu, um Kontakte zu knüpfen. Ich …« Sie bricht ab, löst die Finger voneinander. »Ich würde nahezu alles tun, um mich wieder erfolgreich einzugliedern. Und zu vergessen.«

»Frau Kern«, ertönt Mr Carters Stimme. »Was sollen wir tun, wenn die Wiedereingliederung nicht klappt? Wenn Sie erneut das Programm verlassen?«

Sie starrt mich an. Ihr Blick ist so hart und scharf wie Messerspitzen. Ich kenne mich so nicht. Ich erinnere mich nicht so an mich. In meiner Kindheit war ich glücklich. Meine Kindheit war wie ein Traum. Ein Traumurlaub.

Die Fältchen um ihren Mund bewegen sich. »Wenn ich wieder aufwache, möchte ich kein weiteres Mal in das Traumprogramm eingegliedert werden. Falls ich erneut aufwache, stimme ich dem begleiteten Suizid zu.«

Kapitel 36

Ich greife mir an den Kopf, als wollte ich eine Brille von meinen Augen schlagen, die mir diese Bilder zeigt – meinen eigenen Mund, der diese ungeheuerlichen Worte ausspricht. Doch da ist keine Brille.

Im Hintergrund höre ich Carter auf die Computertasten einhacken, das Video bricht ab.

»Frau Kern?«

Ich kralle mir die Hände in die Lider. Es schmerzt, doch zumindest ist das Bild vergangen. Nur weiße Lichter tanzen durch das Rotschwarz. Die Worte klingen jedoch in meinem Kopf nach. Mein Herz pumpt wie wild. *Falls ich erneut aufwache, stimme ich dem begleiteten Suizid zu.*

»Sie sehen nicht gut aus«, höre ich Carter dumpf sagen. »Ma'am, Sie sollten …«

Der Rest seiner Worte stirbt ab. Ich habe das Gefühl zu fallen. Zu spät merke ich, dass ich es wirklich tue. Ich knalle zu Boden.

Obwohl ich die Lider aufreiße, sehe ich nichts als weiße Lichter vor schwarzem Grund. Ein Sternenhimmel in meinem Kopf. Ich bin verloren im Weltall, kann nirgendwohin fliehen, und mein einziger, mir vorbestimmter Ausweg ist der eigene Tod.

Ich höre das Rollen von Carters Stuhl, von der anderen Seite pochen Schritte heran. Ich spüre, wie mich kräftige Hände fassen, rütteln, herumdrehen, doch selbst die Substanz des Bodens löst sich auf. Als würde ich schweben. Vielleicht hätte es mich einfach ausspucken sollen. Dieses Raumschiff. Das andere. Damit ich für immer als ein Fragment kohlenstoffbasierten Lebens von einer Galaxis zur nächsten schweben kann.

»Frau Kern! Wir müssen Sie zur Krankenstation …« Carters Stimme leiert aus, verliert sich wie der Ton auf einer alten Fiedel. Und selbst das Bild einer Violine ist mir vermutlich bloß einprogrammiert wie der Großteil meines Wissens. Wenn sie Wissen hinzufügen und Erinnerungen tilgen können, was bin ich dann noch? Was bleibt von mir wirklich? Das Produkt eines Programms? Und das Schlimmste – ist mein Ich ein Resultat von etwas, was meine Vorfahrin entwickelt hat?

Schwärze umfängt mich. Irgendwie bin ich erleichtert. Wenn das das Ende ist, muss ich mich nicht einmal aktiv dafür entscheiden – es passiert einfach.

Alles hat ein Ende, nur die Wurst hat zwei.

Das hat mein Vater immer gesagt. Glaube ich zumindest. Manchmal sang er ein abstruses Lied dazu, das ich nie so ganz begriffen habe.

Nun habe ich das erste Mal das Gefühl, dieses zweite Ende zu sehen. Oder besser: es zu hören. Es macht sich mit einem steten Tropfgeräusch bemerkbar. Mit dem Rascheln von Bettwäsche. Sonst bleibt es ganz still.

Ich traue mich nicht, die Augen zu öffnen, vor Angst, was ich erblicken werde – wo ich mich schon wieder befinde. Soll ich mich zurück in mein Hotelzimmer wünschen? Dass die letzten Stunden nur ein Traum waren?

Als das Wachsein in meine Hirnwindungen greift, darin herumrührt und somit das Zurücksinken in die Schlafesschwärze unmöglich macht, ergebe ich mich und schlage die Lider auf. Die Decke strahlt mir weiß entgegen. Helle transparente Vorhänge bauschen sich über meinem Haupt wie Gaze. Der Geruch von Zitronenputzmittel liegt in der Luft.

Ich bin zurück auf meinem Zimmer, so bin ich mir sicher.

Tipp … Tipp, tipp …

Ich drehe den Hals und bemerke einen Schlauch, der an einer Infusionsnadel in meiner Hand hängt. Mich umringt ein Gestell aus

Kunststoff und durchsichtigen Wänden. Es erinnert mich an einen Sarg. Mit einem Aufschrei fahre ich hoch und merke erleichtert, dass es oben offen steht.

Ich höre Schritte. Zu meiner Überraschung schiebt sich hinter aufgezogenen Trennwänden Doktor Magyar im Krankenkittel hervor. »Frau Kern!« Er wirkt ernsthaft besorgt. »Bitte übernehmen Sie sich nicht.«

»Wo bin ich hier?«

»Auf der Krankenstation, meine Liebe. Sie haben im Büro von Mayor Carter das Bewusstsein verloren. Wohl ein Schwächeanfall.« Sein Blick gleitet durch die Brillengläser an den Rand des Sarges. Er tippt auf einen Bildschirm ein, seine Iriden zittern, als er Werte abliest. Er presst die Lippen zusammen. Es reicht mir. Es muss keine Zitrone sein, um sauer zu schmecken.

»Ist etwas?«, würge ich hervor.

Er wirkt ertappt. Doktor Magyar war nie ein guter Schauspieler – von Beginn an nicht. Trotz seiner Rolle glaube ich mittlerweile, dass er es gut meint. Er weist auf die Elektroden, die an mir befestigt sind. »Die messen Ihre Werte. Nur zur Sicherheit.«

»Haben Sie etwas Ungewöhnliches entdeckt?«

Magyar spitzt ertappt die Lippen. Ein Lächeln flackert über sein Gesicht. »Alles ist gut«, sagt er, doch die Fältchen um seine Augen strafen ihn Lügen. »Legen Sie sich wieder hin. Ich lasse Ihnen Proteinnahrung bringen. Sie sollten essen. Keine Sorge, es ist nicht versetzt. Macht versetzt aber mehr Spaß, das verspreche ich Ihnen.«

Ich bleibe sitzen, auch wenn es mir schwindelt, und sehe mich um. Trennwände schirmen mich ab, doch sie wirken dünn wie Plastik. »Ist er hier? Aron?«

Erneut blinzelt er. Zumindest ihn kann ich überraschen. Ich sehe Magyar an, dass er gern etwas zum Halten hätte. Daher greift er die Brille und streift sie sich von der Nase; kneift die Augen zusammen, als wolle er inspizieren, ob eine Reinigung notwendig wäre.

Mein Mund klappt auf. »Aron!«, schreie ich.

Magyar zuckt zusammen. »Ich bitte Sie!«

»Aron!«, rufe ich lauter.

»Er ist nicht hier! Alice, er ist nicht mehr hier …!«

Das Blut weicht aus meinen Wangen. »Was soll das heißen?«

Magyar weicht meinem Blick aus. Die Vorhänge tanzen, doch nur vor einem Luftschacht, genau wie in meinem Zimmer. »Frau Kern, ich bin nicht in der Position …«

»Wo ist er!?«

Seufzend stößt er die Luft aus und sinkt ein Stückchen in sich zusammen. Wie ein ausgesaugter Luftballon. »Frau Kern, als Pfleger haben wir eine besondere Aufgabe. Diese Aufgabe ist es, das Programm aufrechtzuerhalten – die Traumebene aufrechtzuerhalten. Andere mutwillig aufzuwecken gilt als Vergehen. Jeder weiß das. Herr Martin hat dieses Verbot mit Absicht gebrochen.«

Mir stellen sich die Härchen im Nacken auf. »Das kann doch nicht Ihr Ernst sein! Nach dem, was mir Mayor Carter erzählt hat, bin ich bereits zweimal zuvor aufgewacht. Aron Martin hat nichts damit zu tun. Er hat mich sogar zwischenzeitig gemeldet!«

Entschuldigend hebt Magyar die Schultern. »Es tut mir leid, Frau Kern, Regeln sind nun mal Regeln. Sie halten das Programm aufrecht, und somit die Gesellschaft unseres Schiffs.«

»Was bedeutet das? Was haben Sie mit ihm gemacht?« Ich packe den Sargrand. Die Berührung löst ein Schrillen aus. Lichter blinken. Abrupt lasse ich los, der Alarm setzt sich fort.

Magyar wieselt an sein Board und tippt darauf herum, bis das Läuten verklingt.

»Wo. Ist. Er?«, presse ich hervor.

Magyar fährt sich durchs feine Haar, unter dem seine Kopfhaut hervorleuchtet. »In einer abgeschiedenen Kammer.«

»Und was wird mit ihm passieren?«

»Das wird Mayor Carter in gemeinsamer Absprache mit Martin beschließen.«

»Okay – ich formuliere es anders: Was passiert normalerweise mit jemandem, dem so etwas wie Aron vorgeworfen wird?«

Unwohl saugt Magyar die Wangen ein. »Nun … da Herr Martin sich gegen das Traumprogramm und nun auch das Pflegerprogramm entschieden hat, wird ihm wohl die letzte Möglichkeit nahegelegt.«

Er muss es nicht aussprechen. Mein Herz macht einen unfreiwilligen Satz. Sie wollen Aron zum begleiteten Suizid überreden. Doch was ist ein überredeter Selbstmord anderes als Totschlag?

Kapitel 37

Als Magyar Mayor Carter ankündigt und mich dazu auch aufstehen lässt, fühle ich mich, als befreite man mich aus der Zelle. Ich zerre an den Elektroden und an dem Infusionsschlauch, der mich ans Bett fesselt. Magyar bittet mich um Geduld.

»Ich weiß, es ist schwer zu glauben – wir alle hier möchten Ihnen nichts Böses, Frau Kern«, sagt er leise. »Alles, was wir tun und getan haben, ist geschehen, um Ihnen ein tragisches Schicksal zu ersparen.« Er sieht mich so wehmütig an, dass es mir das Herz und die Kehle gleichzeitig zusammenquetscht. »Sie sind die letzte Nachfahrin der Kerns. Wenn Sie nicht glauben, dass wir um Sie als Einzelperson bemüht sind, so glauben Sie uns bitte, dass es sowohl der *Europeia* als auch der *George Washington* ein Privileg war, Sie an Bord zu wissen.«

Ich höre auf zu zappeln und mich nur weiter in den Kabeln und Schläuchen zu verheddern. »Ich bin nicht meine Vorfahrin.«

»Nein, aber Sie tragen deren DNA in sich. Und tatsächlich … ist das alles, was wir in die Zukunft tragen können.« Vorsichtig löst er die Nadel aus meiner Haut.

Magyar schreckt auf. Schritte kündigen Carter an; wie stets in Begleitung. Magyar klappt die Seitenwände des Bettsargs herab und lässt mich aussteigen. Meine Beine fühlen sich an wie Butter. Ich wage mich zwischen den Trennwänden hervor und bemerke, dass Carter seine Wachen hinter der Schiebetür zurücklässt.

»Frau Kern.« Er kommt weiten Schrittes auf mich zu. »Geht es Ihnen besser?«

Zögerlich nicke ich. Nur im Hemdchen stehe ich da, doch die Art, wie Carter mich mustert, ist so trocken, dass ich mich nicht für meinen Auftritt schäme. »Kommen Sie«, fordert er mich auf und trabt im ordentlichen Tempo weiter zu einer grauen Tür im hinteren Teil. »Sprechen wir in Doktor Magyars Büro.«

Magyars Arbeitszimmer ist altmodisch eingerichtet. Die Bilder an den Wänden besitzen verschnörkelte dunkelbraune Rahmen, in denen unterschiedliche Fotografien Platz finden. Sogar ein paar vergilbte Aufnahmen sind dabei. *Seine Vorfahren?*, frage ich mich.

Am meisten überraschen mich Fotos auf dem Schreibtisch. Sie sehen zwar wie normale Bilderrahmen aus, doch Videos bewegen sich darin. Ich erkenne Magyar mit dichterem Haupthaar, beleibter als heute. Dennoch oder vielleicht gerade deswegen wirkt er um vieles glücklicher. Es zeigt ihn vor einem Strand, Hand in Hand mit einem anderen Mann. Zwischen ihnen läuft Kind einher, das sich an die Badehose der beiden Erwachsenen klammert.

Der Anblick trifft mich derart, dass ich abrupt stehen bleibe. »Ich dachte, Pfleger dürfen keine Kinder kriegen?«

Magyar folgt meinem Blick. »Sollen sie auch nicht.«

Ich beobachte den Loop. Magyar und der braun gebrannte, sportliche Mann. Das Kind, das an ihren Badehosen zupft.

»Auch wenn unsere Gesundheitsvorsorge fortschrittlich ist, so passiert es, dass manchmal Träumer sterben. Lucas' Mutter litt an Krebs. Durch die Strahlung des Weltalls und den dauernden Aufenthalt eine der weitverbreitetsten Krankheiten, die uns hier befallen können. Ich kümmerte mich eine Zeit lang um Lucas, dann sollte er wieder ins Traumprogramm eingliedert werden. Ich wollte ihn nicht gehen lassen. Also ging ich mit ihm in die Traumebene.«

Carter lässt sich auf einen Sessel fallen, der unter seinem Gewicht knackt. »Doktor Magyar verdient Familienglück wie jeder andere. Wir haben mehrere Träumer, die sich aufgrund ihrer Intelligenz, ihrer genetischen Voraussetzungen und der eingespielten Bildung für den ärztlichen Beruf eignen. Während der unglückseligen Epoche der ausgefallenen Heizwerke mussten wir einige von ihnen aufwecken.«

»Ausgefallene Heizwerke?«, frage ich nach. Da begreife ich. »Die Kältewelle.«

Carter nickt abrupt. »Die Raumschiffe sind selbstreparierend. Doch es hat zu lange gedauert, den Fehler zu finden und die Ersatzteile nachzubauen. Zahlreiche Menschen waren bereits krank, einige sogar an den Folgen der Kältewelle verstorben. Wir sind auf das Heizsystem angewiesen. Daher haben wir die *Europeia* benachrichtigt und um Unterstützung gebeten.« Ein knappes Lächeln blitzt auf seinem Gesicht auf. »Wir haben ihnen einen Gefallen getan, und sie nun uns einen. So ist das Leben.« Er seufzt, schlägt ein Bein übers andere. »Die *Putin* hätten wir nicht fragen brauchen.«

Irritiert kratze ich mir mit dem Daumen über die Schläfe. »Sie wollten mich sprechen«, sage ich und lasse mich neben ihm nieder. »Ich nehme an … über die Sache.« Ich schaffe es nicht, das Kind beim Namen zu nennen. Wenn ich daran denke, wird mir flau im Magen. Angeleiteter Suizid? Für mich? Für Aron?

Ich packe Carters Hände. »Bitte … bitte töten Sie ihn nicht!«

Carters Stirn legt sich in Falten. Seine Finger sind warm unter meinen, doch sein Gesicht bleibt bar jeden Mitleids. »Frau Kern …«

»Sie können mit mir machen, was Sie wollen«, presse ich hervor. »Ich verstehe, wenn ich meine Möglichkeiten verspielt habe.« Will ich sterben? *Nein.* Bin ich die Alice, die ich auf dem Video gesehen habe? *Ja. Nein.* Nicht, solange ich meine Erinnerungen nicht zurückbekomme. »Aber Aron … er hat keinen Fehler gemacht. Er darf nicht büßen für das, was ich verbrochen habe. Wäre ich nie hierhergekommen … hätte er mich nicht kennengelernt … hätte ich ihm nicht …« Ich huste. »… den Kopf verdreht …«

Carters Augenbraue kriecht ein Stück empor.

»… dann wäre das alles nie passiert.«

»Da haben Sie recht.«

»Lassen Sie ihn nicht töten. Ich bitte Sie.«

Abrupt zieht Carter die Hände unter meinen weg. »Frau Kern – ich *töte* hier niemanden. Verstehen Sie nicht, dass jeder Mensch eine unendlich wertvolle Ressource ist? Jeder meiner Passagiere fällt seine Entscheidungen selbst«, sagt er scharf.

Ich streiche mir über die Augen. Die andere Hand lasse ich geschwächt zwischen meinen Knien hinabfallen, sie wird von meinem Hemdchen aufgefangen.

»Herr Martin wusste sehr genau, was er tat. Er war als Träumer nicht glücklich und auch nicht als Pfleger …«

Ich reibe mir die Schläfen, kralle Daumen und Mittelfinger hinein, als könne ich damit den Knochen durchbohren.

»Stets rieb er sich an Autoritäten, an Regeln, an Begrenzungen. Selbst die größten Zugeständnisse haben nicht geholfen. Herrgott willen, haben Sie eine Ahnung, wie viel Energie wir sparen könnten, wenn wir statt den Funghi, die als Tabakersatz dienen, Sauerstoff produzierende Algen oder Nahrungspilze anbauen könnten?«

Ich sinke kraftlos gegen die Lehne.

»Ich kann mir gut vorstellen, warum Sie ihm gefielen«, spricht Carter einfach weiter, »schließlich sind Sie ja genauso.« Er verschränkt die Arme vor der Brust. »Nichts für ungut.«

»Aber ich bin die Nachfahrin des KERN-Programms. Und er nicht.«

»Ganz recht.«

»Deswegen habe ich drei Chancen bekommen, und er bekommt nur eine.«

»Ich kann nicht für jeden erwachten Träumer die Welt in Bewegung setzen, Frau Kern. Sie haben keine Ahnung, was jeder Schritt hier kostet.« Seine Lippen wirken sehr schmal, viel schmäler als das letzte Mal in seinem Büro. Generell wirkt sein Gesicht härter, seine Statur abweisender. Muss er das tun, sein? Sich abschirmen von der Entscheidung, die jemandem das Leben kostet? Eine Mauer vor seinem Herzen errichten?

»Ich bin wirklich etwas … enttäuscht von Ihnen, Frau Kern«, sagt er unvermittelt.

Ich verstehe überhaupt nicht, worauf er hinauswill.

Verbissen wendet er sich an Magyar, der auf der anderen Seite seines Schreibtisches steht. Er hat die Hände hinter dem Rücken verschränkt und nestelt an seinen Fingern. »Doktor?«

»Frau Kern«, spricht Magyar nasal, »wir müssen Ihnen etwas über Ihren Gesundheitszustand berichten.« Er kratzt sich über dem Steg seiner Brille, die Haut dort ist rot und schuppt, als hätte er das heute öfter getan.

Ich blinzle. »H-habe ich Krebs?«

Eigenartig. Als ich von Magyar zu Carter sehe und wieder umgekehrt, wirken beide gefrustet. So als ob sie es sich wünschten.

»Nein, Frau Kern.« Carter lehnt sich abrupt vor. »Sie sind erneut schwanger.«

Kapitel 38

Als ob die letzten Tage noch eine Ohrfeige gebraucht hätten. »W-wie bitte?«

»Sie haben richtig gehört. Ich nehme an, Aron Martin ist der Vater. Oder möchten Sie uns noch etwas sagen? Ich möchte mich nicht gezwungen sehen, das Programm durch Ihre Erinnerungen laufen zu lassen. Das ist privat, und ich unterlasse es üblicherweise. Die *Putin* hätte dabei nicht so viele Einwände. Oder fragen Sie mal bei der *Qin* nach.«

Mein Blick ruckt zwischen den beiden Anwesenden hin und her, in Erwartung, einem weiteren morbiden Scherz aufzusitzen. Doch Carter schnaubt bloß.

»Es gibt mehrere Möglichkeiten, wie wir damit umgehen können«, faselt Magyar und beugt sich über seinen Tisch. Neben ihm läuft seine Familie über den Strand. Ein Traum, aus dem er aufgewacht ist. »Durch die Menschenrechte, die auf der *Europeia* sowie der *Washington* gelten, können wir einen Schwangerschaftsabbruch nicht verbieten. Wir bitten dennoch, diesen Schritt im Namen des Überlebens der Menschheit als allerletzte Möglichkeit auszuwählen. Wenn Sie das Kind austragen und einer Familie übergeben, die selbst keine Kinder kriegen kann – einer Familie, wie ich eine war –, kann diesem Baby durchaus ein glückliches Leben bevorstehen …«

»Sie können mir nicht mein Baby wegnehmen!«, schreie ich.

»Wie?«

»Das ist mein Baby, verdammt! Man wollte mir bereits das letzte nehmen – und nun verschachern Sie es im zweiten Satz!«

Nun wirkt auch Carter überrascht. »Frau Kern, in den Unterlagen, die ich über Sie erhalten habe, stand eindeutig, dass Sie keine weiteren Kinder wünschen – nicht nach dem, was mit dem letzten passiert ist …!« Carter fasst sich hinters Ohr, es sieht so aus, als wolle er auf seinem Modchip herumdrücken. Ich vermute, dass er eine Version besitzt, die man manuell umstellen kann. »Der Commandante der *Europeia* hat uns mitgeteilt, dass …«

»Das war nicht ich!«, rufe ich.

Verblüffte Blicke treffen mich.

Verzweifelt balle ich die Hände zu Fäusten. »Natürlich war ich das! Und gleichzeitig war ich es nicht! Ich kann mich doch gar nicht erinnern, welche Frau ich damals war. Es benötigt kein Programm, um zu sehen, dass die Alice Kern, die hier ankam, schwer depressiv war. Dass sie ihre Familie vermisste. Ihre Mutter. Und niemanden auf der Welt hatte, der sie verstanden hat.«

Schweigend lehnen sich die beiden anderen zurück.

»Ich kann nicht fassen, dass Sie mir das so plump in den Schoß werfen, und in denselben Sätzen davon sprechen, den Vater meines Kindes zu töten.«

Carters Mund klappt auf, doch ich unterbreche ihn hart:

»Ach, halten Sie doch den Mund. Das ist es doch, was Sie von uns wollen. Bequem von der Bildschwäche verschwinden! Und es Suizid zu nennen, erfüllt den Anschein, Sie hätten keinen Anteil daran.« Mit einem Ruck stehe ich auf, der Stuhl scharrt nach hinten. »Sie nehmen mir mein Kind nicht weg. Und seinen Vater nehmen sie ihm auch nicht weg. Ich nehme an, meine Urahnin hat dafür gesorgt, dass die Suizidregel nicht so einfach auf mich angewendet werden darf, sonst hätte mich die *Europeia* nicht so umständlich abtransportiert. Es gibt Regeln, die sie davon abgehalten hat – Regeln, auf die Sie hier so ungemein stehen!«

Entgeistert sieht mich Carter von oben bis unten an. »Frau Kern«, sagt er leise, »Kinder dürfen nicht bei Pflegern aufwachsen. Auch das ist ein Teil des Programms.«

»Dann versetzen Sie mich wieder in den Traum.«

Ein hysterisches Lachen lässt seine Brust hüpfen. »Nicht Ihr Ernst! Haben Sie nicht genug Schaden angerichtet? Fragen aufgeworfen unter den anderen Träumern? Die Familie auf der Etage, auf der sie gewohnt haben – war das ein Zufall? Ich denke nicht!«

Ich beuge mich zu ihm herab, die Zähne gefletscht. »Sie nehmen mir dieses Kind nicht weg.«

»Sie wollten es doch nicht einmal bis zu dem Moment, in dem Sie wussten, dass Sie es in sich tragen.«

»Und in diesem Augenblick«, spreche ich leise und bücke mich, um mich auf seinen Knien abzustützen. Nah tauche ich an ihn heran. »In diesem Augenblick habe ich meine Meinung geändert.«

Er knirscht mit den Zähnen. »Sie verwenden dieses Kind nur als Werkzeug, um sich und Martin eine neue Chance zu erkaufen.«

Ruckartig richte ich mich wieder auf, unsere Blicke bleiben verflochten. So einfach wirst du mich nicht los. So einfach wirst du ihn nicht los. »Sie mögen alles hier an Bord bestimmen, Mayor – doch warum dieses Kind das Licht des Weltalls erblickt, das bestimmen Sie nicht.«

Stille.

In der Atemlosigkeit bewegt sich niemand. Bloß die Familie auf den Schreibtischbildern läuft ihren unendlichen Traum. Alles andere ist wie auf dem Bildschirm festgefroren.

»Nun«, sagt Carter und ballt dabei eine Hand zur Faust. Ich glaube nicht, dass es ihm bewusst ist. »Ich kann Sie nicht zwingen, Ihr Kind aufzugeben.« Ich sehe ihm an, dass er es gern würde. Sein früheres Mitleid hat sich gewandelt. Nun bin ich ihm nur noch ein Dorn im Auge. »Sie können für sich sprechen. Und für Ihr Kind. Fakt ist: Selbst wenn ich Sie wieder in den Traum versetzen *würde* …«

Unauffällig atme ich auf.

»… mittlerweile ist die Chance, dass sie wieder aufwachen, weiter gestiegen. Auf der *George Washington* haben wir keine Erfahrungswerte damit, genauso wenig wie auf der *Europeia* oder der *Pachamama.*«

»*Pachamama*?«

»Die Raumfähre von Südamerika. Der Name stammt von einer alten Quechua-Gottheit, der Mutter Welt.«

»Da die Wahrscheinlichkeit nach dem zweiten Aufwachen bereits auf zweiundneunzig Prozent gestiegen ist, ist es nahezu unwahrscheinlich, dass Sie als Träumerin bestehen bleiben. Das muss nicht für Ihr Kind gelten.«

Carter verschränkt die Arme vor der Brust. »Was werden wir dann tun, Frau Kern? Sie erneut und erneut und erneut in den Traum versetzen, die Menschen in Ihrer Umgebung der Gefahr aussetzen, dass Sie sie mit sich reißen? Menschen, die ein angenehmes und zufriedenes Leben miteinander hätten leben können, wenn sie nicht von Ihnen irritiert worden wären?«

Ich presse die Lippen zusammen. Darauf weiß ich keine Antwort.

»Und dann wäre dann noch die Sache mit Martin … Ich kann Sie für sich selbst und Ihr Baby entscheiden lassen, aber für ihn?« Er schüttelt den Kopf. »Sie können nicht in seinem Namen entscheiden, Alice. Jeder hier an Bord ist etwas Besonderes. Jeder hier an Bord ist ein Nachfahre jemandes, der auserwählt wurde, die Menschheit zu bewahren. Kanada hat seine besten Leute geschickt. Und Martins Familie war dabei.

Aus seiner Linie stammen zahlreiche Künstler, Schriftsteller und liberale Politiker sowie Aktivisten. Martin kann seine Entscheidungen nicht nur selbst treffen, er muss es sogar.«

»Was bedeutet das?«, frage ich heiser.

»Ich werde mit ihm sprechen, so wie ich es mit Ihnen gemacht habe. Und ihn vor die Wahl stellen. Vor seine Wahl.«

»Werden Sie ihm von dem Kind erzählen?«

Seine Augen zittern. Darauf antwortet er nicht.

»Selbst wenn sich Martin für eine Rückführung in das Traumprogramm entscheidet – und bei ihm ähnliche Risiken des Wiederaufwachens bestehen –, als Paar anlegen werde ich Sie nicht.«

Mein Mund klappt auf. Er klappt wieder zu.

»Sie haben sich in einer anderen Welt kennengelernt, Frau Kern. Und wir haben bei Ihnen beiden gemerkt, wie gut künstliche Überprogrammierung realer Erinnerungen funktioniert. Das ist bereits bei … nun sagen wir, weniger aufmüpfigen Passagieren problematisch.«

»Also würden wir einander nicht erkennen?« Meine Stimme bricht. Ich hasse es. Ich darf vor Carter nicht schwach wirken.

Ich merke erst, dass ich mir über den Bauch streiche, als es zu spät ist. Noch merke ich nichts von dem Kind dort drinnen.

Carter folgt der Regung mit seinem Blick. »Nein«, sagt er leise, und plötzlich wirkt er sanfter. »Wenn es so sein soll, würden Sie in der Traumwelt wieder zusammenfinden. Vorausgesetzt, Martin entscheidet sich für eine Welt, der er schon vor Langem den Rücken zugewandt hat.«

Doktor Magyar, sein Partner, das Kind. Ihm war ein kurzes Glück vergönnt gewesen. Möglicherweise ist mir das nicht. Wie kann man einen Moment rekonstruieren, ein erstes Treffen, das zweite und dritte, das zum Verliebtsein geführt hat? Möglicherweise leben wir aneinander vorbei, Aron und ich – ich mit seinem Baby, an das er sich nie erinnern wird – selbst wenn Carter es ihm mal gesagt hat. Er in seinem Stockwerk, ich in meinem. Er bei seinem Pool, ich bei meinem. Er in seinem Speisesaal, ich in meinem.

Ich streiche mir eine Träne aus dem Auge.

»Also, Frau Kern – sind Sie sicher, dass Ihre Entscheidung in Anbetracht dessen dieselbe bleibt?«

Kapitel 39

Der nächste Atemzug dehnt meine Brust voll Vorfreude. Mit dem Ausatmen blase ich alle schlechten Erinnerungen der Vergangenheit davon.

Endlich Urlaub.

Es war Zeit dafür, spüre ich tief in meinen Knochen. Der Anblick des an den steinigen Inselstrand brandenden Meeres, begleitet von dem mächtigen Rauschen seiner unendlich repetierenden Bewegung, das satte Klatschen gegen die Felsen – einen Augenblick lang schließe ich nur die Augen und lausche. Sanft weht mir die Brise ins Gesicht. Ich spüre, wie mich die Vorhänge streicheln wie Flaumfedern. Mein Herz erfüllt tiefe Zufriedenheit.

Endlich bin ich angekommen.

Endlich kann ich meinen stressigen Alltag hinter mir lassen.

Endlich kann ich mich nur um mich und meinen Körper kümmern, ihn wieder aufpäppeln wie eine verkümmerte Topfpflanze. Meinen Geist reisen lassen, hinauf auf den ewig blauen Ozean, wo er wie in einer kleinen Nussschale dahinschippert.

Meine Wimpern flattern, das Sonnenlicht sticht dazwischen hindurch, bricht sich einen Augenblick im Fensterglas. Endlich bin ich angekommen. Ich möchte hinunter, hinaus auf die sonnenerhitzten Terrassen. Über den Grünstreifen zum Rand der Insel spazieren, über die Felsen klettern und meine Füße ins schäumende Wasser strecken. Muscheln zählen, Einsiedlerkrebse bei ihrer Wanderung beobachten, schillernde Fischschwärme unter den Wellen ausfindig machen.

Ich wende mich vom Fenster ab. Der Badeanzug lacht mir aus dem Mund des aufgeklappten Koffers entgegen, eine neckische Aufforderung. Rasch schlüpfe ich hinein, packe meine Badetasche. Auf dem Nachtkästchen stapeln sich einige Bücher, *Don Quijote, 1984, Die Liebe in Zeiten der Cholera,* die *Ilias.* Ich kann mich nicht entscheiden und lege sie allesamt in meine Tasche. Mit schwungvollem Schritt und einem breitkrempigen Hut auf dem roten Haar verlasse ich das Hotelzimmer.

Ich hüpfe den Korridor entlang Richtung Aufzug, fühle mich ausgelassen wie ein Kind. Die Eindrücke des Hotels lösen alte Erinnerungen an meine Kindheit aus. An der Hand meines Vaters, die älter und faltiger war, hüpfte ich im Hopserlauf an seiner Seite einher. Stets fühlte ich mich sicher in seiner Gegenwart. Bewahrt. Ich frage mich, wie es ihm und meiner Mutter zu Hause geht.

Mit einem hellen *Pling!* öffnet sich die goldene Aufzugstür. In der Kabine drängen sich bereits mehrere Leute, zwei Seniorinnen, die sich gackernd unterhalten, sowie ein Mann mit Luftmatratze. Freundlich rücken sie zur Seite, um für mich Platz zu schaffen. Alle wirken ausgelassen und entspannt. Wir plaudern kurz, während wir in die Lobby hinabfahren.

Ein großes gläsernes Tor erlaubt einen Blick nach draußen. Eine gelbe Fahne flattert vor blauem Himmel. Es spült die Gespräche, das Lachen der Kinder und das Platschen der Schwimmer herein. Zielstrebig möchte ich darauf zuhalten, als jemand meinen Namen ruft.

»Frau Kern!«

Ein Mann an der Rezeption winkt mich herbei. Er kommt mir bekannt vor, möglicherweise habe ich ihn beim Einchecken getroffen. Er ist älter als ich, die Uniform spannt um seinen Bauch. Er tupft sich die feuchte Stirn mit einem Taschentuch, als ich mich nähere. Seine Wangen sind ziemlich rot, dabei finde ich es nicht so heiß – aber was weiß ich schon, ich trage ja ein Sommerkleid. »Ist auf Ihrem Zimmer alles zu Ihrer Zufriedenheit?«

»Alles wunderbar, vielen Dank.«

Er tupft sich den Haaransatz, ein unsicheres Lächeln flattert über seine Lippen. »Falls Sie etwas brauchen, können Sie sich jederzeit an mich wenden. Ich bin die meiste Zeit hier an der Rezeption.«

»Vielen Dank, Herr …?«

»Johnson. Mein Name ist Johnson.«

Ich strecke die Hand aus. Beinahe ehrfürchtig ergreift er sie. Obwohl seine viel breiter ist, schüttelt er sie ganz vorsichtig. Als wäre Ich etwas Besonderes.

Kurz wird meine Aufmerksamkeit vom Gespräch einer Rezeptionistin mit einem anderen Gast abgelenkt. »Nein. Ich will auch nicht Tennis spielen«, sagt ein Gast in Badehose und T-Shirt bestimmt. Er fährt sich durch die dunklen Locken, die widerspenstig wieder in seine Stirn fallen.

»Federball?«, fragt die Rezeptionistin hoffnungsvoll.

Sein genervter Blick verrät, was er davon hält.

Ich unterdrücke ein Schmunzeln. Der will wohl einfach nur seine Ruhe haben, genau wie ich.

Ein schlanker Schatten eilt an die Rezeption heran, ein junges Mädchen in Uniform. Die Jacke hat es abgelegt. Sie duckt sich unter dem Thekenstück hindurch, das man anheben müsste, um eintreten zu können. »Jackie«, sagt Mr Johnson. Kurze Zeit später schmiegt sich das Mädchen an ihn wie ein Kätzchen. Er legt den breiten Arm um sie und drückt sie an sich. »Darf ich vorstellen? Meine Tochter Jacqueline.«

Mein Blick bleibt an ihrer Uniform haften. »Du arbeitest bereits im Hotel?«

Sie lächelt schüchtern, auf ihren Wangen entstehen die gleichen Grübchen wie bei ihrem Vater. »Praktikum«, sagt sie nur.

»Das ist bestimmt mächtig aufregend.«

Sie zuckt mit den Schultern. »Bin quasi im Hotel aufgewachsen.« Sie sieht zu ihrem Vater hoch, drückt ihm einen Kuss auf die mit Bartstoppeln übersäte Wange. »Brauchst du Hilfe?«

Mr Johnson kratzt sich am Hinterkopf, was sein zurückgekämmtes Haar ein bisschen durcheinanderbringt. »Vielleicht möchtest du Frau Kern die verschiedenen Zonen mit den Pools zeigen?«

Bevor ich protestieren kann, ruft das Mädchen: »Klar!« Und springt zum Thekenrand, um hervorzuschlüpfen. Allzeit bereit baut sie sich neben mir auf, die Hände hinter dem Rücken verknotet. »Kommen Sie, Frau Kern! Ich zeige Ihnen alles.« Damit stakst sie davon und ich habe keine Wahl, als ihr zu folgen. Gott sei Dank hält sie genau auf die große Tür zu, durch die das Sonnenlicht so verführerisch zu mir hereinblinzelt.

Jackie Johnson beginnt zu plaudern wie ein Wasserfall. Irgendwie kann ich mich des Gefühls nicht erwehren, dass sie das nicht bei jedem macht, sondern sie sich in meiner Gegenwart wohlfühlt.

»... und das ist die Fahne. Je nach Wetterverhältnissen ist sie gehisst, dann darf man nicht zum Strand gehen. Momentan haben wir starke Strömungen, es ist wirklich gefährlich. Vor einigen Monaten wäre fast jemand ertrunken ...« Sie klatscht sich die Hand vor den Mund und reißt die Augen auf. »Eigentlich darf ich das gar nicht erzählen. Entschuldigen Sie.«

Enttäuscht sehe ich zum Fahnenmast hoch. Gelb leuchtet die Flagge, so grell wie das Sonnenrund. Enttäuscht verziehe ich die Mundwinkel. »Schade«, sage ich. »Ich wäre gern ans Meer gegangen.«

»Ich auch«, gibt Jackie zu. »Aber nachdem wirklich fast was passiert wäre, reiße ich mich zusammen.«

Na, wenn es eine Teenagerin schafft, werde ich mich wohl auch bemühen können.

Plötzlich spüre ich ihre Finger an meiner freien Hand. Sie sind das glatte Gegenteil von denen ihres Vaters – ganz zart, doch mit überraschender Kraft zieht sie mich über die ersten Stufen. Vor uns breiten sich zahlreiche Terrassen mit Pools, Tiki-Bars und Sportanlagen aus. Ein Schilderwald versucht die Wege aufzuklären.

Verdutzt stapfe ich Jackie in meinen Sandalen hinterher. Ihre Hand löst sie bald von der meinen, sie findet wieder zur anderen hinter ihrem Rücken zusammen, schaukelt dort vor dem dunklen Bleistiftrock, der ihre schmalen Hüften einhüllt. Einen Augenblick betrachte ich meine kribbelnden Fingerspitzen. Ich mag normalerweise keine erzwungene Nähe. Doch hier überkommt mich ein Gefühl von Vertrautheit.

Hoffentlich kriegt sie keinen Ärger von der Geschäftsleitung, so vertraut, wie sie mit Urlaubsgästen umgeht. Ich werde ihr später ein bisschen Trinkgeld zustecken, sobald ich meine Geldbörse finde.

»Das hier ist das Deck für ... öhm ... wie soll ich sagen ...?«

Mein Blick schweift in die entsprechende Richtung. »Für die alten Leute?«

Sie spreizt die Lippen zu einem weiten Lächeln, das beinahe ihr gesamtes Gesicht einnimmt. »Na ja, so würde ich es nicht sagen. Ich kann Sie auch zu den Rentnern bringen. Dort läuft immer alles gaaanz langsam. Aber die Wassergymnastik rockt.«

Ich muss lachen. Ihre Ehrlichkeit vergnügt mich.

»Es gibt auch eine Ebene für achtzehn Jahre plus. Ein Buch würde ich dort allerdings nicht aufschlagen, da sind Sie gleich unten durch. Dort herrscht Party die ganze Nacht. Und am Tag auch.«

»Also lieber bei den Mittelalten?«

Sie grinst breiter. Sie hat eine winzige Lücke zwischen ihren Schneidezähnen, was sehr süß ist. »Hier hat man wenigstens seine Ruhe. Und hier arbeitet einer der liebsten und begabtesten Cocktail-Bereiter. Pedro!« Sie winkt einem dunkelhaarigen Mann an der Bar zu. Dieser winkt zurück. »Kommen Sie! Von mir kriegen Sie die besten Tipps!«

Im Schutz des Vordachs sitzen zwei Frauen, möglicherweise Mutter und Tochter, und unterhielten sich gedämpft. Sie tragen Tenniskleidung und lachen miteinander.

Der Barkeeper schiebt ihnen zwei Kaffeetassen zu. »Madame Dion.«

Mit einem Hüpfer kommt Jackie vor mir zu stehen. »Pedro, darf ich dir Frau Kern vorstellen? Sie hat soeben ihr Zimmer bezogen. Und ich zeige ihr die besten Plätze.«

Pedro zuckt mit dichten, dunklen Augenbrauen. Erstes Grau durchzieht sein kräftiges Haar. »Und da bringst du sie zu mir?« Er hat eine ganz sanfte Stimme, sehr angenehm, und auch die Art, wie er das Glas poliert, wirkt einlullend. Er lächelt mich wohlwollend an. Alle sind so unglaublich nett hier! »Ich freue mich, Sie kennenzulernen, Frau Kern. Darf ich Ihnen einen Willkommenstrunk anbieten?«

Unsicher streife ich mir über die Lippe.

»Einen Kaffee oder ein Gläschen Wein vielleicht?«

»Starten wir mal mit einem Kaffee.«

»Cappuccino? Schwarz? Melange?«

»Eine Melange bitte.«

Pedro wendet sich zu seiner Maschine und zwinkert mir zu. »Ich bringe ihn zu Ihrer Liege, suchen Sie sich ruhig einen Platz aus.«

Jackie begleitet mich ein Stück zu den Liegereihen. In dem weiter entfernten Pool ziehen einige Leute ihre Bahnen. »Das ist Salzwasser, da hat man das Gefühl zu schweben«, erklärt sie mir. Mit ihren dünnen Armen weist sie in verschiedene Richtungen, sie erklärt mir, wo ich WCs finde, wie das Abendessen eingeläutet wird und holt von Pedro eine Karte mit der heutigen Menüauswahl. Obwohl ich eigentlich meine Ruhe haben wollte, fülle ich geduldig mit der jungen Praktikantin den Zettel aus.

»Jackie!« Der Barkeeper winkt ihr, dass sie den Kaffee holen soll. Fein säuberlich platziert sie ihn neben meiner Liege auf dem kleinen Tischchen. »Falls Sie Fragen zum Hotel haben – ich kenne mich aus!«, behauptet sie. »Und ich bin normalerweise immer irgendwo unterwegs, Sie können die anderen Mitarbeiter nach mir fragen.«

»Ich danke dir, Jackie«, erwiderte ich und wühle in meiner Badetasche nach meiner Geldbörse. »Ich finde meine Geldtasche nicht …«

Sie winkt ab. »Nicht nötig! Genießen Sie einfach Ihren Aufenthalt.« Damit hüpft sie zur Bar zurück und schlüpft hinter Pedro hinter den Tresen.

Nachdenklich sehe ich ihr hinterher. Damit habe ich definitiv nicht gerechnet. Ich krame nach einem Buch, ziehe dabei die Beine unter den Sonnenschirm zurück – nicht dass ich mir einen Sonnenbrand hole. *Don Quijote* fällt mir in die Hände, daher schlage ich es auf.

Die Sprache ist für heutige Verhältnisse komplex, die Sätze ziehen sich teilweise über die halbe Seite, weswegen die Geräusche und Bewegungen rund um mich herum eine willkommene Ablenkung sind. Ich reibe mir den Bauch, er fühlt sich ein bisschen eigenartig an, fast ein wenig gebläht – der Badeanzug versteckt die leichte Rundung nicht, wie ich etwas unzufrieden feststelle. Adrett drapiere ich das Handtuch darauf. Aus den Augen, aus meinem Sinn.

Kurz blicke ich auf, als der Barmann Pedro einen reich garnierten Cocktail in meine Richtung trägt – allerdings stellt er ihn auf dem Tischchen der leeren Liege neben mir ab.

Wenig später – ich habe mich ein Kapitel vorangekämpft – ertönt Jackies Plappern. »Tut mir wirklich leid! Ich dachte, Sie wollten dort sitzen …« Sie trippelt hinter einem Mann her, dessen ernster Gesichtsausdruck das krasse Gegenteil zu dem überfreundlichen Personal bildet. Ich spähe über den Rand meines Buches, während Jackie ihn ausgerechnet zur Liege neben mir scheucht, sofern man das so nennen kann – er bewegt sich mit stoischem Gleichmut.

Na toll. Von allen freien Liegen muss sie den Miesepeter ausgerechnet neben mir platzieren!

Die Liege knarzt, als er sich setzt. Jackie verschränkt die Finger vor sich. »Brauchen Sie noch was?«

»Hast du Zigaretten?«

Erbost lege ich mir das Buch auf die Brust. »Jetzt hören Sie mal!«, rufe ich aus und zerstöre damit den selbst gewünschten Frieden. »Sie können ein junges Mädchen doch nicht um Zigaretten anschnorren!«

Der Typ sieht mich das erste Mal. Von Natur aus gebräunt, dunkle Augen, dunkles Haar – das Gegenteil zu mir Milchbrötchen. »Wieso? Haben *Sie* eine Kippe für mich?«

Ich lege die Stirn in Falten.

Jackie wirkt panisch, ihre Hände hebt sie an ihre Lippen, als hätte sie etwas falsch gemacht.

Der Kerl greift nach dem Cocktail, sieht mich währenddessen die ganze Zeit an und nippt betont lässig an seinem Strohhalm. *Arschloch.*

Wir messen uns in einem Blickduell. Der ist doch hierhergekommen, um Ärger zu machen – während wir anderen nur unsere Ruhe haben wollen! Ich könnte mich woanders hinlegen, doch diesen Nachbarschaftskrieg gebe ich nicht auf.

Irgendwann wendet er den Blick ab. Ein kleiner Triumph. Er schließt die Augen und verschränkt die Hände hinter dem Kopf. Jackie wirkt unsicher, ich weise ihr stumm, dass sie gehen soll, bevor der Kerl auf blöde Ideen kommt. Ich vertiefe mich in mein Buch, in ständiger Erwartung, dass mein neuer Liegestuhlfeind zustechen könnte, doch der Kerl scheint seine emotionale Erlösung im Schlaf gefunden zu haben.

Später lege ich das Buch zur Seite und gehe schwimmen. Als ich wiederkomme, ist er weg. Ein bisschen bin ich enttäuscht. Ich hatte mich doch bereits auf diesen Nachbarschaftskrieg vorbereitet.

Der Tag vergeht müßig, bis der Abend anbricht und sich der Himmel dunkelviolett färbt. Die Urlaubsgäste wandern in einem sich verdichtenden Zug Richtung Hotel empor. Zurück auf dem Zimmer wechsle ich meine Kleidung, bevor ich mich in Richtung Restaurantbereich aufmache.

Meine vorausgefüllte Menükarte trage ich bei mir. Ich stelle mich in einer Schlange an und warte, dass ich sie abgegeben kann. Zwei Kellner führen die Gäste zu ihren Tischen. Einer davon ist Pedro. Der andere ruft das Paar vor mir zu sich und ich rücke nach, gelange hinter einem groß gewachsenen Mann an, an dessen Schultern ein Shirt spannt. Ein Hauch von Seife und seinem Geruch umweht mich. Einen Augenblick lang fühle ich mich schwindelig. Es ist, als würde mich der Duft an etwas erinnern. Möglicherweise hat jemand, den ich gekannt habe, dieselbe Seife benutzt.

Mein Blick klettert den Rücken empor. Das Haar krümmt sich zu weichen Wellen an seinem Hinterkopf.

»Ihre Menükarte«, bittet Pedro.

Mein Vordermann zuckt mit den Schultern. »Ich weiß nicht, wo ich die verlegt habe.«

Pedro hebt die Augenbraue. Kurz zuckt sein Blick zu mir, ich lächle entschuldigend, stellvertretend für meinen Vordermann. Der merkt die Regung und dreht den Kopf.

Mein neuer Nachbarschaftsfeind. »War ja klar«, murmle ich. Runde zwei – ich komme.

Pedro bleibt geduldig, füllt die Menükarte mit ihm aus und geleitet ihn davon. Später kehrt er zurück und nimmt meine Bestellung entgegen, steckt den Zettel in einen Schlitz seines Tresens. »Darf ich bitten?«, fragt er höflich und weist mir den Weg voran.

Er führt mich in den hinteren Teil des Restaurants. Die Terrassentüren sind aufgeschoben und erlauben einen herrlichen Ausblick über das Meer und den sich verdunkelnden Nachthimmel, auf dem die Sterne nach und nach aufblitzen. Eine sanfte Brise fährt darüber, lässt den Saum meines Kleides tanzen.

Viele Tische stehen leer. Bloß einer ist besetzt, an dem Jackie eine Kerze anzündet. Jemand anderes bringt ein Glas Rotwein und stellt es vor den Kerl vom Pool auf den Tisch. Ich weiß nicht, wo er die herhat, er raucht plötzlich eine selbst gedrehte Zigarette.

Ich hasse Raucher.

Überraschenderweise weist mich Pedro ausgerechnet zu seinem Tisch heran. »Möchten Sie …?« Seine Frage besitzt eine Tür. Einen Ausweg, eine Weigerung. Und natürlich werde ich *nicht* bei diesem Mann sitzen. Warum sollte ich auch?

Er sieht auf, entdeckt mich. Muss lachen.

Er hat unsere kleine Feindschaft am Pool wohl ebenso verstanden wie ich. In seinem Blick liegt noch etwas anderes. Kurz zuckt er herab zu dem Saum meines Kleides, der über meinen Knien endet. Und seine Mundwinkel krümmen sich spitzbübisch.

Würde ich ein Tuch tragen, ich würde es mir vor die Brust ziehen, in der mein Herz ganz rasch losstartet. In meinem Magen kribbelt es. Deswegen bin ich doch nicht hierhergekommen! Ich bin im Urlaub, um mich zu erholen!

»Frau Kern?«

Ich bemerke, dass ich schon eine Weile nur dastehe und den Fremden anstarre. Er stößt den Zigarettenrauch aus und zerdrückt die Zigarette auf einer Untertasse, reicht sie Jackie, die damit davontrappelt. »Guten Abend, Frau Kern!«, ruft sie fröhlich, als sie an mir vorbeiläuft.

Diesmal ist es der Fremde, der auf den Stuhl gegenüber weist. Er hat schöne Hände.

Meine Beine zittern, als ich mich setze. Ich hoffe, er merkt es nicht.

»Ich heiße Aron«, sagt mein Gegenüber und streicht sich über das rasierte Kinn. »Ich weiß gar nicht so recht, was ich in diesem Hotel soll. All-inclusive-Urlaube sind eigentlich überhaupt nicht mein Ding.«

»Alice«, erwidere ich. »Meines sind sie normalerweise auch nicht. Aber wer weiß?« Ich zucke mit den Schultern und kann ein schüchternes Lächeln nicht unterdrücken. »Möglicherweise hält dieser Urlaub ja Überraschungen bereit, mit denen wir nicht gerechnet hätten.«

DIR HAT DAS BUCH GEFALLEN?

Ich freue mich über jede persönliche Empfehlung genauso wie über Rezensionen auf deinen Lieblingsportalen. Deine Begeisterung bringt Buch und Leser:innen zusammen! Besuch mich gern auf meiner Website www.katharinavhaderer.com oder bleibe via Social Media in Kontakt, um das nächste spannende Abenteuer nicht zu verpassen. – Katharina

Newsletter *Social Media* *Support*

Katharina V. Haderer

Blue Scales – Die Drachen von Talanis

ISBN: 978-3-95991-313-3, kartoniert, EUR 12,90

»Ich träume von Wölfen. Mit hechelnden Zungen graben sie die Nasen in die Erde und suchen den Boden nach mir ab. Schwarze Schatten gleiten durch die Nacht, gelbe Augen leuchten wie die Verdoppelung des Himmelsgestirns auf. Egal wohin ich gehe – Augen. Sie schließen sich, ich stehe in der Finsternis.«

Ein Rudel wölfischer Gestaltenwandler ist in die Stadt gekommen, um eine alte Rechnung zu begleichen: Der Alpha-Wolf will der Familie Song ihren Platz in der Hexade streitig machen – dem Rat aus sechs Familien, die die moderne Stadt Poschovar unter sich aufgeteilt haben.
Nie hätte die 18-jährige Christine ›Christie Song‹ gedacht, dass sie eines Tages in die Belange der Familie hineingezogen werden würde. Doch die Wölfe richten ihre Aufmerksamkeit auf das vermeintlich schwächste Familienmitglied, das – als außereheliches Kind – wohl kaum deren mächtige magische Fähigkeiten geerbt haben kann. Unversehens findet sich die junge Frau in einem gewaltsamen Konflikt wieder, mit dem sie nichts verbindet als ihr Familienname. Ihre einzigen Waffen gegen den Feind: Ihre Sturheit, ein Polo-Schläger und die seltsamen, blauen Schuppen an ihren Schultern, die einen Hinweis auf ihren leiblichen Vater geben …

Julia Adrian

Das Tagebuch der Jenna Blue

ISBN: 978-3-95991-305-8, Klappenbroschur, EUR 14,90

Ich denke darüber nach, meine Schwester zu töten.
Ein gespanntes Nylonseil an der Treppe. Eine gelockerte Schindel.
Es gibt so viele Arten, den Halt zu verlieren und gleichsam das Leben.

Jenna und Scarlett sind Schwestern – und Feinde bis aufs Blut. Zwischen ihnen entbrennt ein Kampf um Macht und die Wahrheit. Was geschah wirklich, damals vor zehn Jahren, als ihre Mutter am helllichten Tag und ohne eine Spur verschwand? Jenna kämpft gegen das Vergessen und das Schweigen in ihrem eigenen Haus. Doch wenn sie sich selbst schon nicht trauen kann, wem dann?

Laura Labas

The Lie She Never Told

ISBN: 978-3-95991-680-6, kartoniert, EUR 12,90

Mein Name ist Faith Rochester und ich habe meine beste Freundin getötet.

Fast drei Jahre später kehre ich in meine Heimatstadt zurück, in dem Wissen, dass mich niemand ansehen, geschweige denn mit mir reden wird. Niemand – bis auf eine Ausnahme. Liam Bridges hat sehr viel über mich und den Tod seiner Schwester zu sagen und nichts davon ist besonders nett.

Nachdem Faith ihre beste Freundin Emma auf einem Foto, das nach ihrem vermeintlichen Tod aufgenommen wurde, entdeckt, reist sie nach Grayne Village. Zurück an den Ort, an dem alles seinen Anfang nahm. Dort erkennt sie schon bald, dass das Mysterium um Emmas Verschwinden weiter und tiefer reicht, als sie geahnt hat. Ist Emma wirklich tot oder gibt es noch Hoffnung? Wie tief muss Faith graben, um die Wahrheit endlich aufzudecken und sich von den Lügen einer ganzen Stadt zu befreien?

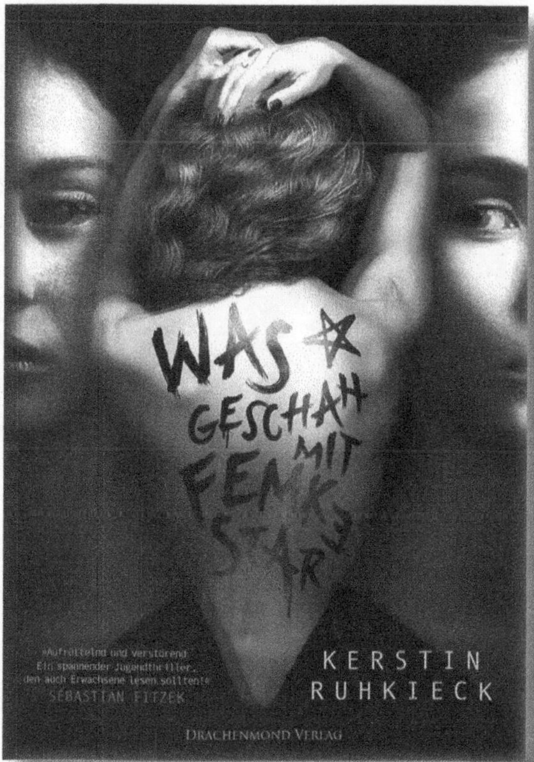

Kerstin Ruhkieck

Was geschah mit Femke Star?

ISBN: 978-3-95991-441-3, kartoniert, EUR 14,90

Jedes Mädchen hat ein schmutziges Geheimnis. Jedes. Auch du.
Doch was würdest du tun, wenn dein Geheimnis eigentlich meins wäre,
und nur ich, nicht du, die Wahrheit kenne?
Und was geschah mit Femke Star?

Einst waren Femke und Anouk beste Freundinnen, bis ein Verrat die beiden entzweite. Was blieb, war die Hassliebe zweier Mädchen, die sich in unterschiedliche Richtungen entwickelt hatten. Doch als Femke eines Tages Anouk um Hilfe bittet, kommt es zu einem schrecklichen Unfall, der Anouks Leben für immer verändert.

Von hässlichen Erinnerungsfetzen geplagt, versucht Anouk herauszufinden, was Femke widerfahren ist, und stößt dabei auf eine Mauer des Schweigens. Und auch die Zeit arbeitet gegen sie, als Anouk die Hauptverdächtige eines Verbrechens wird, das sie nicht begangen hat

»Aufrüttelnd und verstörend. Ein spannender Jugendthriller, den auch Erwachsene lesen sollten!«
Sebastian Fitzek

Lin Rina

Elisa Hemmiltons Kofferkrimi

ISBN: 978-3-95991-397-3, Klappenbroschur, EUR 16,90

Ein Roman aus dem Staubchronik-Universum

Alles begann mit dem äußerst unwahrscheinlichen Ereignis, dass ein Koffer vom Himmel fiel.

London 1890/91

Die Metropolitan Police hat uns gebeten einen Bericht über die kürzlichen Ereignisse im Fall ›David Brighton‹ zu schreiben. Und wie wir – eine vorlaute Studentin und ein schusseliger Mechaniker – es geschafft haben, der ganzen Sache auf die Spur zu kommen, während die Polizei Däumchen gedreht hat. Da Jamie sich aber strikt weigert, zu Papier zu bringen, was wir durchlebt haben, bleibt diese Aufgabe an mir hängen: Elisa Hemmilton, mutige Laien-Ermittlerin, neugierige Spürnase und Siegerin der Herzen[1].

---

[1] Trägst du nicht etwas zu dick auf, Liz?

Wenn dir nicht passt, was ich hier fabriziere, dann hättest du es selber schreiben sollen, mein lieber Jamie.

Stephan R. Bellem

Ruf der Rusalka

ISBN: 978-3-95991-899-2, Klappenbroschur, EUR 14,90

Lewis hat sich geschworen, es nie wieder zu tun. Doch der faszinierenden Fremden kann er nicht widerstehen. Als Londons größter Ermittler soll er den Mord an ihrer Freundin aufklären. Aber mit jedem Schritt holen ihn die Bilder seiner Vergangenheit wieder ein und drohen, ihn unter sich zu begraben. Wäre da nicht die Frau an der Themse. Kann sie ihn vor sich selbst retten? Kate kann endlich der Eintönigkeit Manchesters entkommen und wagt sich nach London, um ihrem Traum nachzujagen: der nächsten großen Story. Und was wäre größer als ein Serienmörder? Aber die Morde sind erst der Anfang. Kate und Lewis tauchen ein in eine Welt der Geheimgesellschaften und okkulten Rituale.

Können sie die Vernichtung Londons noch aufhalten?

Du brauchst Lesenachschub und möchtest dich überraschen lassen
oder wünschst Empfehlungen? Da können wir helfen!
Wir stellen für dich ganz individuell gepackte Buchpakete zusammen – unsere

DRACHENPOST

Du wählst, wie groß dein Paket sein soll, wir sorgen für den Rest.

Du sagst uns, welche Bücher du schon hast oder kennst und zu welchem Anlass es sein soll.
Bekommst du es zum Geburtstag #birthday
oder schenkst du es jemandem? #withlove
Belohnst du dich selber damit? #mytime

Je mehr wir wissen, umso passender können wir dein Drachenmond-Care-Paket schnüren.
Du wirst nicht nur Bücher und Drachenmondstaubglitzer vorfinden, sondern auch Beigaben,
die deine Seele streicheln. Was genau das sein wird, bleibt unser Geheimnis …

Die Wahrscheinlichkeit ist groß,
dass sich das ein oder andere signierte Exemplar in deiner Box befinden wird. :)

Wir liefern die Box in einer Umverpackung, damit der schöne Karton heil bei dir ankommt und
als Geschenk nicht schon verrät, worum es sich handelt.

Lisan bringt das kleinste Drachenpaket zu dir, wobei *klein* bei Drachen ja relativ ist. € 49,90
Djiwar schleppt dir in seinen Klauen einen seitenstarken Gruß aus der Drachenhöhle bis vor die Tür. € 79,90
Xorjum hütet dein Paket wie seinen persönlichen Schatz und sorgt dafür, dass es heil bei dir ankommt –
und wenn er sich den Weg freibrennt! € 99,90

Zu bestellen unter www.drachenmond.de